MARY, MARY

MARY, MARY

James Patterson

Traducción de Abel Debritto y Mercè Diago

EDICIONES B
GRUPO ZETA

Barcelona • Bogotá • Buenos Aires • Caracas • Madrid • México D.F. • Montevideo • Quito • Santiago de Chile

Título original: *Mary, Mary*

Traducción: Abel Debritto y Mercè Diago

1.ª edición: noviembre 2006

© 2005 by James Patterson
© Ediciones B, S. A., 2006
   Bailén, 84 - 08009 Barcelona (España)
   www.edicionesb.com

Printed in Spain
ISBN: 84-666-3007-4
ISBN 13: 978-84-666-3007-8
Depósito legal: B. 43.361-2006

Impreso por LIBERDÚPLEX, S.L.U.
Ctra. BV 2249 Km 7,4 Polígono Torrentfondo
08791 - Sant Llorenç d'Hortons (Barcelona)

Éste es para mis colegas: Johnny, Fran-kie, Ned, Jim y Jim, Steve, Mike, Tom y Tom, Merrill, David, Peter, B. J., Del, Hal, Ron, Mickey y Bobby, Joe, Art.

Y es para Mary Jordan, que se encarga de que todo funcione y que no podría ser más distinta de la infame Mary, Mary.

PRÓLOGO

EL NARRADOR

1

«Acto uno, escena primera», pensó el Narrador para sus adentros, incapaz de reprimir la vertiginosa emoción producida ante la expectativa. A decir verdad, las personas normales cometían crímenes perfectos y asesinatos perfectos constantemente. Pero no salían a la luz por la sencilla razón de que los asesinos nunca eran apresados.

Y, por supuesto, a él tampoco lo apresarían. Eso se daba por hecho en la historia que estaba a punto de contar.

Lo cual no significaba que el día de hoy no resultara exasperante. En realidad, era el momento más intenso de sus dos últimos años de locura. Estaba preparado para matar a una persona, un perfecto desconocido, y la ciudad de Nueva York le parecía el lugar adecuado para dar su primer golpe.

«Casi» estuvo a punto de suceder en el exterior de los servicios del sótano de Bloomingdale's, pero el lugar no acababa de parecerle adecuado.

Demasiada gente, incluso a las diez y media de la mañana.

Demasiado ruido, aunque no el suficiente para disponer de la discreción adecuada.

Además, no le seducía la idea de intentar escapar por Lexington Avenue, un territorio desconocido para él, ni por los claustrofóbicos túneles del metro. Cuando llegara el momento lo sabría y actuaría en consecuencia.

Así pues, el Narrador siguió adelante y decidió ir a ver una película en el Sutton Theater de la calle 57 Este, un local original pero venido a menos.

Tal vez aquél fuera un buen lugar para cometer un asesinato. Le gustaba la ironía, aunque él fuera el único que la captara. Sí, tal vez funcionaría de maravilla, pensó mientras se sentaba en una de las dos pequeñas salas del interior.

Empezó a ver *Kill Bill: Volumen II* con otros siete aficionados a las películas de Tarantino.

¿Quién de aquellas personas desprevenidas sería su víctima? ¿Tú? ¿Tú? ¿Aquella de allí? El Narrador fue hilvanando la historia en su cabeza.

Había dos tipos aparatosos con gorras de béisbol idénticas de los New York Yankees, puestas del revés, por supuesto. Los molestos imbéciles no se callaron ni un solo instante durante los interminables minutos de anuncios y tráileres. Ambos merecían morir.

Igual que una pareja de ancianos que vestían muy mal y que no se dirigieron la palabra ni una sola vez durante los quince minutos transcurridos antes de que se apagaran las luces. Matarlos sería una buena obra, casi un servicio público.

Una mujer de aspecto frágil, de poco más de cuarenta años, parecía temblequear dos filas por delante de los viejos rancios. No molestaba a nadie, salvo a él.

Y luego un enorme tipo de color con los pies enfundados en zapatillas de deporte y apoyados en el asiento que tenía delante. Un cabrón grosero y desconsiderado con unas Converse viejas del 44 como mínimo.

También había un obseso del cine con barba negra que

probablemente habría visto la película una docena de veces y que, por supuesto, adoraba a Quentin Tarantino.

Resultó que fue el barbudo quien se levantó a media película, justo después de que enterraran viva a Uma Thurman. Cielos, ¿quién es capaz de marcharse en esa escena tan clásica?

Movido por una sensación de deber, lo siguió al cabo de un par de segundos. Salió al vestíbulo sombrío y luego entró en el servicio de caballeros, situado cerca de la sala dos.

De hecho estaba temblando. ¿Había llegado? ¿Era el momento? ¿Su primer asesinato? ¿El comienzo de todo lo que llevaba meses soñando? O, mejor dicho, años.

Prácticamente actuaba con el piloto automático, intentando no pensar en otra cosa aparte de hacerlo bien y luego salir del cine sin que nadie le viera la cara ni se fijara en él.

El barbudo estaba de pie en el urinario, lo cual podía considerarse buena señal. La toma estaba bien encuadrada y resultaba artística.

Una camiseta negra arrugada y roñosa que decía ESCUELA DE CINE DE NYU con el logo de unas claquetas en la espalda. Le recordó a un personaje del cómic de Daniel Clowes, y esa mierda gráfica era lo que estaba de moda en esos momentos.

—¡Y..., acción! —dijo.

Entonces disparó al pobre barbudo en la nuca, lo vio caer como un saco pesado en el suelo del baño. Se quedó ahí tendido, sin moverse. En la sala alicatada, la explosión rugió en su cabeza más fuerte de lo que había imaginado.

—Eh... ¿Qué demonios...? ¿Qué ha pasado? ¡Eh! —oyó, y el Narrador se giró como si en el servicio de caballeros hubiera un público que lo observaba.

Dos trabajadores del Sutton Theater habían entrado detrás de él. Debieron de sentir curiosidad por el ruido. Pero ¿qué habían visto exactamente?

—Ataque al corazón —espetó, intentando sonar convincente—. El hombre se ha caído en el urinario. Ayudadme a levantarlo. Pobre hombre. ¡Está sangrando!

Nada de pánico, ni afectación, ni cambio de idea. En esos momentos todo era fruto del más puro instinto, bueno, malo o indiferente.

Levantó la pistola y disparó a los dos empleados que se habían quedado en la puerta con la mirada bizca y expresión estúpida. Los remató cuando ya estaban en el embaldosado. Por si acaso. Como un profesional.

Y entonces sí que temblaba, las piernas le flaqueaban pero intentó salir del servicio de caballeros con toda tranquilidad.

Acto seguido, salió del Sutton Theater por la calle 57 y se encaminó hacia el este. El exterior le parecía totalmente irreal y propio de otro mundo, todo brillante y estridente.

Lo había hecho. Había matado a tres personas en vez de sólo a una. Sus tres primeros asesinatos. Era un ensayo pero lo había hecho y, ¿sabéis qué? Podía volver a hacerlo.

—Ensayando se alcanza la perfección —susurró el Narrador entre dientes mientras se dirigía rápidamente al coche, el coche de su fuga, ¿no? Cielos, nunca se había sentido tan bien en la vida. Claro está que eso no decía mucho de su vida hasta entonces, ¿verdad?

Pero cuidado con lo que vendrá a continuación, mucho cuidado.

«Para Mary, Mary, más bien lo contrario.»

Por supuesto, él era el único que lo pillaba. De momento, claro está.

2

«¿Te crees capaz de volver a matar a sangre fría?», se preguntó muchas veces después de los asesinatos de Nueva York.

«¿Crees que podrás parar ahora que has empezado? ¿Lo crees?»

El Narrador esperó, fueron casi cinco meses de tortura, también de la llamada disciplina, o profesionalidad, o tal vez cobardía, hasta que le llegó el momento.

Llegó de nuevo la zona de matar, pero esta vez no sería un ensayo. Ahora iba en serio y la víctima no era un desconocido.

No era más que un rostro entre la multitud en el pase de las 15.10 de *El bosque* en el Westwood Village Theater de Los Ángeles. Había varios espectadores, lo cual era una buena noticia para él y, supuso, también para el famoso director de la película, M. Night Shyamalan. ¿Qué nombre era ése? ¿M. Night? Menudo farsante creído.

Al parecer, Patrice Bennett era una de las últimas personas de la ciudad que veía esa película de miedo. Además, de hecho, Patrice se dignaba sentarse en un cine de verdad, con espectadores de verdad, para su dosis de cine. ¿Hasta qué punto era excepcional? Bueno, era famosa por ello, ¿no? Era el truco de Patrice. Incluso había comprado la entrada por adelantado, motivo por el que él sabía que ella estaría allí.

O sea que ya no era como las prácticas de tiro, y todo tenía que salir bien y así sería. No cabía la menor duda. Ya tenía la historia escrita en su mente.

Para empezar, nadie del cine podía verlo. Por eso fue a la sesión de las doce; luego, al acabar la película, esperó en un compartimiento del baño hasta las 15.10. Mordiéndose las uñas, con los nervios a flor de piel, aunque tampoco estuvo tan mal. Sobre todo porque, si lo veían, no tenía más que suspender la misión.

Pero nadie vio al Narrador, al menos que él supiera, y él tampoco vio a nadie conocido.

En el cine había más de cien espectadores, o mejor dicho sospechosos, ¿no? Por lo menos una docena de ellos resultaban perfectos para su objetivo.

Lo más importante era que ahora llevaba un silenciador en la pistola. Una lección aprendida del tan emocionante ensayo de la ciudad de Nueva York.

Patrice se sentó en la platea alta. «A mí ya me va bien, Patsy —pensó—. Estás siendo demasiado atenta, sobre todo en tu caso, zorra más que zorra.»

La observaba desde el otro lado del pasillo y unas cuantas filas por detrás. Qué momento tan delicioso, deseaba que la voluptuosa expectativa de la venganza se prolongara de forma indefinida. Salvo que también quería apretar el gatillo y salir del cine Westwood a toda prisa antes de que algo saliera mal. Pero ¿por qué iba a salir algo mal?

Cuando Adrien Brody apuñaló a Joaquin Phoenix se levantó tranquilamente de su asiento y se dirigió al pasillo de Patrice. No vaciló ni un solo instante.

—Disculpe. Lo siento —dijo, y se dispuso a pasar por su lado; en realidad, por encima de sus piernas desnudas y delgadas, que no eran demasiado impresionantes para ser de una mujer tan importante en Hollywood.

—Dios mío, mire por dónde va —se quejó, lo cual era típico de ella, siempre tan desagradable e imperiosa.

—No será exactamente a Dios a quien verás a continuación —bromeó, y se preguntó si Patrice había captado la bromita. Probablemente no. Los directivos de los estudios no captaban las sutilezas.

Le disparó dos veces, una en el corazón y otra justo entre los ojos desorbitados y vacíos. No existía la noción de «demasiado muerto» para un psicópata como aquél. Probablemente Patrice sería capaz de regresar desde la tumba, como la trampilla de doble sentido del final de la *Carrie* original, la primera novela de Stephen King llevada a la gran pantalla.

Entonces protagonizó la escapada perfecta.

«Eh, igual que en las películas.»

La historia acababa de empezar.

PRIMERA PARTE

LOS ASESINATOS
DE «MARY SMITH»

3

Para: agriner@latimes.com
De: Mary Smith

Arnold Griner cerró los ojos pequeños y estrábicos, se llevó las manos al cráneo prácticamente pelado y se frotó el cuero cabelludo con ganas. «Oh, Dios mío, otro no —pensó—. La vida es demasiado corta para esta mierda. No lo soporto. La verdad es que no soporto este rollo de Mary Smith.»

La sala de redacción del *L.A. Times* bullía a su alrededor como cualquier otra mañana: sonaban los teléfonos; la gente iba y venía como si fueran corredores en un recinto cubierto; alguien pontificaba sobre la nueva programación televisiva de otoño..., como si a alguien le importaran los programas de la tele.

¿Cómo era posible que Griner se sintiera tan vulnerable sentado en su escritorio, en su cubículo, en medio de todo aquello? Pero así era.

Las pastillas de Xanax que había estado engullendo desde el primer mensaje de correo electrónico de Mary Smith, recibido hacía una semana, no combatían en absoluto las punzadas de pánico que lo atravesaban como si fueran la aguja utilizada en una punción lumbar.

Pánico..., pero también curiosidad malsana.

Quizá «sólo» fuera un columnista de espectáculos, pero Arnold Griner era capaz de reconocer un notición a la legua. Un éxito de ventas que dominaría la portada de los periódicos durante semanas. «Acaban de asesinar a alguien rico y famoso en Los Ángeles.» Ni siquiera le hacía falta leer el mensaje para saberlo. «Mary Smith» ya había demostrado ser una dama enfermiza y fiel a su palabra.

Las preguntas que le asaltaban eran: ¿a quién había matado esta vez? Y ¿qué demonios hacía él, Griner, en medio de ese asunto tan turbio?

«¿Por qué me ha tenido que tocar a mí? Tiene que haber algún motivo y, si lo supiera, entonces seguro que estaría acojonado, ¿no?»

Mientras marcaba el 911 con mano sumamente temblorosa, abrió el mensaje de Mary Smith con la otra. «Dios mío, que no sea nadie que conozco. Nadie que me caiga bien.»

Empezó a leerlo aunque todo su ser le decía que no lo hiciera. Lo cierto es que no podía evitarlo. «¡Oh, cielos! ¡Antonia Schifman! ¡Oh, pobre Antonia! Oh, no, ¿por qué ella? Antonia era una buena persona, y la verdad es que ese tipo de personas no abunda.»

Para: Antonia Schifman:

Supongo que podría decirse que esto es un mensaje anti-fans, aunque yo fui fan.

De todos modos, las 4.30 de la mañana es demasiado temprano para que la brillante ganadora de tres Oscar y madre de cuatro hijas salga de casa y las deje, ¿no crees? Supongo que es el precio que pagamos por ser quienes somos. O por lo menos uno de los precios.

He estado allí esta mañana para mostrarte otro inconveniente de la fama y la fortuna en Beverly Hills.

Estaba oscuro como boca de lobo cuando el chófer ha venido para llevarte al «plató». Es un sacrificio que haces y que tus fans ni siquiera valoran.

Me he colocado delante de los portones delanteros detrás del coche y lo he seguido por el camino de entrada.

De repente, he tenido la sensación de que tu chófer tenía que morir si quería llegar hasta ti pero, de todos modos, matarlo no me producía ningún placer. Estaba demasiado nerviosa para eso, temblaba como un arbolillo en plena tormenta violenta.

De hecho, la pistola me temblaba en la mano cuando he dado un golpecito en la ventanilla del conductor. La llevaba escondida detrás de la espalda y le he dicho que bajarías al cabo de unos minutos.

«No hay problema», ha dicho. Y ¿sabes qué? Apenas me ha mirado. ¿Por qué iba a mirarme? Tú eres la estrella más rutilante del firmamento, a quince millones por película, según he leído. Para él, yo no era más que la sirvienta.

Me he sentido como si estuviera interpretando un pequeño papel en una de tus películas pero, créeme, mi idea era robarte la escena.

Sabía que tenía que hacer algo radical pronto porque a él le extrañaría que yo siguiera allí de pie. No sabía si estaría demasiado asustada para hacerlo si me miraba. Pero entonces me ha mirado y se ha desencadenado la acción.

Le he clavado la pistola en la cara y he apretado el gatillo. Un acto muy sencillo, casi reflejo. Al cabo de unos segundos estaba muerto, liquidado. Entonces ya podía hacer lo que quería.

Así que he dado la vuelta hasta el asiento del pasajero, he entrado en el coche y te he esperado. Bonito coche, muy bonito. Lujoso y cómodo, con asientos de cuero, una iluminación suave, bar y una pequeña nevera surtida con tus productos preferidos. «¿Barritas de Twix, Antonia? ¡Debería darte vergüenza!»

En cierto modo, ha sido una lástima que salieras tan pronto de la casa. Me gustaba estar en tu limusina. La tranquilidad del momento, el lujo. En esos escasos minutos me he dado cuenta de por qué querrías ser quien eres. O, por lo menos, quién eras.

El corazón me palpita mientras escribo esto, al recordar el momento.

Has permanecido en el exterior del coche durante unos instantes antes de abrir la puerta tú misma. Ibas vestida de forma informal, sin maquillar, pero igualmente impresionante.

A través del cristal opaco no me veías ni a mí ni al chófer muerto, pero yo sí. Así ha sido durante toda la semana, Antonia. He estado ahí y tú ni te has enterado.

¡Qué momento tan increíble para mí! Yo en el interior de tu coche. Tú en el exterior con una chaqueta de *tweed* que te daba un aire muy irlandés y práctico.

Cuando has entrado, he cerrado las puertas de inmediato y he bajado el separador. En cuanto me has visto has adoptado una expresión de asombro. Yo ya había visto esa misma cara con anterioridad, en tus películas, cuando fingías estar asustada.

Probablemente no te has dado cuenta de que yo estaba tan asustada como tú. Me temblaba todo el cuerpo. Me castañeteaban los dientes. Por eso te he disparado antes de que tuviéramos tiempo de abrir la boca.

El momento ha pasado demasiado rápido pero yo ya contaba con ello. Para eso era el cuchillo. Lo único que espero es que no te encuentren tus hijas. No me gustaría que te vieran en ese estado. Les basta con saber que mamá se ha ido y no va a volver.

Pobres criaturas: Andi, Tia, Petra, Elizabeth.

A ellas sí que las compadezco. Pobres, pobres niñas sin su mamá. ¿Acaso hay algo más triste?

Sé que hay algo que lo es, pero es mi secreto y nadie lo sabrá jamás.

4

El despertador de Mary Smith sonó a las 5.30 pero ya estaba despierta. Totalmente despejada pensando, quién lo iba a decir, en cómo hacerle un disfraz de puercoespín a su hija Ashley para la función del colegio. «¿Qué podría utilizar para que parezcan púas de puercoespín?»

Se había acostado tarde pero daba la impresión de no ser capaz de cerrar la cinta de teleimpresora mental en la que se había convertido su lista de «cosas por hacer».

Necesitaban más mantequilla de cacahuete, un cepillo dental eléctrico, jarabe para el resfriado y una bombilla pequeña para la lámpara nocturna del baño. Brendan tenía entreno de fútbol a las tres, la misma hora a la que empezaba la clase de claqué de Ashley, pero a veinticinco kilómetros de distancia. A ver cómo se lo montaba. El resfriado de Adam quizás hubiera mejorado durante la noche, porque Mary no podía permitirse otro día de baja. Por cierto, tenía que pedir unos cuantos segundos turnos en el trabajo.

Y aquélla era la parte «tranquila» del día. Al cabo de poco rato estaba en la cocina, dictando órdenes y lidiando con el aluvión habitual de necesidades matutinas.

—Brendan, ayuda a tu hermana a atarse los zapatos, por favor. Brendan, te estoy hablando.

—Mami, noto los calcetines raros.

—Dales la vuelta.

—¿Puedo llevarme a Cleo al colegio? ¿Puedo llevármela, por favor? Por favor, mami... Por favor...

—Sí, pero tendrás que sacarla de la secadora. Brendan, ¿qué te he dicho que hicieras?

Mary sirvió con mano experta una porción de huevos revueltos perfectamente esponjosos en cada uno de los platos justo cuando saltaba el pan de la tostadora de tamaño familiar.

«¡A desayunar!»

Mientras los dos mayores atacaban los platos, se llevó a Adam a su habitación y lo vistió con un peto rojo y una camisa de marinero. Lo arrulló mientras lo llevaba a la trona.

—¿Quién es el marinerito más guapo de la ciudad? ¿Quién es mi hombrecito? —preguntó. Le hizo cosquillas en la barbilla menuda.

—Yo soy tu hombrecito —dijo Brendan con una sonrisa—. ¡Soy yo, mamá!

—Tú eres mi hombrecito mayor —respondió Mary, acariciándole la barbilla. Se encogió de hombros—. Y cada día eres más mayor.

—Eso es porque no dejo nada en el plato —dijo él, colocando el último trocito de huevo en el tenedor con ayuda del pulgar.

—Eres buena cocinera, mamá —apuntó Ashley.

—Gracias, cariño. Ahora venga, tenemos que irnos. A cepilla, cepilla, lava, lava.

Mientras recogía los platos, Brendan y Ashley se fueron por el pasillo entonando una cancioncilla. «Cepilla, cepilla, lava, lava. Los dientes y el pelo, las manos y la cara. Cepilla, cepilla, lava, lava...»

Mientras los dos mayores se lavaban, introdujo los platos en el lavavajillas para más tarde; le limpió la cara a Adam de una sola pasada con una toallita húmeda; extrajo de la nevera los almuerzos de los niños, preparados la noche anterior, y los introdujo en sendas mochilas.

—Voy a colocar a Adam en la sillita del coche —les dijo—. El último en salir es un gusano pegajoso.

Mary odiaba decirles esas cosas pero era consciente del valor de la pequeña competición inocente para que los niños se dieran prisa. Los oía chillando en sus habitaciones, medio riendo y medio asustados por si eran el último en salir por la puerta y montarse en la vieja cafetera. «Caramba, ¿quién hablaba ya de cafeteras? Sólo Mary, Mary. ¿Y quién decía "caramba"?»

Mientras sujetaba a Adam en la sillita, intentó recordar qué la había mantenido levantada hasta tan tarde la noche anterior. Tenía la impresión de que los días, y ahora también las noches, se sucedían de forma borrosa en un embrollo formado por cocinar, conducir, hacer listas, limpiar narices, y más conducir. Sin duda, Los Ángeles tenía una desventaja considerable. Parecía que la gente se pasaba media vida en el coche, en un atasco.

Debería comprar un vehículo que consumiera menos que el viejo monovolumen que había traído del este.

Consultó la hora. Sin saber cómo ya habían transcurrido diez minutos. Diez valiosos minutos. ¿Cómo es que siempre le pasaba lo mismo? ¿Cómo es que le parecía que perdía el tiempo?

Corrió a la puerta delantera e hizo salir a Brendan y a Ashley.

—¿Por qué tardáis tanto? Vamos a llegar tarde otra vez. Cielo santo, mirad qué hora es —exclamó Mary Smith.

5

Estamos en plena época de desmitificación cínica y furiosa, y de repente me llamaban «el Sherlock Holmes estadounidense» en una de las revistas más influyentes o, por lo menos, más leídas del país. Menuda estupidez, y esa mañana seguía amargándome. Un periodista de investigación llamado James Truscott había decidido seguirme e informar de los casos de homicidio en los que trabajaba. Sin embargo, lo había engañado. Me había ido de vacaciones con la familia.

—¡Me voy a Disneylandia! —le dije a Truscott antes de echarme a reír la última vez que lo vi en Washington D.C. A modo de respuesta, el escritor se había limitado a sonreír.

Es probable que para cualquier otra persona ir de vacaciones fuera algo normal. Era habitual hacerlas dos veces al año. Para la familia Cross suponía todo un acontecimiento, un nuevo comienzo.

Curiosamente, cuando cruzamos el vestíbulo del hotel sonaba *A Whole New World*.

—¡Venga, lentorros! —nos instó Jannie mientras se nos adelantaba corriendo. Damon, recién entrado en la adolescencia, era un poco más reservado. Se quedó cerca y le abrió la puerta a Nana mientras pasábamos de la comodidad del aire acondicionado al sol reluciente del sur de California.

De hecho, la salida del hotel supuso un ataque frontal a los sentidos. El aroma a canela, masa frita y a algún plato de comida mexicana fuerte nos inundó de golpe las fosas nasales. A lo lejos, también distinguí el estruendo de un tren de mercancías, o algo parecido, junto con gritos de terror, de los de verdad, de los de «ojalá no pare». Había oído suficientes veces el otro tipo de terror como para distinguir cuán diferentes eran.

Aunque parezca increíble, solicité unas vacaciones, me las concedieron y conseguí salir de la ciudad antes de que a Burns, el director del FBI, o a su gente se le ocurrieran media docena de motivos por los que no podía marcharme. La primera opción de los niños fue Disneylandia y Epcot Village, en Florida. Por motivos personales y también dado que en el sur era la época de los huracanes, decidí que fuéramos a Disneylandia y su parque más nuevo: Disney's California Adventure.

—Queda claro que estamos en California. —Nana Mama se protegió los ojos del brillo del sol—. No he visto nada natural desde que llegamos, Alex. ¿Y tú?

Frunció la boca y se tiró de la comisura de los labios pero entonces no consiguió aguantarse la risa y empezó a desternillarse. Nana es así. Casi nunca se ríe de otras personas, se ríe con ellas.

—A mí no me vas a engañar, abuela. Te encanta vernos a todos juntos. En cualquier sitio, de cualquier modo, en cualquier momento. Te daría igual si estuviéramos en Siberia.

Se le iluminó el semblante.

—Vaya, Siberia. Ahí sí que me gustaría ir. Un viaje en el Transiberiano, los montes Sayan, el lago Baikal. ¿Sabes?, a los niños estadounidenses no les iría nada mal ir de vacaciones de vez en cuando a algún sitio en el que pudieran aprender algo de otra cultura.

Puse los ojos en blanco en dirección a Damon y Jannie.

—La que ha sido maestra...

—Nunca deja de serlo —concluyó Jannie.

—Nunca de-ja de ser-lo —repitió el pequeño Alex. Tenía tres años y era como el loro de la casa. Lo veíamos muy poco y muchas veces me sorprendía lo que era capaz de hacer. Su madre se lo había llevado otra vez a Seattle hacía más de un año. Christine y yo seguíamos arrastrando la dolorosa lucha por la custodia.

La voz de Nana interrumpió mis pensamientos.

—¿Adónde vamos prim...?

—¡A volar por encima de California! —Jannie decidió la atracción incluso antes de que Nana acabara de formular la pregunta.

—Bueno, pero luego iremos a «Gritos Californianos» —intervino Damon.

Jannie le sacó la lengua a su hermano en un gesto de camaradería y él le dio un toquecito en la cadera como respuesta. Para ellos dos era como el día de Navidad, sus desavenencias incluso les divertían.

—Parece un buen plan —declaré—. Y luego iremos a «Qué duro es ser un bicho» para vuestro hermanito.

Levanté a Alex júnior en brazos, lo abracé con fuerza y le di un beso en cada mejilla. Me miró con expresión angelical.

La vida volvía a ser agradable.

6

Entonces vi que James Truscott se acercaba, con sus casi dos metros de altura y los mechones de pelo rojizo colgándole sobre los hombros de una chaqueta de cuero negra.

No sé cómo Truscott había conseguido que sus editores de Nueva York aceptaran publicar una serie de artículos sobre mí, basados en mi trayectoria como investigador de destacados casos de homicidio con bastante regularidad. Quizá se debiera a que el último, relacionado con la mafia rusa, había sido el peor caso de mi carrera y también muy destacado. Me había tomado la libertad de investigar sobre Truscott. Sólo tenía treinta años y había estudiado en la Universidad de Boston. Su especialidad eran los crímenes de verdad y había publicado dos ensayos sobre la mafia. Se me había quedado grabado un comentario que me hicieron sobre él: «Juega sucio.»

—Alex —dijo, sonriendo y tendiéndome la mano como si fuéramos unos viejos amigos que se encuentran por casualidad. Le estreché la mano a mi pesar. No es que me disgustara o que me opusiera a su derecho a escribir los artículos que quisiera, pero ya se había inmiscuido en mi vida de distintas formas que a mí me parecían poco apropiadas: escribirme mensajes de correo electrónico a diario, presentarse en las escenas del crimen e incluso en nuestra casa de Washington D.C. Lo único que faltaba era que apareciera en nuestras vacaciones familiares.

—Señor Truscott —dije con voz queda—, ya sabe que he declinado colaborar en esos artículos.

—No hay problema. —Sonrió—. No me importa.

—A mí sí —espeté—. Estoy oficialmente de vacaciones. Estoy con mi familia. ¿Le importaría darnos un respiro? Estamos en Disneylandia.

Truscott asintió como si lo comprendiera a la perfección pero entonces añadió:

—Sus vacaciones resultarán interesantes para nuestros lectores. Es como lo de «después de la tempestad, viene la calma». ¡Es fantástico! Disneylandia es perfecto. Lo entiende, ¿verdad?

—¡No! —exclamó Nana al tiempo que se acercaba a Truscott—. Su derecho a estirar el brazo termina donde empieza la nariz del prójimo. ¿Nunca le han dado este consejo tan sensato, joven? Pues deberían. Hay que tener jeta para presentarse aquí, ¿sabe?

Sin embargo, justo entonces vi algo incluso más inquietante por el rabillo del ojo, un movimiento que no encajaba con el entorno: una mujer de negro que se acercaba lentamente en círculos hacia nosotros por la izquierda.

Llevaba una cámara digital y ya nos estaba haciendo fotos, de mi familia, de Nana enfrentándose a Truscott.

Protegí a los niños lo mejor que pude y entonces me encaré de veras a James Truscott.

—¡No se atreva a fotografiar a mis hijos! —ordené—. Usted y su amiguita ya pueden largarse de aquí. Por favor, márchense.

Truscott se llevó las manos a la cabeza, sonrió con arrogancia y retrocedió.

—Tengo derechos, igual que usted, doctor Cross. Y ella no es mi amiguita. Es una compañera. Esto no es más que un negocio. Es un artículo.

—Muy bien —dije—. Pero márchense. Este niño sólo tiene tres años. No quiero la historia de mi familia en una revista. Ni ahora ni nunca.

7

Después de eso, todos intentamos olvidarnos de James Truscott y la fotógrafa durante un rato. Hay que decir que lo conseguimos. Tras montarnos en la enésima atracción, asistir a un espectáculo en directo con Mickey Mouse como protagonista, tomar dos tentempiés y participar en innumerables juegos de feria, me atreví a proponer que volviéramos al hotel.

—¿A la piscina? —preguntó Damon, sonriendo. Habíamos visto la «Piscina de Nunca Jamás» de cuatrocientos cincuenta metros cuadrados al ir a desayunar por la mañana.

Cuando llegué a la recepción tenía un mensaje, que no me sorprendió lo más mínimo. La inspectora Jamilla Hughes del departamento de policía de San Francisco estaba en la ciudad y necesitaba reunirse conmigo. «Lo antes posible, cuanto antes mejor», decía la nota. Lo cual significaba que tenía que mover el culo ya.

Dediqué mis excusas sonrientes a los bañistas y me despedí de ellos. Al fin y al cabo, yo también estaba de vacaciones.

—A por ellos, papá —bromeo Jannie—. Es Jamilla, ¿verdad?

Damon mostró su aprobación con el pulgar y me

sonrió desde detrás de las lentes empañadas de las gafas de bucear.

Cubrí la distancia que separaba el Disneyland Hotel del Grand Californian, donde había reservado otra habitación. Ese lugar estaba decorado con estilo artesanal, mucho más sobrio que nuestro hotel.

Crucé las puertas de cristales de colores y entré en un vestíbulo elevado. Las vigas de secuoya se alzaban seis plantas por encima, y las lámparas de Tiffany salpicaban la planta baja, dominada por una enorme chimenea de piedra sin labrar.

Sin embargo, apenas me fijé en nada de todo eso. No dejaba de pensar en la inspectora Hughes que me esperaba en la habitación 456.

Increíble..., estaba de vacaciones.

8

Jamilla me recibió en la puerta con un delicioso beso en los labios que me reconfortó de pies a cabeza. No vi gran cosa de la blusa cruzada azul celeste y la falda negra de tubo hasta que separamos nuestros cuerpos. Los zapatos negros de talón abierto la situaban a la altura ideal para mí. En ese momento estaba claro que no parecía una agente de homicidios.

—Acabo de llegar —dijo.

—Justo a tiempo —murmuré, abrazándola otra vez. Los besos de Jamilla siempre eran como una vuelta al hogar. Empecé a preguntarme adónde llevaba todo aquello, pero yo mismo me controlé. «Déjalo estar, Alex.»

—Gracias por las flores —me susurró al oído—. Todas las flores. Son preciosas. Lo sé, lo sé, no tan preciosas como yo.

Solté una carcajada.

—Es verdad.

Por encima de su hombro vi que el conserje del hotel, Harold Larsen, había hecho un buen trabajo. Había pétalos de rosa desperdigados en bandas de color rojo, melocotón y blanco. Sabía que había una docena de rosas con tallo en la mesita de noche, una botella de Sauvignon Blanc en el minibar y un par de CD cuidadosamente seleccionados en el estéreo: lo mejor de Al Green, Luther Ingram, *Tears of Joy* de Tuck y Patti, y música de la primera época de Alberta Hunter.

—Supongo que me has echado mucho de menos —dijo Jamilla.

De repente los dos nos fundimos en un solo cuerpo, mi boca exploraba la de ella mientras la agarraba por detrás con las manos. Ella ya me había desabotonado media camisa y luego yo busqué la cremallera en el lateral de la falda. Volvimos a besarnos y su boca tenía el mismo sabor fresco y dulce de siempre.

—«*If lovin' you is wrong, I don't want to be right*» —canté medio susurrando.

—Amarme no tiene nada de malo. —Jamilla sonrió.

La llevé bailando de espaldas hacia el dormitorio.

—¿Cómo sabes hacer esto con los tacones? —le pregunté por el camino.

—Tienes razón —convino ella. Se quitó los zapatos con ayuda de los pies mientras la falda se deslizaba hasta el suelo.

—Deberíamos encender las velas —propuse—. ¿Quieres que las encienda?

—Chitón, Alex. Aquí ya hace suficiente calor.

—Sí, es verdad.

Después de eso no hablamos mucho. Parecía que Jamilla y yo siempre sabíamos lo que pensaba el otro, en ciertos momentos las palabras sobraban. Y la había echado de menos, mucho más de lo que podía imaginar.

Nos acurrucamos el uno contra el otro, pecho con pecho, respirando de forma rítmica. Me levanté y me endurecí en contacto con su pierna y noté la humedad en el muslo. Entonces subí los brazos y sostuve el encantador rostro de Jam con las dos manos.

Era como si ella fuera capaz de oír mis pensamientos. Sonrió, asimilando las palabras que ni siquiera había pronunciado.

—Ah, ¿sí? —susurró finalmente, antes de guiñar el ojo. Ya habíamos compartido esa broma telepática con anterioridad.

Nos besamos un poco más y Jamilla respiró profundamente mientras le recorría el cuello, los pechos y el vientre con los labios. Quería permanecer allá donde me detenía pero, al mismo tiempo, tenía ganas de continuar. Me rodeó con los brazos y los dos rodamos en la cama.

—¿Cómo puedes ser tan dura y tan suave a la vez? —pregunté.

—Es cosa de mujeres. Disfrútalo. Pero podría decir lo mismo de ti. ¿Duro y suave?

Al cabo de un instante penetré en Jamilla. Estaba sentada encima de mí, con la cabeza echada hacia atrás, mordiéndose el labio inferior con fuerza. El sol entraba por la ventana de la habitación y le recorría la cara lentamente. Absolutamente magnífica, toda la escena.

Alcanzamos el orgasmo a la vez, una de esas utopías que todo el mundo considera precisamente eso, una utopía, pero que no lo es, no siempre.

Ella se tumbó encima de mí mientras el aire le brotaba lentamente de los pulmones, nuestros cuerpos fusionados como otras veces.

—Mañana estarás demasiado cansado para las atracciones —dijo ella finalmente con una sonrisa.

—Hablando de atracciones... —dije.

Se echó a reír.

—Promesas, promesas...

—Pero yo siempre las cumplo.

9

No recuerdo cuándo Jamilla y yo acabamos vencidos por el sueño aquella tarde, pero el busca me despertó. Mi flamante busca nuevo. El que conseguí especialmente para ese viaje, de forma que sólo unas pocas personas tuvieran el número: John Sampson, el ayudante del director Burns, Tony Woods y ya está. ¿Dos personas de más? ¿Y entonces qué?

—Lo siento, lo siento, Jam. No me lo esperaba. No hace falta que responda —refunfuñé. Dije la última frase con poco entusiasmo. Los dos conocíamos la realidad.

Jamilla negó con la cabeza.

—Te contaré un secretito: tengo el mío aquí en la mesita de noche. Venga, Alex, responde a la llamada. «Sí, responde a la llamada.»

Efectivamente, la llamada era del despacho del director en Washington D.C. Descolgué el teléfono de la mesita y marqué el número mientras seguía tumbado boca arriba. Al final miré la hora, las cuatro de la tarde. El día se me había pasado volando, lo cual en cierto modo era positivo. Hasta entonces, por lo menos.

—Ron Burns —le dije discretamente a Jamilla mientras esperaba que me pasaran con él—. No será nada bueno. —Aquello pintaba mal.

Ella asintió. Una llamada de lo más alto de la jerarquía implicaba algún asunto serio que no podía esperar. Fuera lo que fuese, no quería saberlo en ese momento.

Ron Burns en persona se puso al aparato. La situación empeoraba por momentos.

—¿Alex? ¿Eres tú?

—Sí, señor. —Exhalé un suspiro. Sólo estábamos Jamilla, yo y él.

—Te agradezco que hayas respondido a la llamada. Siento molestarte. Sé que hacía mucho tiempo que no te tomabas unas vacaciones.

Él no sabía ni la mitad del asunto, pero guardé silencio y escuché lo que el director quería decirme.

—Alex, hay un caso complicado en Los Ángeles. Es probable que te hubiera enviado a investigarlo de todos modos. Pero el hecho de que estés en California es una coincidencia afortunada. Por supuesto, entiendo que lo de afortunado sea un concepto relativo.

Moví la cabeza adelante y atrás. Aquello sonaba mal, pero que muy mal.

—¿Cuál es el caso? ¿Cuál es la coincidencia afortunada de encontrarme aquí?

—¿Sabes quién es Antonia Schifman?

La pregunta me llamó un poco la atención.

—¿La actriz? Claro.

—La han asesinado esta mañana, junto con su chófer. Ha ocurrido en el exterior de su casa. Su familia estaba dentro, durmiendo.

—¿El resto de la familia está bien? —pregunté.

—Nadie ha sufrido ningún daño, Alex. Sólo la actriz y el chófer.

Me sentí un tanto confuso.

—¿Por qué participa en esto el FBI? ¿El departamento de policía de Los Ángeles ha solicitado una consulta?

—No exactamente. —Burns hizo una pausa—. Espero que esta información quede entre nosotros, pero Antonia Schifman era amiga del presidente de Estados Unidos. Y amiga íntima de su esposa. El presidente ha solicitado nuestra ayuda en la investigación del homicidio.

—Oh. —Me di cuenta de que Ron Burns no era tan ajeno a la presión ejercida desde Washington como había pensado. Aun así, el director era lo mejor que le había pasado al FBI desde hacía mucho tiempo. Y ya me había hecho más de un favor durante mi corta permanencia en el puesto. Claro está que yo se los había devuelto con creces.

—Alex, echa un vistazo rápido al asunto. Te lo agradecería de veras. Volverás a estar con tu familia a la hora de la cena. Una cena que, de todos modos, será tarde. Acude a la escena del crimen por mí. Quiero oír tu versión sobre lo ocurrido. Me he tomado la libertad..., bueno, te están esperando.

Al terminar la conversación lancé una mirada a Jamilla.

—En fin..., la buena noticia es que no tengo que tomar ningún avión. Es un caso en Los Ángeles. Hoy han asesinado a la actriz Antonia Schifman.

Se acercó más a mí en la cama.

—Oh, qué horror, Alex. Sus películas me gustan. Siempre parecía agradable. Es una verdadera lástima. Bueno, por lo menos cotillearé con Nana y los niños mientras tú no nos oyes.

—Me reuniré con todos vosotros aquí para cenar. Aunque quizá sea un poco tarde.

—Mi avión no sale hasta las once, Alex, pero tengo que coger ese último vuelo.

La besé de forma un tanto tímida, avergonzado por haber cedido ante Burns, pero ¿qué otra opción tenía?

—Ve a hacer que California sea segura..., más segura —dijo ella—. Vigilaré a Mickey y al pato Donald para asegurarme de que no se desmadran.

Buena idea.

10

El Narrador pasó con el coche por la escena del homicidio de Schifman, «justo por la escena del crimen». Sabía que no debía haber vuelto al lugar, pero no pudo contenerse. En cierto modo, pensó que podría ser buena idea. Así que detuvo el coche y se bajó para echar un vistazo.

Menudo apuro pasó. Conocía la casa, conocía muy bien el barrio lujoso de Beverly Hills, Miller Place. De repente, le faltó la respiración pero le encantó correr aquel peligro, la sensación de «¡ahora puede pasar cualquier cosa!». Y sin duda así era. Al fin y al cabo, él era el Narrador.

Había periodistas por todas partes, junto con la policía de Los Ángeles, por supuesto, e incluso algunos capos del cuerpo, por lo que tuvo que aparcar casi a unos cuatrocientos metros de distancia. Eso no le suponía ningún problema, era más seguro e inteligente. Al cabo de un minuto más o menos, se unió a los fans y otros curiosos que peregrinaban al santuario donde la pobre Antonia había dejado este mundo cruel.

—Me cuesta creer que esté muerta —decía una pareja joven mientras caminaban tomados del brazo y la cabeza gacha como si hubieran perdido a un ser querido. ¿Qué les pasaba a ciertas personas? ¿Era posible estar tan loco?

«Pues yo sí que me creo que está muerta —quería decirles—. Primero le disparé un tiro en la cabeza; luego le machaqué la cara hasta que ni su madre fuera capaz de reconocerla. Aunque parezca increíble, mi síntoma es metódico. Existe un plan superior y es una maravilla.»

Pero no habló con los espeluznantes afligidos, sino que se limitó a acercarse a las puertas del paraíso de Schifman. Permaneció allí respetuosamente con los demás, que debían de sumar unos doscientos seres dolientes. La feria de Beverly Hills acababa de empezar, calentaba motores.

Aquello era una noticia tremenda y, ¿sabéis qué? Ni uno solo de esos reporteros sabía la verdadera historia. Ni sobre Antonia..., ni sobre su homicidio.

Sólo él..., era la única persona de Los Ángeles que sabía qué había pasado y por qué, y se sentía enormemente satisfecho de disponer de esa información.

—Eh, ¿qué tal? —oyó. El Narrador se quedó helado, pero luego se volvió lentamente para ver quién le hablaba.

La cara del hombre le resultaba familiar pero no sabía exactamente quién era. «¿De qué conozco a este tío?»

—Vaya, pasaba por aquí. He oído en la radio lo sucedido. Así que he venido a presentar mis respetos o como se diga. Qué pena, qué tragedia, ¿no? Este mundo está loco, nunca se sabe qué va a pasar —dijo el Narrador dándose cuenta de que farfullaba un poco.

—No, nunca se sabe —convino el otro—. ¿Quién demonios querría matar a Antonia Schifman? ¿Qué tipo de maniaco? ¿Qué loco de remate?

—Aquí en Los Ángeles —repuso el Narrador—, podría ser cualquiera, ¿no?

11

Un cuarto de hora después de la llamada desde Washington D.C., un Grand Marquis negro me esperaba en el exterior del Disneyland Hotel. Negué con la cabeza en señal de decepción, pero también de enojo... Aquella situación era una intromisión nunca vista.

El agente del FBI que me esperaba junto al coche llevaba unos pantalones caqui bien planchados y un polo azul cielo. Parecía preparado para jugar al golf en el club de campo de Los Ángeles. Me estrechó la mano con fuerza y con cierta dosis de impaciencia.

—Agente especial Karl Page. Me alegro mucho de conocerlo, doctor Cross. He leído su libro —dijo—. Un par de veces.

A juzgar por su aspecto, hacía poco tiempo que había salido de la Academia de Quantico. El bronceado californiano y el pelo muy rubio cortado al rape me hicieron pensar que se trataba de un chico de la zona. Probablemente tuviera unos veinticinco años. Sin duda, trabajador y entusiasta.

—Gracias —respondí—. ¿Adónde nos dirigimos exactamente, agente Page?

Page se calló de repente y asintió con la cabeza. Tal vez se sintiera avergonzado por no haber pensado en responder a mi pregunta antes de que se la formulara. Entonces tomó la palabra de nuevo.

—Sí, claro. Nos dirigimos a Beverly Hills, doctor Cross. La escena del homicidio, donde vivía la víctima.

—Antonia Schifman —dije con un suspiro de pesadumbre.

—Eso es. Oh, eh, ¿le han informado ya de cómo ha sido?

—La verdad es que no. Digamos que no muy bien. ¿Qué te parece si me cuentas lo que sabes camino de la casa? Quiero todos los detalles.

Se giró hacia el coche como si fuera a abrirme la puerta, se lo repensó y se subió en el lado del conductor. Yo subí detrás y durante el trayecto Page se fue relajando mientras me hablaba del caso.

—La clave de éste es «Mary Smith». Se debe a que la semana pasada una tal Mary Smith envió un mensaje de correo electrónico al redactor de espectáculos del *L.A. Times*, responsabilizándose del primer homicidio.

Creo que me puse bizco.

—Un momento. ¿Este caso ya tiene clave?

—Sí, señor.

—¿O sea que no se trata de un incidente aislado? —Noté la tensión que transmitía mi propia voz. ¿Acaso Burns me había ocultado esa información o es que no la sabía?

—No. Por lo menos, es el segundo homicidio, doctor Cross. Es demasiado pronto como para clasificarlo de algún modo, pero hay indicios de que se trata de un crimen en solitario, con un método organizado, es posible que se trate de psicosis. Y quizá también cierto nivel de ritual por parte de la misma persona en las dos escenas del crimen. También creemos que el asesino es una mujer, lo cual lo convierte en un caso fuera de lo común.

O sea que Page sabía un par de cosas. Mientras tanto, no pude evitar sentirme engañado por Burns. ¿Por qué no me había dicho la verdad? Acabábamos de salir de la zona de Disneylandia y este caso de homicidio ya era mucho más complejo de lo que parecía en un principio.

—Hijo de puta —dije apretando los dientes. Me estaba cansando de que jugaran conmigo, y quizá cansado también del FBI. Pero tal vez estuviera de mal humor porque me habían arrebatado parte de mis vacaciones.

Page se puso tenso.

—¿Algún problema?

Habría sido fácil desahogarme un poco con él, pero todavía no estaba preparado para empezar a establecer vínculos con el agente Page. La idea era implicarme lo menos posible en ese caso.

—Nada grave. De todos modos, no tiene que ver contigo. Vayamos a la escena del crimen. Se supone que sólo tengo que echar un vistazo rápido.

—Sí, señor.

Capté los ojos azules de Page en el retrovisor.

—No hace falta que me llames «señor». No soy tu padre —declaré. Acto seguido sonreí por si no se había dado cuenta de que era una broma.

12

Ya estamos otra vez... «El presidente nos ha pedido ayuda... Quiero oír tu versión sobre lo ocurrido. ¿Mi versión? No me haga reír.» Mi versión era que me estaban utilizando y que no me gustaba. Además, me odiaba a mí mismo por quejarme de ese modo.

Tomamos la autovía de Santa Ana para ir al centro de Los Ángeles y luego la de Hollywood para salir. El agente Page conducía con cierta agresividad automatizada, adelantando a los coches muy de cerca y con frecuencia. Un hombre de negocios que hablaba por el móvil soltó el volante que sujetaba con la otra mano el tiempo suficiente para hacer un gesto obsceno con el dedo medio.

Page parecía ajeno a todo aquello mientras conducía a toda velocidad hacia el norte y me contaba lo que sabía sobre el truculento doble asesinato.

Tanto Antonia Schifman como su chófer, Bruno Capaletti, habían muerto tiroteados entre las 4.00 y las 5.30 de la mañana. Un jardinero había descubierto los cadáveres alrededor de las 7.15. Habían desfigurado el hermoso rostro de Schifman con algún tipo de hoja afilada.

Al parecer, no se habían llevado dinero ni objetos de valor. Bruno Capaletti llevaba casi doscientos dólares en el bolsillo cuando lo encontraron y el bolso de Schifman seguía en la limusina al lado de su cadáver. Contenía tarjetas de crédito, unos pendientes de diamantes y dinero en metálico.

—¿Alguna vinculación anterior entre los dos? —pregunté—. ¿Schifman y el chófer de la limusina? ¿Qué sabemos de ellos dos?

—La otra película de ella en la que Capaletti trabajó fue *Banner Season*, pero entonces hizo de chófer para Jeff Bridges. De todos modos, seguimos investigando al chófer. ¿Ha visto *Banner Season*?

—No, no la he visto. ¿Cuán concurrida está la escena del crimen? ¿Los nuestros, la policía de Los Ángeles, periodistas? ¿Debería saber algo más antes de llegar?

—La verdad es que todavía no he estado ahí —reconoció Page—. Pero probablemente esté abarrotado. Es que..., claro..., se trata de Antonia Schifman. Era muy buena actriz. Además, parece que era una señora agradable.

—Sí, lo era. Es una lástima.

—Además tenía hijos. Cuatro niñas pequeñas: Andi, Elizabeth, Tia y Petra —dijo Page, a quien estaba claro que le gustaba alardear de sus conocimientos.

Al cabo de unos minutos salimos de la autovía y nos dirigimos hacia el oeste por Sunset. Observé cómo el paisaje pasaba de la sordidez urbana y estereotipada del centro de Hollywood a las avenidas residenciales y frondosas, igual de estereotipadas, de Beverly Hills. Las líneas de palmeras nos miraban desde arriba, como por encima del hombro.

Salimos de Sunset y subimos por Miller Place, una carretera que serpenteaba por un cañón con vistas impresionantes de la ciudad que habíamos dejado atrás. Al final, Page estacionó en una calle lateral.

Había furgonetas de la televisión y la radio por todas partes. Las torres de comunicación vía satélite se alzaban en el aire como enormes esculturas. Cuando nos acercamos más, vi a la CNN, la KTLA, KYSR Star 98.7, y *Entertainment Tonight*. Algunos reporteros estaban de cara a las cámaras y de espaldas a la finca, supuestamente informando en directo para la televisión. Menudo circo. ¿Por qué tenía que estar yo también allí? Se supone que debería estar en Disneylandia, un circo más amable y tierno.

Ningún periodista me reconoció, lo cual suponía un cambio reconfortante con respecto a Washington. El agente Page y yo nos abrimos paso de buenas maneras entre la multitud hasta donde hacían guardia dos agentes de policía. Escudriñaron bien nuestras credenciales.

—Es el doctor Alex Cross —dijo Page.

—¿Y? —respondió el agente.

Yo no dije ni una palabra. «¿Y?» me parecía una respuesta adecuada.

Al final el agente nos dejó pasar pero antes advertí algo que me puso enfermo. James Truscott, con su melena pelirroja, estaba entre el grupo de reporteros. Igual que su fotógrafa, la misma mujer, vestida totalmente de negro. Truscott también me vio y asintió en mi dirección. Es posible que incluso esbozara una sonrisa.

Estaba tomando notas.

Ella..., me fotografiaba.

13

Solté improperios discretamente mientras Page y yo recorríamos un camino de entrada largo y circular de guijarros blancos hasta la casa principal. «Mansión» era la palabra más adecuada para el edificio, una construcción de dos plantas de estilo colonial. El follaje denso que había por todas partes me impedía ver más allá de la fachada, pero el edificio principal debía de tener por lo menos casi dos mil metros cuadrados, o incluso más. Nuestra casa de Washington medía menos de trescientos metros cuadrados y teníamos espacio más que suficiente.

La segunda planta estaba bordeada por una serie de balcones. Algunos daban al camino de entrada, donde había una limusina negra acordonada con la clásica cinta amarilla de la escena de un crimen.

Ahí es donde habían muerto Antonia Schifman y Bruno Capaletti.

La zona que rodeaba la limusina estaba cortada formando un círculo amplio, con sólo una vía de acceso. Otros dos agentes de la policía de Los Ángeles anotaban los nombres de las personas que entraban y salían.

Los técnicos, ataviados con monos blancos, examinaban el coche con un microscopio de mano USB y aspiradores de pruebas. Otros tomaban fotos con una Polaroid y con cámaras convencionales.

Otra brigada entera se había desplegado y tomaba muestras del área circundante. Todo resultaba verdaderamente impresionante, además de deprimente. Se supone que el mejor departamento de policía forense del mundo es el de Tokio. Sin embargo, dentro de Estados Unidos, Los Ángeles y Nueva York eran los únicos departamentos capaces de competir con los recursos del FBI.

—Estamos de suerte, supongo —dijo Page—. Parece que la forense está acabando. —Señaló hacia la médico forense, una mujer robusta y de pelo canoso que estaba situada al lado de la limusina y que hablaba por una grabadora de mano.

Aquello significaba que no se habían llevado los cadáveres. Me sorprendió, aunque a mí me beneficiaba. Cuanto menos alterada estuviera la escena del crimen, más información podría conseguirle a Burns. Y al presidente. Y a su esposa. Supuse que por eso no habían movido los cadáveres: los muertos me estaban esperando.

Me volví hacia Page.

—Dile a quienquiera que esté al mando de la policía de Los Ángeles que no toquen nada. Quiero echar un vistazo limpio. E intenta que algunas de estas personas se larguen. Sólo el personal necesario. Fibras, huellas y ya está. Todos los demás pueden marcharse.

Por primera vez esa mañana, Page hizo una pausa antes de responder. Le estaba mostrando mi lado autoritario. No es que mandonear se me dé demasiado bien, pero en aquel momento era lo que hacía falta. Me resultaba imposible hacer bien mi trabajo rodeado de todo aquel caos y confusión.

—Oh, y otra cosa que debes decirle a quien esté al mando... —añadí.

Page se volvió.

—¿Sí?

—Diles que mientras yo esté aquí, mando yo.

14

Todavía oía la voz del director Burns en mi cabeza. «Quiero oír tu versión sobre lo ocurrido... Volverás a estar con tu familia a la hora de la cena.»

Pero ¿iba a querer comer después de eso?

Dado que los dos cadáveres seguían en el interior, la limusina despedía un olor fétido. Uno de los mejores trucos que había aprendido era soportar el hedor durante unos tres minutos, hasta que los nervios olfativos se entumecían. Entonces ya no había problema. Sólo tenía que superar esos tres minutos que indicaban que volvía a estar en el mundo de los homicidios.

Me centré y asimilé todos los detalles truculentos, uno por uno.

En primer lugar, me llevé una horrenda sorpresa para la que no estaba preparado, aunque en parte sabía que sucedería.

El rostro de Antonia Schifman resultaba casi irreconocible. Le faltaba una parte del lado izquierdo, allí donde le habían disparado a bocajarro. La carne que le quedaba —buena parte del ojo derecho, la mejilla y la boca—, había sufrido varios cortes. La asesina, Mary Smith, había actuado de forma frenética, pero sólo contra Antonia Schifman, no contra el chófer.

La ropa de la actriz daba la impresión de estar intacta. Ningún indicio de agresión sexual. Y ni rastro de espuma sanguinolenta por la nariz o la boca, lo cual implicaba que había muerto y dejado de respirar casi de inmediato. ¿Quién había sido el autor de un ataque tan violento? ¿Por qué Antonia Schifman? Parecía buena persona, tenía buena prensa. Y a todo el mundo le caía bien según..., pues, todo el mundo. ¿Qué explicación tenía esa carnicería? ¿Esa profanación de su hogar?

El agente Page apareció y se me apoyó en el hombro.

—¿Por qué crees que le hicieron esos cortes? ¿Alguna referencia a la cirugía estética, quizá?

El joven agente había pasado por alto todas las indicaciones sutiles y no tan sutiles que le había dejado caer sobre que necesitaba estar a solas en esos momentos, pero no me sentía con ánimos de regañarle.

—No creo —repliqué—. Pero todavía no quiero especular. Sabremos más cuando se la lleven y la limpien.

«Ahora, por favor, déjame trabajar, Page.»

La cara destrozada de la actriz estaba cubierta por una capa marronácea de sangre seca. Qué horror. ¿Y qué se suponía que debía transmitir al presidente sobre lo que había visto, sobre lo que le había sucedido a su amiga?

El chófer, Bruno Capaletti, seguía apoyado en el volante. Una sola bala le había entrado por la sien izquierda antes de volarle buena parte de la cabeza. La sangre del asiento vacío de su lado estaba emborronada, quizá por obra de su cuerpo, aunque era más probable que lo hubiera hecho el asesino, quien parecía haber disparado a Antonia Schifman desde el asiento delantero. Habían encontrado una pequeña cantidad de cocaína en el bolsillo de la chaqueta del chófer. ¿Acaso significaba algo? Probablemente no, pero todavía no podía descartar nada.

Al final salí de la limusina y respiré una bocanada de aire fresco.

—Detecto una curiosa incongruencia en todo esto —declaré, más para mis adentros que para otra persona.

—¿Preciso y torpe a la vez? —se aventuró a decir Page—. Controlado y descontrolado a la vez

Lo miré y mi boca adoptó una mueca parecida a una sonrisa. Su perspicacia me sorprendió un poco.

—Sí, exacto.

Los cadáveres estaban dispuestos de una forma determinada en el interior del vehículo. Pero los disparos y, sobre todo, los cortes del rostro de Schifman denotaban una actitud iracunda y poco meticulosa.

También había un «regalito». Una hilera de adhesivos infantiles pegada a la puerta del coche: imágenes brillantes y de vivos colores de unicornios y arcos iris. Al parecer habían dejado lo mismo en la escena del homicidio de la semana anterior.

Cada uno de los adhesivos estaba marcado con una letra mayúscula, dos con una A y uno con una B. ¿De qué iba todo eso?

Page ya me había informado sobre ese otro caso. Otra mujer del mundo del cine, Patsy Bennett, exitosa jefa de producción, había sido asesinada a tiros en un cine de Westwood seis días antes. No hubo testigos. Bennett fue la única víctima de ese día y no había habido cuchilladas. Pero los adhesivos de esa escena también estaban marcados con dos A mayúsculas y una B.

Quienquiera que fuera el autor, quería llevarse el mérito de los homicidios. Las muertes no eran fruto de la improvisación, pero los métodos del asesino eran dinámicos. Y, por supuesto, evolucionaban.

—¿En qué estás pensando? —inquirió Page—. ¿Te

importa que te lo pregunte? ¿O quizá me estoy inmiscuyendo?

Antes de tener tiempo de responderle nos interrumpió otra agente. Aunque cueste de creer, estaba incluso más bronceada y era más rubia que el agente Page. Me pregunté si los habrían fabricado con el mismo molde.

—Tenemos otro mensaje de correo electrónico en el *L.A. Times* —dijo—. El mismo periodista, Arnold Griner y la misma Mary Smith.

—¿El periódico ha informado ya de los mensajes de correo? —pregunté. Los dos agentes negaron con la cabeza—. Bien. Intentemos que la cosa quede así. Y no desveléis lo de las pegatinas infantiles. Si puede ser. Y lo de las A y las B.

Consulté mi reloj. Ya eran las cinco y media de la tarde. Necesitaba pasar por lo menos una hora más en la finca de Schifman y luego quería hablar con Arnold Griner del *L.A. Times*. Y estaba claro que tendría que reunirme con los del departamento de policía de Los Ángeles antes del término de la jornada. Probablemente James Truscott estuviera rondando por el exterior. En Washington D.C. me perdía las comidas caseras cada dos por tres. Nana y los niños estaban acostumbrados y Jamilla seguro que lo entendería, pero nada de eso era una excusa. Aquél era un momento tan bueno como cualquier otro para hacer una excepción a una de las peores costumbres de mi vida: perderme la cena con mi familia.

Pero no iba a pasar, ¿verdad que no? Primero llamé a Nana al hotel y luego a Jamilla. Luego pensé en las pobres familias de Schifman y Bennett y volví al trabajo.

SEGUNDA PARTE

ME ENCANTA LOS ÁNGELES

15

—¿Por qué me habrá elegido a mí? ¿Por qué cree que me escribe estas misivas tan horribles? No tiene ningún sentido, ¿verdad? ¿Han descubierto algo que le dé sentido a todo esto? ¿Las madres asesinadas? Hollywood está a punto de enloquecer por culpa de estos asesinatos, créame. El secretito sucio de Mary se acabará sabiendo.

Arnold Griner ya me había hecho las mismas preguntas un par de veces durante la entrevista. Nuestro encuentro tenía lugar en un despacho acristalado en forma de «L», en el centro de la redacción del *L.A. Times*. El resto de la planta era una extensión enorme de escritorios y cubículos.

De vez en cuando alguien asomaba la cabeza por la pared del cubículo, lanzaba una mirada furtiva en nuestra dirección y volvía a desaparecer. «Son como los perros de las praderas», es lo que decía Griner riendo entre dientes.

Estaba sentado en un sillón de cuero marrón, agarrando y soltándose las rodillas de los Dockers grises arrugados. De vez en cuando garabateaba algo en una libreta que tenía en el regazo.

Hasta el momento, la conversación se había centrado en el currículum de Griner: Yale, seguido de unas prácticas en *Variety*, donde corregía pruebas de imprenta y servía cafés a los periodistas de la sección de espectáculos. Enseguida consiguió entrar en plantilla y se hizo famoso al conseguir una entrevista formal con Tom Cruise en una fiesta de celebridades. Dos años atrás, el *L.A. Times* lo tentó con una oferta de trabajo con columna propia: «Entre bastidores». Según me dijo, en ese mundillo tenía fama de conseguir noticias «privilegiadas» sobre Hollywood y escribir críticas «incisivas». Estaba claro que tenía muy buena opinión de sí mismo.

No encontré ninguna relación entre Griner y los asesinatos, aparte de la vinculación con la industria cinematográfica. De todos modos, no estaba dispuesto a creer que había sido elegido al azar para recibir los mensajes de correo electrónico de Mary Smith.

Griner tampoco parecía predispuesto a creer tal cosa. Sin embargo, estaba muy atento a todo y me acribilló a preguntas desde el comienzo.

Al final me senté cerca de él.

—Señor Griner, tranquilícese, por favor.

—Para usted es muy fácil decirlo —espetó aunque casi de inmediato añadió—: Lo siento, lo siento. —Se llevó dos dedos a la frente y se frotó el entrecejo—. La verdad es que estoy hecho un manojo de nervios. Soy así desde que era pequeño y vivía en Greenwich.

Ya conocía ese tipo de reacciones: una mezcla de paranoia y enfado, fruto de llevarse una sorpresa como la que se había llevado Arnold Griner. Cuando volví a hablar, lo hice lo suficientemente bajo para que tuviera que concentrarse en mis palabras.

—Sé que ya se lo ha planteado, pero ¿se le ocurre alguna razón que explique por qué recibe estos mensajes? Empecemos por todo contacto anterior con Patsy Bennett, Antonia Schifman o incluso el chófer de la limusina, Bruno Capaletti.

Se encogió de hombros, puso los ojos en blanco e intentó recobrar el aliento de forma desesperada.

—Quizás asistiéramos a las mismas fiestas en alguna ocasión, por lo menos con respecto a las dos mujeres. Está claro que he escrito críticas de sus películas. La última fue la de Antonia, *Canterbury Road*, que me pareció odiosa, siento decirlo, aunque su interpretación estaba muy bien y lo dije en el artículo. ¿Cree que eso podría ser la relación? Quizá la asesina lea mis artículos. Me refiero a que es indudable, ¿no? Todo esto es increíblemente raro. ¿Qué pinto yo en el plan homicida de una demente? —Antes de que tuviera tiempo de contestar, lanzó otra de sus retahílas de preguntas—. ¿Cree que lo del chófer de Antonia fue casual? En el mensaje de correo parece que estaba..., en medio...

Resultaba evidente que Griner estaba ávido de información, tanto a nivel personal como profesional. Al fin y al cabo, era reportero y gozaba de mucho poder en los círculos de Hollywood. Así que le di mi respuesta habitual para los periodistas.

—Es demasiado pronto para saberlo. ¿Qué me dice de Patsy Bennett? —inquirí—. ¿Recuerda la última vez que escribió sobre una de sus películas? ¿Sobre alguna de sus producciones? Seguía produciendo películas de vez en cuando, ¿verdad?

Griner asintió antes de exhalar un suspiro audible, casi histriónico.

—¿Cree que debería dejar de escribir mi columna durante un tiempo? Es lo que tendría que hacer, ¿verdad? Quizá sea lo mejor. —La entrevista era como un partido de pimpón contra un niño hiperactivo. Al final conseguí formularle todas las preguntas que quería, pero tardé casi el doble de lo que pensaba al llegar al *Times*. Griner necesitaba que lo tranquilizara constantemente, e intenté hacerlo sin ser del todo deshonesto. Al fin y al cabo, el hombre corría peligro—. Una última cosa —dijo Griner justo antes de que me marchara—. ¿Cree que debería escribir un libro sobre esto? ¿No es un poco morboso?

No me molesté en responder a las preguntas. Había estudiado en Yale..., debería saber la respuesta.

16

Tras la entrevista, salí del despacho de Arnold Griner y me puse en contacto con Paul Lebleau, el técnico de la policía de Los Ángeles encargado de rastrear los mensajes de correo electrónico de Mary Smith.

Iba tecleando en el ordenador de Griner mientras me hablaba a toda velocidad en la jerga del mundillo.

—Los dos mensajes de correo electrónico salieron de dos servidores proxy distintos. El primero se originó en un cibercafé de Santa Mónica. Eso significa que Mary Smith es una persona de entre unos pocos cientos. Tiene dos direcciones distintas. Hasta el momento. Las dos son cuentas genéricas de Hotmail, lo cual no nos dice nada, salvo que se dio de alta en la primera desde la biblioteca de la USC. El día antes del primer mensaje.

Tuve que concentrarme para seguir a Lebleau. ¿Acaso todo el mundo padecía de hiperactividad?

—¿Y el segundo mensaje? —pregunté.

—El envío no se originó en el mismo lugar que el primero. Eso es lo que puedo decir.

—¿Procedía de la zona de Los Ángeles? ¿Eso lo puedes decir?

—Todavía no lo sé.

—¿Cuándo lo sabrá?

—Probablemente a última hora del día, tampoco es que vaya a servir de gran ayuda. —Se inclinó hacia delante y observó con ojos entrecerrados varias líneas de código de la pantalla—. Esta mujer sabe lo que se lleva entre manos.

Otra vez lo mismo, «la mujer». Comprendía por qué todo el mundo se refería a «ella». Yo también, pero sólo por comodidad.

Sin embargo, eso no significaba que estuviera convencido de que el asesino fuera una mujer. De todos modos, no todavía. Los mensajes enviados a Griner podían ser de cualquier persona, pero ¿quién?

17

«¿Qué tal las vacaciones hasta el momento, Alex? ¿Lo estás pasando en grande?»

Me llevé copias de los dos mensajes inauditos y me dirigí a una reunión con la policía de Los Ángeles. La agencia de investigación de la calle North Los Ángeles estaba tan sólo a cuatrocientos metros de la redacción del *Times*, todo un milagro en esa ciudad, dado que dicen que se tardan tres cuartos de hora en llegar a cualquier punto del centro.

«Oh, las vacaciones van de maravilla. He visitado todos los lugares de interés. Los niños también se lo están pasando muy bien. Nana está loca de contenta.»

Caminé despacio, releyendo los dos mensajes camino de la agencia policial. Aunque la escritura apuntaba a la creación de un personaje, procedía de la mente del asesino.

Empecé por el primero, que describía los últimos momentos de la vida de Patsy Bennett. Decididamente, el diario de ese psicópata resultaba espeluznante.

Para: agriner@latimes.com
De: Mary Smith
Para: Patrice Bennett

Yo soy quien te mató.

Menuda frasecita, ¿eh? A mí me lo parece. Aquí va otra que también me gusta.

Alguien, un completo desconocido, encontrará tu cadáver en la platea alta del Westwood Village Theater. Tú, Patrice Bennett.

Porque ahí es donde has muerto hoy, viendo tu última película, que no es que fuera muy buena que digamos. ¿*El bosque*? ¿En qué pensabas? ¿Qué te hizo ir al cine este día, el día de tu muerte, a ver *El bosque*?

Tenías que haberte quedado en casa, Patsy. Con tus encantadoras hijas pequeñas. Ahí es donde debe estar una buena madre. ¿No crees? Aunque pases gran parte del tiempo que estás en casa leyendo guiones y hablando por teléfono sobre asuntos del estudio.

He tardado mucho tiempo en acercarme tanto a ti. En el estudio eres un pez gordo y yo no soy más que una don nadie que ve películas en vídeo y *Entertainment Tonight* y *Access Hollywood*. Ni siquiera podía traspasar el gran arco de entrada del estudio. No señor.

Lo único que podía hacer era observar tu Aston Martin azul marino entrando y saliendo, día tras día. Pero yo soy muy paciente. He aprendido a esperar por lo que quiero.

Hablando de esperar, tu pedazo de casa es difícil de ver desde la calle. Atisbé a tus encantadoras hijas, un par de veces, en realidad. Y sé que con el tiempo habría encontrado la manera de entrar en la casa. Pero entonces resulta que hoy lo cambias todo.

Fuiste a ver una película, en plena tarde, como dices que haces en algunas de tus entrevistas. Quizás echaras de menos el olor de las palomitas. ¿Alguna vez llevas a tus hijitas al cine, Patsy? Deberías llevarlas, ¿sabes? Dicen que la infancia pasa volando.

Al comienzo no me parecía que tuviera sentido. Eres un pez gordo muy ajetreada. Pero luego caí en la cuenta. Te dedicas al cine. Tienes que ver películas constantemente, pero también tienes una familia que te espera todas las noches. Se supone que debes ir a casa a cenar con las pequeñas Lynne y Laurie. ¿Cuántos años tienen ya? ¿Doce y trece? Quieren que estés con ellas y tú quieres estar con ellas. Supongo que eso es bueno. Salvo que esta noche, la cena se servirá y acabará sin ti. Si te paras a pensarlo, que es lo que estoy haciendo ahora, es un poco triste.

Bueno, te has sentado en la fila novena de la platea alta. Yo me he sentado en la duodécima. He esperado con la vista fija en tu nuca, en tu pelo moreno de bote. Ahí es adonde iba a dirigirse la bala. Por lo menos es lo que he fantaseado. ¿No es eso lo que se supone que se hace en el cine? ¿Evadirse? ¿Huir de todo? Salvo que hoy día la mayoría de las películas son tan deprimentes... deprimentemente tontas o deprimentemente aburridas.

De hecho, no he sacado la pistola hasta una vez comenzada la película. No me gustaba sentirme tan asustada. Se supone que quien tenía que estar asustada eras tú, pez gordo. Pero tú no sabías qué pasaba, ni siquiera que yo estaba allí. Estabas completamente ajena a lo que pasaba.

Yo me he sentado así, sosteniendo la pistola en el regazo, apuntándote durante un buen rato. Luego he decidido que quería estar más cerca, justo encima de ti.

Necesitaba mirarte a los ojos después de que te dieras cuenta de que te habían disparado, de que supieras que no volverías a ver a Lynne y a Laurie, que tampoco verías más películas, ni darías el visto bueno a los proyectos ni volverías a ser un pez gordo.

Pero verte con los ojos bien abiertos y muerta ha sido una sorpresa. De hecho, una conmoción para mi sistema nervioso. ¿Qué ha sido de ese famoso porte de aristócrata que te caracterizaba? Por eso he tenido que salir tan rápido del cine y por eso te he dejado «a medias».

Tampoco es que te importe a estas alturas. ¿Qué tal tiempo hace ahí donde estás, Patsy? Espero que haga calor. Tanto calor como en el infierno, ¿no te parece una buena comparación?

¿Echas mucho de menos a tus hijas? ¿Te arrepientes de ciertas cosas? Seguro que sí. Yo en tu lugar me arrepentiría. Pero no soy ningún pez gordo, sólo alguien normal y corriente.

18

Las nueve en punto y no todo iba bien, por usar un tópico.

El apretón de manos de la agente de la policía de Los Ángeles Jeanne Galletta fue sorprendentemente blando. Por su aspecto, parecía capaz de quebrar unos cuantos huesos si quería. El jersey naranja de cuello alto y manga corta resaltaba sus bíceps. Sin embargo, era esbelta, tenía unas facciones marcadas y angulosas, y unos ojos pardos penetrantes capaces de inmovilizar a cualquiera.

Sin darme cuenta, me quedé mirándola casi fijamente y aparté la vista.

—Agente Cross, ¿le he hecho esperar? —preguntó.

—No mucho —respondí. Había estado en la situación de Galletta con anterioridad. Cuando eres el investigador jefe de un caso prominente, todo el mundo quiere una porción de tu tiempo. Además, mi jornada casi había terminado, mientras que probablemente la agente Galletta permanecería despierta toda la noche. El caso así lo exigía.

El caos había aterrizado en su mesa hacía unas doce horas. Se había originado en la comisaría del oeste, en Hollywood, pero los asesinatos en serie se transferían de forma automática a la comisaría central, a la Unidad Especial de Homicidios. Desde un punto de vista técnico, «Mary Smith» no podía considerarse una asesina en serie hasta que se le atribuyeran por lo menos cuatro asesinatos, pero la policía de Los Ángeles había decidido pecar de cautelosa. Yo estaba de acuerdo con esa decisión, aunque nadie me había pedido mi opinión.

La cobertura periodística del caso y la presión subsiguiente en el departamento ya eran intensas. Pronto pasaría de intensa a desquiciada, si los tres mensajes de correo electrónico recibidos por el *Times* salían a la luz.

La agente Galletta me condujo a la planta de arriba, a una pequeña sala de reuniones convertida en sala de crisis. Funcionaba como centro improvisado de intercambio de información relacionada con los asesinatos.

Había una pared entera llena de informes policiales, un plano de la ciudad, bocetos de las dos escenas del crimen y docenas de fotografías de las fallecidas.

En un rincón había una papelera rebosante de vasos de papel y bolsas grasientas de comida para llevar vacíos. En esa comisaría la hamburguesería Wendy's parecía ser la opción ganadora.

Dos agentes en mangas de camisa estaban sentados a una mesa de madera larga, ambos encorvados sobre montones distintos de documentos. Una imagen conocida, deprimente.

—Necesitamos este sitio —dijo Galletta a los agentes. No habló de forma demasiado agresiva. Destilaba el tipo de seguridad sin pretensiones que hacía que la intimidación fuera innecesaria. Los dos hombres se marcharon sin mediar palabra.

—¿Por dónde quiere empezar? —le pregunté.

Galletta no se anduvo por las ramas.

—¿Qué conclusión saca de lo de las pegatinas? —Señaló una fotografía en blanco y negro de 21 × 28 cm de la parte trasera del asiento del cine. Tenía el mismo tipo de adhesivos infantiles que los de la limusina de Antonia Schifman. Cada una de las pegatinas estaba marcada con una A o una B.

En uno de los adhesivos se veía un poni de ojos bien abiertos y en los otros dos un oso de peluche en un columpio. ¿Qué relación tenía el asesino con los niños? ¿Y las madres?

—A mí me parece sumamente torpe —le dije—. Igual que todo lo demás. Los mensajes de correo electrónico de estilo recargado. Los disparos a bocajarro. Los navajazos. Joder, las famosas. Quienquiera que sea el autor, quiere hacerlo a lo grande. Quiere destacar.

—Sí, sin duda. Pero ¿qué me dice de las pegatinas de niños? ¿Por qué pegatinas? ¿Por qué de ese tipo? ¿Qué significan las A y las B? Deben de significar algo.

—Ha mencionado a los hijos de las víctimas en los mensajes de correo electrónico. Los niños forman parte de este rompecabezas, son una pieza. Para serle sincero, nunca me he encontrado con nada remotamente parecido a esto.

Galletta se mordió el labio y miró al suelo. Esperé a ver qué decía a continuación.

—Tenemos dos vías. Todo guarda relación con la industria del cine, Hollywood, al menos por el momento. Pero también está lo de la maternidad. Los hijos. No menciona a los maridos en ninguno de los mensajes de correo electrónico —habló despacio, midiendo sus palabras, igual que solía hacer yo—. O es madre o tiene debilidad por las madres. Las mamás.

—¿Da por sentado que Mary Smith es una mujer? —pregunté.

19

La agente Galletta se echó hacia atrás apoyándose en los talones de sus Nike antes de mirarme con expresión burlona.

—¿No sabe lo del pelo? ¿Quién le ha informado del caso?

Sentí una punzada de frustración por el hecho de que volvieran a hacerme perder el tiempo. Exhalé un suspiro antes de preguntar a Galletta.

—¿Qué pelo?

Entonces me contó que la policía de Los Ángeles había encontrado un pelo humano bajo una de las pegatinas del cine de Westwood. Según las pruebas, pertenecía a una hembra de raza blanca y no era de Patrice Bennett. El hecho de que estuviera atrapado en una superficie vertical y lisa debajo del adhesivo lo convertía en una prueba de peso, aunque ni mucho menos definitiva.

Añadí ese nuevo detalle a lo que ya sabía mientras daba a Galletta mi versión sobre Mary Smith. Le transmití mi corazonada de que todavía no debíamos descartar que se tratara de un hombre.

—Pero no debería tomarse todo lo que digo al pie de la letra. No tengo una mente científica.

Ella sonrió con cierto aire de engreimiento aunque el efecto fue suficientemente efectivo.

—Lo tendré en cuenta, agente Cross. ¿Qué más tenemos?

—¿Tiene algún plan para los medios de comunicación?

Quería hacer hincapié en que era su plan, que el caso era de ella, lo cual, por supuesto, era cierto. Aquél iba a ser mi primer y último día de trabajo en el caso de Mary Smith. Si me lo montaba bien, ni siquiera tendría que manifestarlo en voz alta. Me limitaría a desaparecer.

—Éste es mi plan para los medios.

Jeanne Galletta alargó el brazo y encendió un televisor de pared. Fue cambiando de canal y deteniéndose allí donde hablaban de los dos asesinatos.

«El espeluznante doble asesinato de la actriz Antonia Schifman y su chófer...»

«Suponemos que ahora va usted a Beverly Hills...»

«La ex secretaria de Patrice Bennett al otro lado de la línea...»

Muchas de las cadenas eran nacionales, desde la CNN a la E! Entertainment Television.

Galletta pulsó un botón que anulaba el sonido.

—Es el tipo de basura de la que viven algunos periodistas. Tengo un equipo desplegado las veinticuatro horas del día en ambas escenas del crimen para mantener alejados a esos gilipollas, más los dichosos *paparazzi*. La situación está descontrolada y va a empeorar mucho más. Usted ya ha pasado por esto. ¿Tiene alguna sugerencia?

Por supuesto que había pasado por eso. Todos habíamos aprendido unas cuantas lecciones desagradables sobre la espada de doble filo que fue la cobertura de los medios en el caso del francotirador de Washington D.C hacía algunos años.

—Opino lo siguiente, si es que sirve de algo; al menos, eso espero: no intente controlar a los medios porque es imposible —sentencié—. Lo único que se puede controlar es la información sobre la escena del crimen que sale a la luz. Dé órdenes de silencio absoluto a todos los relacionados con el caso. Nada de entrevistas sin el permiso expreso del departamento. Quizá suene un poco radical, pero asigne un par de personas para que respondan al teléfono. Llame a todos los agentes jubilados que pueda localizar y dígales que no hagan comentarios a la prensa, nada de nada. Los policías retirados pueden llegar a ser uno de sus mayores problemas. A algunos les encanta confeccionar teorías para las cámaras.

Me dedicó otra sonrisa maliciosa.

—No puede decirse que carezca de opinión sobre el tema.

Me encogí de hombros.

—Créame, he aprendido buena parte de esto a palos.

—Ya veo.

Mientras yo hablaba, la agente Galletta caminaba lentamente delante del gran tablero de la pared. Asimilando las pruebas. Es la forma de actuar. Dejar que los detalles vayan ocupando los recovecos de la mente, para encontrarlos cuando uno los necesita. Era obvio que gozaba de un buen instinto. Sin duda, poseía un cinismo sano, pero también sabía escuchar. Era fácil ver por qué había llegado tan alto siendo tan joven. Pero ¿sobreviviría a ese caso?

—Una cosa más —añadí—: Mary Smith probablemente observe lo que hace. Le sugiero que no la menosprecie ni a ella ni su obra en público, por lo menos no todavía. Ella ya se lo ha tomado como un juego con los medios de comunicación, ¿verdad?

—Sí, es cierto. Eso creo. —La agente Galletta se paró y alzó la vista hacia las imágenes sin voz de la tele—. Probablemente esté disfrutando de lo lindo con todo esto.

Estaba de acuerdo. Y a ese monstruo había que alimentarlo con mucho, mucho cuidado.

¿Un monstruo hembra?

20

Era justo pasada la medianoche cuando por fin regresé al hotel de Disney y recibí más malas noticias. No sólo que Jamilla ya había tomado el avión de vuelta a San Francisco. Eso ya me lo imaginaba y supuse que había vuelto a caer en desgracia con ella.

Al entrar en la habitación del hotel, vi que Nana Mama estaba profundamente dormida en el sofá. Todavía tenía la labor de ganchillo azul claro entre los dedos. Dormía plácidamente, como una niña.

No quería molestarla pero se despertó por sí sola. Con Nana siempre pasaba lo mismo. Cuando era pequeño, lo único que tenía que hacer era situarme al lado de su cama si estaba enfermo o había tenido una pesadilla. Ella siempre decía que velaba por mí, incluso dormida. ¿Había velado por mí esa noche?

Observé en silencio a la anciana durante unos momentos. No sé qué siente la mayoría de las personas por sus abuelos, pero yo la quería tanto que a veces sufría por ello. Nana me había criado desde los diez años. Al final me incliné y le di un beso en la mejilla.

—¿Has oído el mensaje que dejé en el buzón de voz? —pregunté.

Nana miró el teléfono del hotel con expresión ausente; la luz roja parpadeante indicaba la presencia de un mensaje.

—Supongo que no —dije encogiéndome de hombros.

Me puso una mano en el antebrazo.

—Oh, Alex. Christine ha estado en el hotel. Ha venido y se ha llevado al pequeño Alex a Seattle. El niño no está.

El cerebro dejó de funcionarme durante unos instantes. Christine no tenía que recoger a Alex hasta al cabo de dos días. Tenía la custodia de nuestro hijo, pero habíamos organizado el viaje a Disneylandia de mutuo acuerdo. Incluso había opinado que era buena idea.

Me desplomé en el borde del sofá.

—No lo entiendo. ¿Qué quieres decir con eso de que se ha llevado a Alex a casa? ¿Qué pasa? Cuéntamelo.

Nana dejó la labor de ganchillo en una cesta de bordar que tenía al lado.

—Me he enfadado tanto que le habría escupido. Parecía que estaba fuera de sí. Se ha puesto a gritar, Alex. Me ha gritado a mí, e incluso a Janelle.

—De todos modos, ¿qué hacía aquí? No tenía por qué...

—Ha venido temprano. Eso es lo peor. Alex, creo que venía a pasar un buen rato contigo y con el pequeño Alex. Con todos nosotros. Y cuando se ha enterado de que estabas trabajando, ha cambiado de humor. De repente se ha puesto hecha una furia. No he conseguido hacerla entrar en razón. Nunca había visto a nadie tan enfadado, tan cambiado.

Empezaba a comprenderlo todo demasiado rápido y luché contra un aluvión de sentimientos. Sobre todo, caí en la cuenta de que ni siquiera me había despedido de mi hijo y ahora ya no estaba.

—¿Y qué me dices de Alex? ¿Cómo ha reaccionado?

—Estaba confundido y parecía triste, el pobrecillo.

Ha preguntado por ti cuando su madre se lo ha llevado. Ha dicho que le prometiste que éstas serían unas vacaciones. Que tenía muchas ganas de que llegara el momento. Todos nosotros. Ya lo sabes, Alex.

Se me encogió el corazón y me imaginé la carita de Alex. Era como si cada vez estuviera más lejos de mí, como si una parte de mi vida se me escapara de las manos.

—¿Cómo han reaccionado Jannie y Damon? —pregunté entonces.

Nana suspiró con fuerza.

—Se han portado como unos valientes, pero Jannie ha llorado mucho al acostarse. Creo que Damon también. Él disimula mejor. Pobrecillos, han estado alicaídos buena parte de la tarde.

Nos sentamos juntos en silencio en el sofá durante unos instantes que parecieron largos. Yo no sabía qué decir.

—Siento no haber estado hoy aquí —le dije a Nana al final—. Sé que eso no significa gran cosa.

Me tomó la mandíbula en la mano y me miró de hito en hito. «Allá va, cierra las escotillas.»

—Eres un buen hombre, Alex. Y un buen padre. No lo olvides, sobre todo ahora. Lo que pasa es... que tienes un trabajo muy complicado.

Al cabo de unos minutos, entré sigilosamente en el dormitorio de Jannie y Damon. Por la forma en que estaban arropados, parecían otra vez niños muy pequeños. Me gustaba el efecto visual y me quedé allí, observándolos. Nada tenía una capacidad tan curativa como aquellos dos niños. «Mis bebés, independientemente de la edad que tengáis.»

Jannie dormía en un extremo de la cama con el edredón hecho un ovillo a un lado. Me acerqué y la tapé.

—¿Papá? —el susurro de Damon desde atrás me pilló desprevenido—. ¿Eres tú?

—¿Qué pasa, Damon? —Me senté al borde de su cama y le froté la espalda. Se lo hacía desde que era bebé y no pensaba dejar de hacérselo hasta que él me lo dijera.

—¿Mañana tienes que trabajar? —preguntó—. ¿Ya ha llegado mañana?

No había nada de malicia en su voz. Era demasiado bueno para eso. Si yo era un padre aceptable, Damon era un hijo excelente.

—No —respondí—. Mañana no. Estamos de vacaciones, ¿recuerdas?

21

Por segundo día consecutivo, me desperté con una llamada inquietante.

Esta vez era Fred van Allsburg, el director adjunto de la oficina del FBI en Los Ángeles. Había visto su nombre en los organigramas de la agencia, pero nunca habíamos mantenido ningún contacto. No obstante, me trató con cierta familiaridad instantánea por el teléfono.

—¡Alex! ¿Qué tal las vacaciones? —preguntó en cuanto me hubo saludado.

¿Es que todo el mundo sabía de mis andanzas?

—Bien, gracias —respondí—. ¿En qué puedo ayudarte?

—Oye, muchas gracias por tu disponibilidad ayer en el caso de Mary Smith. Hemos hecho avances considerables y mantenemos una relación satisfactoria con la policía de Los Ángeles. Mira, voy a ir al grano: nos gustaría que nos representaras durante el resto de la investigación. Es un caso prominente e importante para nosotros. Y, obviamente, para el director. Por desgracia, este caso va a ser sonado.

Pensé en una frase de *El Padrino III*: «Justo cuando pensaba que estaba fuera, me vuelven a meter.»

Pero esta vez no. No había dormido mucho, pero me

desperté sabiendo claramente a qué iba a dedicar el día, y no tenía nada que ver con Mary Smith ni con ninguna otra investigación de crímenes abyectos.

—Voy a tener que presentar mis excusas al respecto. Tengo compromisos familiares ineludibles.

—Sí, lo entiendo —respondió, demasiado rápido como para estar diciéndolo en serio—. Pero quizá podríamos robarte durante un rato. Unas cuantas horas al día.

—Lo siento, pero no es posible. Ahora no.

Van Allsburg exhaló de forma audible al otro lado de la línea. Cuando volvimos a hablar, su tono era más prudente. No sé si lo interpreté de forma correcta, pero intuí también cierto deje de condescendencia.

—¿Sabes a qué nos enfrentamos? Alex, ¿has visto las noticias esta mañana?

—Intento mantenerme al margen de las noticias durante unos días. Recuerda, estoy de vacaciones. Necesito unas vacaciones. Acabo de despertarme.

—Alex, escucha, los dos sabemos que esto no ha acabado. Están matando a personas. Gente importante.

«¿Gente importante?» ¿Qué demonios se suponía que significaba eso? Además, no estoy seguro de si era consciente de ello, pero empezaba casi todas las frases con mi nombre. En cierto modo, comprendía la situación en la que se encontraba, la presión a la que estaba sometido, pero esta vez iba a mantenerme en mis trece.

—Lo siento —le dije—. La respuesta es no.

—Alex, preferiría que esto quedara entre nosotros. No hay motivos para que llegue a oídos de Ron Burns, ¿verdad?

—No, no los hay —le dije a Van Allsburg.

—Bien... —empezó a decir, pero le interrumpí.

—Porque voy a desconectar el busca ahora mismo.

22

Lo reconozco, cuando colgué el teléfono, el corazón me latía a toda velocidad, pero al mismo tiempo me sentí aliviado. Pensé que probablemente Ron Burns apoyaría mi decisión, pero ¿sabéis qué? Ni siquiera me importaba.

Al cabo de una hora estaba vestido y preparado para hacer turismo.

—¿Quién quiere desayunar con Goofy? —propuse.

El hotel ofrecía «desayunos temáticos» y parecía una buena forma de predisponer nuestras energías hacia el talante vacacional. Sin duda era un poco cursi, pero a veces las cursiladas son buenas, pero que muy buenas, y relativizan las situaciones.

Jannie y Damon entraron en la sala de estar de la suite con expresión un tanto cautelosa. Extendí los dos puños con los dedos hacia arriba.

—Escoged una mano cada uno —dije.

—Papá, ya no somos tan pequeños —se quejó Jannie—. Tengo once años. ¿No te has dado cuenta?

Puse cara de sorpresa.

—Ah, ¿sí? —Provoqué las risas que esperaba—. Se trata de algo serio. No estoy de broma. Venga, escoged una mano. Por favor.

—¿Qué es? —preguntó Damon.

Yo no dije ni una palabra.

Al final, Jannie me dio un toquecito en la mano izquierda y entonces Damon se encogió de hombros y señaló la derecha.

—Buena elección. —Giré el puño y separé los dedos. Los dos niños se inclinaron para ver más de cerca.

—¿El busca? —preguntó Damon.

—Acabo de apagarlo. Ahora Nana y yo esperaremos en la entrada y quiero que lo escondáis en algún sitio. Escondedlo bien. No quiero volver a ver ese aparato, no hasta que volvamos a Washington D.C.

Tanto Jannie como Damon empezaron a silbar y a vitorear. Incluso Nana soltó un hurra. Por fin estábamos de vacaciones.

23

Quizás entre todo aquel sufrimiento y desolación hubiera algo positivo. No era probable, pero podría ser. Arnold Griner sabía que tenía los derechos exclusivos de su propia historia cuando todo aquel lío pasara. Y ¿sabéis qué más? No iba a conformarse con un telefilme. Iba a intentar escribir una serie de artículos para su columna, para luego venderlos como proyecto prestigioso a uno de los estudios. *¿Asedio a Hollywood*? *¿La guerra contra las estrellas*? Los títulos eran malos. De todos modos, ésa era la idea.

Negó con la cabeza y volvió a centrarse en la autovía de San Diego. El Xanax que se había tomado le hacía sentir un poco brumoso. Había seguido ingiriendo cafeína, más que nada para mantener cierto equilibrio durante el día.

De hecho, el trayecto matutino hasta el trabajo era lo peor de la jornada. Se trataba de una transición diaria entre la falta de preocupaciones y una sensación nauseabunda. Cuanto más cerca estaba del trabajo, de su mesa, de su ordenador, más ansioso se sentía.

Si hubiera sabido con certeza que le esperaba otro espeluznante mensaje de correo electrónico, casi sería más fácil. Lo que lo sacaba de quicio era la incertidumbre.

¿Volvería a tener noticias de Mary? ¿Sería hoy? Pero, lo más importante, ¿por qué le escribía a él?

Casi sin darse cuenta, llegó a Times Mirror Square. Griner trabajaba en la parte más antigua del complejo, un edificio de la década de 1930 por el que sentía cierto afecto; bueno, en circunstancias normales.

Las puertas principales eran dos piezas de bronce enormes, flanqueadas por sendas esculturas de unas águilas impresionantes. Esa mañana las cruzó para dirigirse a la entrada trasera y subió al tercer piso por las escaleras. Valía la pena andarse con cautela, ¿no?

Una periodista llamada Jennie Bloom le salió al paso en cuanto llegó al rellano de la redacción. De entre todo el personal que había mostrado un interés repentino por su bienestar, ella era la que lo había hecho con mayor obviedad. ¿O acaso se trataba de odio?

—Hola Arnold, ¿qué tal? ¿Estás bien, chico? ¿Qué vas a cubrir hoy?

Griner se quedó impertérrito.

—Jen, si ésa es la frase que utilizas para ligar, debes de ser la mujer más solitaria de Los Ángeles.

Jennie Bloom se limitó a sonreír y siguió haciéndose la amable.

—Hablas como una persona experimentada en los asuntos del corazón. Pues muy bien, entonces olvidémonos de los prolegómenos. ¿Has recibido más mensajes de correo electrónico? Necesitas ayuda, ¿verdad? Aquí me tienes. Te hace falta el punto de vista de una mujer.

—En serio, sólo necesito un poco de espacio, ¿entendido? Ya te informaré si recibo algo más. —Se volvió con brusquedad y se alejó de ella.

—No, no me informarás —dijo ella en voz alta.

—No, no te informaré —dijo él sin dejar de caminar.

En cierto modo, incluso las distracciones molestas suponían un alivio. En cuanto le dio la espalda a Bloom, su mente volvió a entrar en la inquietante espiral en la que se encontraba antes.

«¿Por qué yo? ¿Por qué me eligió Mary *la Loca*? ¿Por qué no a Jennie Bloom?

»¿Volverá a suceder hoy? ¿Habrá otra víctima famosa?»

Y entonces sucedió.

24

Una tranquila voz femenina dijo:

—Nueve, uno, uno, ¿de qué emergencia se trata?

—Soy Arnold Griner de *Los Angeles Times*. Tengo que llamar a la agente Jeanne Galletta pero no sé..., no encuentro el número. Lo siento. Ahora mismo estoy un poco nervioso. Ni siquiera encuentro el Rolodex.

—Señor, ¿es una llamada de emergencia? ¿Necesita ayuda?

—Sí, sin duda es una emergencia. Es posible que hayan asesinado a una persona. No sé cuánto hace que ha sucedido o ni siquiera si ha sucedido realmente. ¿Ha llamado alguien para hablar de una tal Marti Lowenstein-Bell?

—Señor, no puedo proporcionarle ese tipo de información.

—Da igual. Envíe a alguien a la residencia de los Lowenstein-Bell. Creo que la han matado. Estoy casi seguro de ello.

—¿Cómo puede estar seguro?

—Lo estoy, ¿entendido? Estoy prácticamente convencido de que se ha producido un asesinato.

—¿En qué dirección?

—¿La dirección? Oh, cielos, no sé la dirección. Se supone que el cadáver está en la piscina.

—¿Está usted en la residencia?

—No. No, oiga, se trata de..., no sé cómo decírselo para que me entienda. Se trata del caso de Mary Smith. De los asesinatos de famosos de Hollywood. ¿Sabe de qué estoy hablando?

—De acuerdo, señor, creo que le entiendo. ¿Puede repetir el nombre?

—Lowenstein-Bell. Marti. Sé que su marido se llama Michael Bell. Quizá lo encuentre por ese nombre. No sé seguro si está muerta. Acabo de recibir un mensaje horrible. Soy periodista del *Los Angeles Times*. Me llamo Arnold Griner. La agente Galletta me conoce.

—Señor, ya tengo la información. Espere un momento y no cuelgue.

«No, no...»

25

A las 8.42 de la mañana la policía de Los Ángeles transmitió una orden de envío de agentes, refuerzos y personal médico de emergencia a la dirección de los Lowenstein-Bell en Bel Air.

Habían recibido dos llamadas distintas al 911 sobre el mismo suceso en un intervalo de pocos minutos. La primera era del *Los Angeles Times*. La segunda procedía de la residencia de los Lowenstein-Bell.

Los agentes Jeff Campbell y Patrick Beneke fueron los primeros en llegar a la escena. Antes de llegar, Campbell sospechó que se trataba de otro asesinato de una persona famosa. La dirección en sí era inusual para ese tipo de llamadas, pero en el aviso sólo se mencionaba a una víctima adulta. Y probables heridas de arma blanca. La pareja propietaria de la casa pertenecía al mundillo de Hollywood. Todo apuntaba a que se trataba de un nuevo caso sonado.

Una mujer bajita y de pelo oscuro ataviada con un uniforme gris y blanco de sirvienta los esperaba en el camino de entrada. Retorcía una especie de trapo con las manos. En cuanto los policías se acercaron más a ella, vieron que la mujer sollozaba y andaba en círculos.

—Fantástico —dijo Beneke—. Lo que nos faltaba,

una carmelita que ni siquiera habla inglés, con los ojos desorbitados y comportándose como una loca.

Campbell respondió como hacía siempre ante el cinismo racista y tedioso del joven agente.

—Cállate la boca, Beneke. No quiero ni oírte. Está aterrorizada.

En cuanto salieron del coche, la sirvienta se puso histérica.

—¡Aquí, aquí, aquí! —dijo en español al tiempo que les indicaba la puerta delantera—. ¡Aquí, aquí!

La residencia era una estructura ultramoderna de piedra y cristal situada en lo alto de las montañas de Santa Mónica. En cuanto se acercó, el agente Campbell vio el jardín posterior a través de la entrada de cristal verde y la impresionante vista de la costa que se dominaba desde la casa.

¿Qué era eso del cristal de la puerta delantera? Parecía totalmente fuera de lugar. Algo parecido a una etiqueta o pegatina. ¿Una calcomanía infantil? Con una A grande en ella.

Prácticamente tuvo que arrancar la mano de la sirvienta de su antebrazo.

—Señora, tranquilícese. Uno momento, por favor. ¿Cómo te llamas? —intentó hablarle en español.

No se sabe si la mujer le oyó o no. Hablaba español demasiado rápido para que él la entendiera. Señaló hacia la casa varias veces más.

—Entremos —insistió Beneke—. Estamos perdiendo el tiempo con ella. Está viviendo la «vida loca».

Aparecieron dos coches patrulla más y una ambulancia. Uno de los técnicos sanitarios habló rápidamente y de forma más eficaz con la sirvienta.

—En la piscina, en la parte trasera —les explicó—. No hay nadie más en la casa, por lo menos que ella sepa.

—Ella no sabe una mierda —espetó Beneke.

—Echaremos un vistazo —declaró Campbell. Él y Beneke inspeccionaron la zona norte de la casa, con las armas desenfundadas. Los otros equipos fueron al sur, atajando a través de unos setos.

Campbell sintió la subida de adrenalina habitual mientras se abrían paso por entre un conjunto denso de hortensias. En el pasado, las llamadas por homicidio casi le resultaban estimulantes. Ahora se sentía aturdido y le fallaban las piernas.

Intentó ver algo por entre los arbustos densos. A juzgar por lo que sabía de los asesinatos de Hollywood, era imposible que el asesino siguiera en el lugar.

—¿Ves algo? —le susurró a su compañero, que tenía veintinueve años, era un vaquero californiano y se comportaba como un gilipollas la mayor parte del tiempo.

—Sí, un puñado de flores —respondió Beneke—. Hemos sido los primeros en llegar. ¿Por qué no has dejado que nos tomaran la delantera?

Campbell se mordió la lengua antes de contestar.

—Mantén los ojos abiertos —dijo—. El asesino podría seguir aquí.

—Eso espero.

Salieron a un impresionante patio de pizarra negra situado en la parte trasera. Estaba dominado por una piscina infinita con el fondo oscuro. Daba la impresión de que el agua fluía de forma desbordante por el borde de la piscina.

—Ahí está —anunció Campbell con un quejido.

El cuerpo pálido de una mujer flotaba boca abajo, con los brazos perpendiculares al torso. Llevaba un bañador de color verde lima. Su cabellera rubia flotaba suavemente en la superficie del agua.

Uno de los técnicos sanitarios se zambulló en la piscina y le dio la vuelta haciendo un esfuerzo considerable. Le introdujo un dedo en la garganta, pero para Campbell resultaba evidente que ya no había pulso.

—¡Joder! —Campbell hizo una mueca y apartó la mirada, aunque luego volvió a mirar. Contuvo la respiración para no vomitar. ¿Quién demonios era capaz de hacer una cosa así? La pobre mujer estaba prácticamente borrada de cuello para arriba. Su rostro era una maraña de carne cortada. El agua de la piscina estaba teñida de un rosa brillante alrededor de su cuerpo.

Beneke se acercó para verla más de cerca.

—La misma asesina. Apuesto lo que quieras. Es obra de la misma asesina loca. —Se inclinó para ayudar a sacar a la mujer del agua.

—Un momento —gritó furioso Campbell. Señaló al técnico sanitario que seguía dentro del agua—. Tú. Sal de la piscina. Sal de la piscina inmediatamente.

Todos miraron a Campbell con expresión inmutable pero sabían que tenía razón. Ni siquiera Beneke articuló palabra. No tenía ningún sentido dejar sus marcas en la escena del crimen hasta que llegara el equipo de investigación. Debían dejar a la víctima donde estaba.

—¡Eh! ¡Eh, chicos!

Campbell alzó la mirada y vio a otro agente, Jerry Tounley, llamándolos desde una ventana de la planta superior.

—El estudio está totalmente destrozado. Hay cuadros rotos, cosas por todas partes, cristal. Y agarraos, el ordenador sigue encendido y tiene un programa de correo abierto. Parece que alguien ha estado enviando un mensaje de correo electrónico antes de marcharse.

26

Para: agriner@latimes.com
De: Mary Smith
Para: Marti Lowenstein-Bell:

Anoche te observé mientras cenabas. Tú y tu selecta familia de cinco miembros. Muy acogedor y agradable. «Mamá sabe lo que os conviene.» Con esas paredes de cristal inmaculado que tiene la casa, más fácil, imposible. Disfruté viéndote con tus hijas en tu última cena.

De hecho, incluso veía lo apetitosa que parecía la comida en los platos. Manjares preparados por la cocinera y niñera, por supuesto. Os lo pasasteis en grande y yo no tengo nada que decir al respecto. Quería que disfrutaras en tu última noche. Sobre todo deseaba que tus hijas tuvieran un recuerdo perdurable. Ahora yo también tengo un recuerdo de ellas.

Nunca olvidaré la dulzura de sus rostros. Nunca jamás olvides a tus hijas, Marti. Hazme caso.

Qué casa tan increíblemente bonita tienes, Marti, como corresponde a una importante guionista y directora de cine. Por cierto, ¿lo he dicho en el orden correcto? Creo que sí.

No entré hasta más tarde, cuando estabas acostando a las niñas. Volviste a dejar abiertas las puertas del jardín y esta vez aproveché.

La tentación era demasiado grande. Quería ver las cosas tal como tú las veías, del interior hacia fuera.

Pero sigo sin entender por qué vosotros los ricos os sentís tan seguros en vuestras casas. Esos castillos enormes no pueden protegeros si no sois cuidadosos. «Y no fuiste cuidadosa. No estuviste nada atenta. ¿Demasiado ocupada haciendo de mamá o demasiado ocupada haciendo de estrella?»

Te oí en la planta de arriba, intentando hacer dormir a las niñas. Fue enternecedor, lo digo en serio. Probablemente pensaras que serías la última en arroparlas, pero no fue así.

Más tarde, cuando todo el mundo dormía, observé a cada una de esas niñas en la cama, respirando plácidamente. Eran como angelitos sin preocupaciones mundanas.

No tuve que decirles que no debían preocuparse por nada, porque ya lo sabían. En tu caso fue todo lo contrario. Decidí esperar hasta la mañana, para estar a solas contigo, *madame* directora.

La verdad es que estoy muy contenta de haber esperado. Tu marido, Michael, ha llevado a las niñas al colegio. Supongo que hoy le tocaba. Ha sido una suerte para todos, pero sobre todo para él. Él tiene que vivir. Y te he tenido para mí tal como quería, tal como imaginé durante tanto tiempo.

Esto es lo que pasó a continuación, Marti.

Tu última mañana ha empezado como cualquier otra. Has hecho tus preciados ejercicios de pilates y luego has ido a hacer largos a la piscina. Cincuenta largos, como siempre. Debe de estar bien tener una piscina tan grande. Además, climatizada. He estado observando cómo te deslizabas de un extremo al otro del agua azul brillante. Incluso ahí, tan cerca, has tardado una eternidad en verme.

Cuando por fin has levantado la vista, debías de estar muy cansada. Demasiado cansada para gritar, supongo. Lo único que has hecho ha sido darte la vuelta, pero así no has evitado que te disparase. Ni que te hiciera cortes en tu precioso rostro en forma de lazos y tiras.

¿Sabes qué, Marti? Ésa ha sido la mejor parte. La verdad es que desfigurar rostros está empezando a gustarme.

Bueno, voy a hacerte una última pregunta: ¿Sabes por qué tenías que morir? ¿Sabes qué hiciste para merecer esto? ¿Lo sabes, Marti, lo sabes?

No sé por qué, pero lo dudo.

27

Pero el Narrador sabía que no había ocurrido exactamente así.

Por supuesto, no iba a contárselo todo al *L.A. Times* y a la policía. Sólo lo que necesitaba que supieran, sólo la parte de la historia que quería que le ayudaran a corroborar.

Qué historia tan buena, una historia sensacional aunque fuera él quien lo dijera. ¡Mary Smith! Cielo santo. Una historia de miedo clásica como pocas.

Hablando de historias, el otro día había oído una buena: la prueba del «psicópata». Se suponía que servía para descubrir si alguien tenía una mente de psicópata. Si lo hacía bien, el resultado era positivo. La historia era la siguiente: una mujer conoció a un hombre en el funeral de su madre y se enamoró de él de inmediato. Pero no sabía cómo se llamaba, ni su número ni nada de él. Al cabo de unos días, la mujer mató a su hermana.

¡Ahora..., la prueba! ¿Por qué mató a su hermana? Si respondes correctamente, entonces es que piensas como un psicópata.

El Narrador acertó, por supuesto. Se lo imaginó enseguida. Esta mujer mató a su hermana..., porque esperaba que el hombre que le gustaba apareciera en el funeral.

De todos modos, después de matar a Marti Lowen-stein-Bell estaba como colocado, pero sabía que tenía que controlarse, en la medida de lo posible, al menos. Tenía que guardar las apariencias.

Así que volvió al trabajo a toda prisa.

Vagó por los pasillos del bloque de oficinas de Pasadena y habló con una docena de compañeros de trabajo sobre asuntos que le aburrían como una ostra, sobre todo hoy. Quería contarles a todos lo que acababa de ocurrir, hablarles de su vida secreta, de que ninguno de ellos lo tenía «calado», de lo listo y espabilado que era, y de lo increíblemente buen planificador, maquinador y asesino que era.

Cielos, cuánto les gustaba utilizar palabras de ese estilo, tal y cual estaban «de muerte», aquélla tenía una sonrisa «mortal», un acto «mortífero», pero no eran más que sandeces.

Toda aquella gente era estúpida. No tenía ni idea de lo que era matar de verdad. Pero él sí.

Además él sabía algo más: que le gustaba mucho, incluso más de lo que había pensado en un principio. Y se le daba bien.

De repente sintió la necesidad de sacar la pistola en la oficina y empezar a disparar a todo bicho que se moviera, hablara o chillara.

Pero, joder, no era más que una fantasía, una ensoñación inofensiva. Nunca estaría a la altura de la historia real, su historia, la historia de Mary, que era mucho mejor.

28

—Alex, los de tu oficina del FBI llamaron tantas veces que tuve que dejar de responder al teléfono. Cielo santo, ¿qué le pasa a esa gente? —Mi tía abuela Tia estaba soltando una perorata en la mesa de la cocina de casa mientras admiraba el colorido fular que le habíamos traído como muestra de agradecimiento por cuidarnos la casa mientras estábamos en California. Nana estaba sentada al lado de Tia, revisando la pila de correo recibido.

Rosie, nuestra gata, estaba en la cocina y, si la vista no me engañaba, parecía un poco más rolliza. Se frotó con fuerza contra mis piernas, como diciendo: «Me enfadé porque os fuisteis, pero me alegro de que hayáis vuelto. Aunque Tia es muy buena cocinera.»

Yo también me alegraba de haber vuelto. Igual que todos, creo. Podría decirse que el hecho de que Christine se llevara a Alex a Seattle había puesto fin a nuestras vacaciones, al menos a la alegría.

Mi única conversación con ella había sido tensa y triste a la vez. Tanto ella como yo estábamos tan contenidos, tan decididos a no perder los estribos, que acabamos por no decirnos nada.

Pero Christine me tenía preocupado: sus altibajos, las incongruencias que yo veía constantemente. Me pregunté cómo se portaría con el pequeño Alex cuando yo no estaba con ellos. Alex nunca se quejaba, pero los niños no suelen quejarse.

Volvía a estar en mi cocina de Washington D.C., sintiéndome como si prácticamente no hubiera tenido nada de tiempo libre.

Era jueves. Podía permitirme el lujo de no pensar en el trabajo hasta el lunes por la mañana, decisión que duró cinco minutos.

Movido casi por la fuerza de la costumbre, subí a mi despacho del desván.

Lancé el grueso montón de correo recibido a la mesa y, sin pensármelo dos veces, pulsé el botón del contestador automático.

Craso error. Casi fatídico.

Me esperaban nueve mensajes nuevos.

El primero era de Tony Woods, del FBI.

«Hola, Alex. He intentado localizarte en el busca unas cuantas veces pero no ha habido suerte. Llámame, por favor, al despacho del director Burns en cuanto puedas. Y, por favor, pídele disculpas de mi parte a la señora que te cuidaba la casa. Sospecho que piensa que te estoy acechando. Y posiblemente sea lo que estoy haciendo. Llámame.»

El humor mordaz de Tony me hizo sonreír fríamente, y entonces empezó su segundo mensaje.

«Alex, soy Tony Woods otra vez. Por favor, llámame en cuanto puedas. Se ha producido otro incidente en el caso de los asesinatos de California. La situación se está escapando de las manos. En Los Ángeles están histéricos. Al final, el *L.A. Times* ha sacado a la luz la historia de los mensajes de correo electrónico de Mary Smith. Llámame. Es importante, Alex.»

Tony era lo suficientemente listo como para no dejar demasiados detalles concretos en el teléfono de mi casa. Quizá también esperara picarme la curiosidad con sus vaguedades.

Lo consiguió.

29

Estaba prácticamente seguro de que la última víctima habría sido otra madre de Hollywood, pero no podía evitar preguntarme si los métodos de Mary Smith habían seguido evolucionando. ¿Y los mensajes de correo electrónico al *Times*? Las noticias de la tele y la web ofrecían, como mucho, la mitad de la historia.

Si quería saber más, tendría que llamar al trabajo.

No, me recordé. Nada de trabajo hasta el lunes. Nada de casos de homicidio. Nada de Mary Smith.

La máquina volvió a pitar y habló Ron Burns. Fue conciso y breve, como era habitual en él.

«Alex, me he puesto en contacto con Fred van Allsburg de Los Ángeles. No te preocupes por él, pero tengo que hacerte unas preguntas. Es importante. Y bienvenido de nuevo a Washington, bienvenido a casa.»

Y luego otra llamada de Ron Burns, cuya voz seguía estando cuidadosamente modulada.

«Alex, tenemos una conferencia telefónica la semana que viene y no quiero que vengas sin ninguna preparación. Llámame a casa durante el fin de semana si es necesario. También me gustaría que hablaras con la agente Galletta de Los Ángeles. Sabe algo que deberías conocer. Si no tienes sus números de teléfono, Tony te los conseguirá.»

La implicación estaba suficientemente clara. Ron Burns no me pedía que me ocupara del caso. Me lo ordenaba. Cielos, estaba cansado de todo aquello: los asesinatos, los casos espeluznantes, uno detrás de otro. Según las estimaciones del FBI, en Estados Unidos había más de trescientos asesinos metódicos haciendo de las suyas por ahí. Joder, ¿acaso se suponía que yo tenía que pillarlos a todos?

Pulsé el botón de pausa del contestador a fin de tomarme un respiro para decidir cómo asimilar lo que estaba pasando. Mis pensamientos se centraron de inmediato en Mary Smith. Había vuelto a permitirle entrar en mi cabeza. Había despertado mi interés, mi curiosidad y, probablemente, mi ego. Una asesina en serie... ¿Era posible? ¿Que mataba a otras mujeres? ¿A madres?

Pero ¿por qué? ¿Acaso una mujer haría una cosa así? No me lo parecía. No me lo imaginaba, lo cual no significaba que no fuera posible.

También me preguntaba si Arnold Griner habría recibido otro mensaje de correo electrónico. ¿Qué papel desempeñaba Griner o el *L.A. Times* en todo este asunto? ¿Acaso Mary Smith ya tenía a su próxima víctima en el punto de mira? ¿Cuál era su motivación?

Aquellos pensamientos acabaron venciéndome. Dentro de poco, una mujer desprevenida, una madre, perdería la vida en Los Ángeles. Dejaría esposo y, probablemente, hijos. Todo aquello me resultaba demasiado familiar y creo que Burns lo sabía cuando llamó. Por supuesto que sí.

Hacía casi diez años, mi propia esposa, Maria, había muerto en un tiroteo entre los ocupantes de dos coches, un enfrentamiento que nada tenía que ver con ella. Murió en mis brazos. Nunca llegaron a condenar ni a arrestar a los culpables. Mi caso más importante y fracasé. Todo resultaba un sinsentido insoportable. Y ahora este caso tan horrible en Los Ángeles. No me hacía falta el doctorado en psicología para darme cuenta de que Mary Smith estaba tocándome todas las fibras, tanto a nivel personal como profesional.

Tal vez podría pasarme por la oficina, pensé. Además, Burns tenía razón..., no quería presentarme desinformado el lunes por la mañana.

«Maldita sea, Alex, te estás ablandando.»

Sin embargo, cuando levanté el auricular me sorprendió oír la voz de Damon, que estaba hablando por el otro teléfono.

—Sí, yo también te he echado de menos. He pensado en ti. Te lo juro, constantemente.

Acto seguido, la risa de una chica adolescente.

—¿Me has traído algo de California, Damon? ¿Unas orejas de Mickey Mouse? ¿Algo?

Me obligué a colgar lo más silenciosamente posible.

«Sí, yo también te he echado de menos.» ¿Quién era esa chica? ¿Y desde cuándo Damon tenía secretos? Me había engañado pensando que, cuando apareciera una chica, mi hijo querría contármelo. De repente, aquella idea parecía una falsa ilusión por mi parte. Yo también había tenido trece años. ¿En qué estaría yo pensando?

Una situación típica de adolescentes. Y aquello no había hecho más que empezar. Le daría cinco minutos y luego le diría que ya era hora de colgar el teléfono. Mientras tanto, volví al contestador..., donde me esperaba otro mensaje.

Verdaderamente desquiciante.

30

«Alex, soy Ben Abajian, hoy es jueves y en Seattle es la una y media. Oye, me temo que tengo malas noticias. Parece ser que el abogado de Christine ha presentado una moción para adelantar la fecha de la vista para la custodia. No sé si podré impedirlo o ni siquiera si debemos intentarlo. Hay más, pero preferiría no decírtelo en un mensaje de contestador. Llámame, por favor, lo antes posible.»

El corazón se me aceleró. Ben Abajian era mi abogado de Seattle. Lo contraté poco después de que Christine se llevara al pequeño Alex a vivir allí. Desde entonces habíamos hablado unas cuantas veces, pagando yo, claro está.

Era un abogado excelente y una buena persona, pero su mensaje me daba mala espina. Me imaginé que Christine había interpretado a su manera lo ocurrido en California y había ido corriendo a contárselo a su abogada.

Gracias a la diferencia horaria con respecto a la costa Oeste, todavía localicé a Ben Abajian en su despacho.

—Alex, se trata de algo temporal, pero también han presentado una moción *ex parte* solicitando la custodia física única de Alex júnior hasta que termine la vista definitiva. La jueza la ha aceptado. Siento tener que decírtelo.

Sujeté el auricular con todas mis fuerzas. Me resultaba difícil responder o siquiera asimilar lo que Ben me decía. Christine nunca se había puesto tan agresiva. Ahora incluso parecía intentar evitar que pudiera ver al pequeño Alex. De hecho, lo había conseguido, por lo menos temporalmente.

—Alex, ¿estás ahí?

—Sí, Ben, estoy aquí. Lo siento. Necesito un poco de tiempo.

Dejé el auricular y respiré hondo. Desmoronarme en ese momento no me serviría de nada, ni ponerme hecho una furia por teléfono. Nada de todo eso era culpa de Ben.

Volví a acercarme el auricular al oído.

—¿Qué han alegado para la petición? —pregunté. Aunque no puede decirse que no lo supiera o, al menos, sospechara.

—La preocupación por la seguridad de Alex. En la moción se mencionaba la peligrosa labor policial que realizabas mientras estabas en California con él. El hecho de que supuestamente abusaras de tus privilegios mientras estabas a cargo de él en Disneylandia.

—Ben, eso es una gilipollez. Es una tergiversación total de los hechos. Sólo asesoré a la policía de Los Ángeles sobre un caso.

—Ya me lo imagino —respondió—. Anne Billingsley es su abogada. Es bastante típico de ella hacer el numerito, incluso en esta fase. No dejes que te afecte, ¿entendido? —Ben continuó—: Además, aunque te cueste creerlo, esto tiene su lado positivo. Adelantar la fecha del juicio supone que Christine tendrá menos tiempo para establecer un *statu quo* bajo el nuevo plan. Se supone que la jueza no debe tener en cuenta estas órdenes temporales, pero es como impedir que suene una campana que ya ha sonado. Así que, en realidad, cuanto antes mejor. De hecho, hemos tenido suerte de que la fecha se adelante tanto.

—Fantástico —dije—. Qué suerte la nuestra.

Ben me dijo que escribiera lo que había pasado en California con exactitud. Cuando le contraté, me aconsejó que escribiera un diario. En él relataba el tiempo pasado con Alex, mis observaciones con respecto a su desarrollo, incluía fotos de familia y, quizá lo más importante, cualquier preocupación que tuviera con respecto a Christine. El hecho de que me hubiera quitado a nuestro hijo dos días antes de lo previsto sin duda entraba en esa categoría. Esos altibajos eran una preocupación, me resultaban profundamente inquietantes. ¿Acaso esta última novedad era uno de ellos?

—Hay otra cosa —anunció Ben—. Quizá no te guste demasiado.

—Oye, si encuentras algo de todo esto que me guste, te duplico los honorarios.

—Bueno, uno de tus argumentos más convincentes será la relación de Alex con sus hermanos.

—Jannie y Damon no van a subir al estrado —dije tajantemente—. Respuesta negativa, Ben; no lo permitiré.

¿Cuántas veces había visto a testigos adultos y competentes eviscerados ante un tribunal? Demasiadas como para siquiera plantearme llevar a mis hijos allí.

—No, no, no —me aseguró Ben—. Rotundamente no. Pero su presencia en la vista tendría un efecto positivo. Quieres recuperar a Alex, ¿verdad? Es nuestro objetivo, ¿no? Si resulta que estoy equivocado, entonces no quiero dedicarme a tu caso.

Recorrí mi despacho con la mirada, como si buscara una respuesta mágica.

—Tendré que pensármelo —dije al final—. Te llamaré.

—No te obceques con los pequeños detalles, Alex. Esto no va a ser ni mucho menos agradable, pero a la larga valdrá la pena. Podemos ganar. Ganaremos.

Qué tranquilo y sereno se mantenía. No es que esperara que se conmoviera, lo que pasaba es que no estaba de humor para mantener una conversación racional con mi abogado.

—¿Podemos hablar mañana a primera hora? —sugerí.

—Por supuesto. Pero escucha, no pierdas la esperanza. Cuando estemos delante de un juez, tienes que estar convencido de que eres el mejor progenitor para tu hijo. Eso no significa que tengamos que despellejar a Christine, pero no puedes presentarte con un aspecto que dé la sensación de derrota, ¿está claro?

—No estoy derrotado. Ni por asomo. No puedo perder a mi hijo, Ben. No perderé a Alex.

—Haré todo lo posible para asegurarme de que eso no suceda. Hablaremos mañana. Llámame al trabajo o a casa. ¿Tienes mi número de móvil?

—Lo tengo.

No sé si me despedí de Ben ni si colgué antes de arrojar el teléfono al otro lado de la habitación.

31

—¿Qué pasa ahí arriba? —preguntó Nana desde abajo—. ¿Alex? ¿Estás bien? ¿Qué ha ocurrido?

Miré el teléfono destrozado en el suelo y me sentí desquiciado.

—No pasa nada —respondí—. Se me ha caído una cosa. Tranquila.

Ni siquiera esa mentirijilla me hizo sentir mejor, pero en esos momentos era incapaz de vérmelas con nadie. Ni tan siquiera con Nana Mama. Me aparté de la mesa y hundí la cabeza entre las rodillas. Dichosa Christine. ¿Qué mosca le había picado? Aquello no estaba bien y ella debía de saberlo.

Era imposible elegir una forma peor para enfrentarse a aquella situación. Ella fue quien decidió marcharse, quien dijo que estaba incapacitada para ser la madre de Alex. Ella me lo dijo. Empleó la palabra «incapacitada». Y fue ella la que no hacía más que cambiar de opinión. Para mí no había cambiado nada. Yo quise a Alex desde la primera vez que lo vi y ahora lo quería todavía más.

Veía su rostro en mi cabeza, su sonrisita tímida, el guiño que había empezado a hacer desde hacía poco. Oía su voz en mi interior. Quería darle un fuerte abrazo que durara eternamente.

Qué injusto me parecía, totalmente desatinado. Lo único que sentía era ira e incluso un poco de odio hacia Christine, que sólo conseguía hacerme sentir peor. Si quería guerra, habría guerra, pero era una locura por su parte.

«Respira», me dije.

Se suponía que se me daba bien mantener la calma en las situaciones tensas. Pero no podía evitar sentir que estaba recibiendo un castigo por hacer mi trabajo, por ser policía.

No sé cuánto tiempo permanecí ahí sentado, pero, cuando por fin salí del desván, la casa estaba a oscuras y en silencio. Jannie y Damon dormían en sus respectivas habitaciones. De todas maneras, entré y les di un beso de buenas noches. Le quité a Jannie las orejas de ratón y las dejé en la mesita de noche.

Luego salí al porche trasero. Levanté la tapa del piano y me senté a tocar. Terapia para uno.

Normalmente la música me embargaba, me ayudaba a superar los malos tragos o a olvidar mis preocupaciones.

Esa noche, el blues me salió airado y confuso. Pasé a Brahms, algo más relajante, pero no me ayudó lo más mínimo. Mi *pianissimo* sonaba *forte* y mis arpegios eran como botas subiendo y bajando escaleras ruidosamente.

Al final me paré a media frase, con las manos sobre las teclas.

En el silencio, oí la entrada brusca de mi propio aliento, una bocanada de aire involuntaria.

«¿Y si pierdo al pequeño Alex?»

32

No era capaz de imaginar algo peor que eso.

Al cabo de unos días, todos tomamos el avión para ir a Seattle, para la vista por la custodia de Alex. La familia Cross al completo viajó de nuevo al oeste. Sin embargo, esta vez no había vacaciones, ni siquiera cortas.

La mañana después de nuestra llegada, Jannie, Damon y Nana se sentaron en silencio detrás de mí en los bancos de la sala del tribunal mientras esperábamos que empezara la vista. Nuestra conversación había desembocado en un silencio tenso, pero el hecho de que estuvieran allí significaba mucho más para mí de lo que había imaginado.

Por enésima vez alisé los papeles que tenía delante. Estoy convencido de que presentaba buen aspecto aunque por dentro estaba destrozado, vacío.

Ben Abajian y yo nos sentábamos en la mesa del demandado a la izquierda de la sala. Se trataba de un espacio decorado con calidez pero impersonal, con chapa de madera veteada color miel en las paredes y muebles actuales pero corrientes.

No había ventanas y tampoco es que importara. Esa mañana Seattle mostraba su cara oscura y lluviosa.

Christine apareció muy fresca y serena. No estoy seguro de lo que esperaba, quizás alguna indicación externa de que a ella le resultaba tan duro como a mí. Tenía el pelo más largo, recogido en una trenza. El traje azul marino y la blusa de seda gris de cuello alto eran más conservadores que la vestimenta a la que me tenía acostumbrado, y más imponente. Podría haber sido otra abogada más de la sala. Estaba perfecta.

Nuestras miradas se entrecruzaron brevemente. Asintió en mi dirección, sin mostrar emoción alguna. Durante un segundo recordé su mirada desde el otro lado de la mesa en Kinkead's, nuestro restaurante preferido en Washington D.C. Era difícil creer que se trataba de los mismos ojos que me miraban en esa sala, o que ella fuera la misma persona.

Saludó brevemente a Jannie, Damon y Nana. Los niños se mostraron reservados y educados, lo cual agradecí.

Nana fue la única que adoptó una actitud un tanto hostil. No apartó la vista de Christine hasta que llegó a la mesa del demandante.

—Qué decepción —murmuró—. Oh, Christine, Christine, ¿quién eres? Me esperaba más de ti. No me esperaba que hicieras daño a un niño.

Entonces Christine se volvió y miró a Nana y dio la impresión de tener miedo, expresión que nunca antes había visto en ella.

¿A qué le tenía miedo?

33

La señora Billingsley estaba sentada a la izquierda de Christine, y Ben a mi derecha, por lo que impedía que nos viéramos. Probablemente fuera buena idea. En esos momentos no quería verla. Ni siquiera recordaba haber estado jamás tan enfadado con alguien, sobre todo no con alguien a quien había querido. «¿Qué estás haciendo, Christine? ¿Quién eres?»

Cuando empezó la vista, la cabeza me zumbaba y Anne Billingsley pronunció su ensayada declaración inaugural con fluidez y soltura.

Hasta que no oí la frase «nacido en cautividad» no me centré realmente en la vista. Hablaba de las circunstancias que rodearon el nacimiento del pequeño Alex, después de que Christine fuera secuestrada mientras estábamos de vacaciones en Jamaica, el comienzo del fin de nuestra relación.

Empecé a darme cuenta de que Billingsley era tan víbora como Ben me la había descrito. Su rostro surcado de arrugas y el pelo canoso muy corto disimulaban cierto sentido de la teatralidad propia de los abogados. Pronunció todas las palabras clave con dureza y con una dicción perfecta.

—Su Señoría, hablaremos de los «numerosos peligros» a los que se enfrentó el hijo de la señora Johnson y también ella misma durante una relación «breve y tumultuosa» con el señor Cross, quien cuenta con un largo historial investigando los casos de homicidio más espeluznantes. Y muchos ejemplos de ocasiones en las que ha puesto en peligro a quienes lo rodean.

Siguió con su versión de los hechos, soltando una frase cargada de connotaciones tras otra.

Lancé una mirada rápida en dirección a Christine, pero ella se limitaba a mirar al frente. ¿Aquello era lo que realmente quería? ¿Era así como quería que fueran las cosas? Me veía incapaz de interpretar su expresión vacía, por mucho que lo intentaba.

Cuando la señora Billingsley acabó de cargarse a mi personaje, dejó de caminar de forma maniaca y se sentó.

Ben se levantó de inmediato, pero permaneció a mi lado a lo largo de su declaración inaugural.

—Su Señoría, a estas alturas no hace falta que robe demasiado tiempo a este tribunal. Ya ha visto el informe del juicio y conoce los aspectos clave del caso. Ya sabe que las primeras semillas de este arbitraje se plantaron el día que la señora Johnson abandonó a su hijo recién nacido.

»También sabe que el doctor Cross proporcionó a Alex júnior el hogar cariñoso que cualquier niño desea durante el primer año y medio de su vida. Y sabe que el llamado vínculo más largo, el que compartimos con nuestros hermanos, existe para el pequeño Alex en el hogar de Washington D.C., con la única familia que conoció hasta el año pasado. Por último, todos sabemos que los medios y las oportunidades para el éxito son asuntos clave para determinar lo mejor para un niño en la desafortunada circunstancia de la separación de sus padres. Quiero dejar constancia, y creo que estará de acuerdo conmigo, de que un hogar con un padre, bisabuela, hermano, hermana y numerosos primos y tías cerca brindaría mucho más apoyo a un niño que ser criado por una madre que vive a cinco mil kilómetros de la exigua familia que tiene y que, hasta el momento, ha cambiado dos veces de opinión sobre su compromiso con el niño en cuestión.

»Dicho esto, no estoy aquí para difamar a la señora Johnson. A decir de todos, ella es una buena madre cuando decide serlo. Mi misión aquí es explicar la conclusión de sentido común de que el hijo de mi cliente, y cualquier otro niño, está mejor con un progenitor cuyo compromiso nunca ha flaqueado y que da muestras de que no lo hará en el futuro.

En las reuniones previas al juicio, Ben y yo acordamos ser corteses siempre que fuera posible. Yo sabía por adelantado qué iba a decir, pero allí, en la sala del tribunal, y delante de Christine, me sonaba distinto. Ahora me parecía deprimentemente combativo, no muy distinto a lo que Anne Billingsley había hecho conmigo en su alocución.

Me sentí un poco culpable. Independientemente de la basura con la que la abogada de Christine quisiera ensuciarme, al fin y al cabo yo seguía siendo responsable de mis actos e incluso de los de mi abogado. Era algo que Nana me había inculcado hacía mucho tiempo.

Sin embargo, una cosa no había cambiado. Mi decisión seguía siendo firme; estaba allí para llevarme a mi casa de Washington a mi hijo pequeño. Pero al oír la declaración de Ben Abajian, tuve la sensación de que en este caso no habría vencedores. La cuestión sería quién perdería menos.

Era de esperar que quien perdiera no fuera el pequeño Alex.

34

—Señora Johnson, ¿podría explicarnos con sus propias palabras por qué está hoy aquí?

Me pregunté si alguien más se daba cuenta de lo nerviosa que estaba Christine en el estrado. Se agarraba los dedos de una mano con la otra para evitar que le temblaran. No fui capaz de reprimir una mueca ni de que se me hiciera un nudo en el estómago. Odiaba verla de ese modo, incluso entonces, en unas circunstancias que ella había provocado.

Sin embargo, cuando Christine respondió a las preguntas de Anne Billingsley, habló con voz firme y dio la impresión de estar cómoda.

—Ha llegado el momento de que mi hijo tenga un hogar permanente y estabilidad en su vida familiar. Quiero garantizarle el tipo de regularidad que sé que debe tener. Y, sobre todo, quiero que esté seguro.

Víbora Billingsley permaneció en su asiento, fingiendo, o quizá sintiendo, una confianza suprema.

—¿Sería tan amable de contarnos los acontecimientos que desembocaron en su separación del señor Cross?

Christine bajó la mirada y se tomó un momento para serenarse. No creía que estuviera actuando en esos instantes. Su integridad había sido uno de los motivos por los que me enamoré de ella, en la vida que compartimos.

—Justo después de quedarme embarazada, me secuestraron y tomaron como rehén durante diez meses —explicó, alzando la vista de nuevo—. Las personas que me secuestraron querían perjudicar a Alex. Cuando acabó esa situación tan terrible, me resultó imposible volver a llevar una vida normal con él. Yo quería, pero me veía incapaz.

—Para que conste en acta, ¿cuando dice Alex se refiere al señor Cross?

Ni agente ni doctor Cross, sino señor Cross. Cualquier menoscabo era positivo para la abogada.

Christine incluso se estremeció antes de responder:

—Eso es.

—Gracias, Christine. Ahora quiero que retrocedamos un poco en el tiempo. Su hijo nació en Jamaica mientras era usted rehén. ¿Es correcto?

—Sí.

—¿Nació en un hospital de Jamaica o con ayuda médica de algún tipo?

—No. El parto fue en una pequeña cabaña del bosque, en la jungla. Trajeron a una especie de comadrona, pero no hablaba inglés, o al menos no conmigo, y no recibí ningún tipo de atención prenatal. Me sentí muy agradecida de que Alex júnior naciera sano y no tuviera ningún problema posterior. Básicamente vivimos en una celda de prisión durante esos meses.

La señora Billingsley se levantó, cruzó la sala y le tendió un pañuelo de papel a Christine.

—Señora Johnson, ¿este secuestro fue la primera ocasión en que su relación con el señor Cross la colocó en una situación violenta?

—¡Protesto! —Ben se puso en pie enseguida.

—Lo reformularé, Señoría —Billingsley dedicó una sonrisa solícita a Christine—. ¿Se produjeron otros incidentes violentos, antes o después del nacimiento de su hijo, relacionados con la profesión del señor Cross, que la afectaran directamente?

—Hubo varios —declaró Christine sin vacilación—. La primera vez fue justo después de conocernos. Mi marido de entonces murió tiroteado por alguien a quien Alex buscaba por otro horrible caso de homicidio. Y posteriormente, después del nacimiento de nuestro hijo, y cuando Alex júnior vivía en Washington con su padre, sé que por lo menos una vez fue sacado de casa en plena noche por motivos de seguridad. De hecho, sacaron a todos los hijos de Cross porque un asesino en serie iba a por él.

Billingsley esperaba junto a la mesa de la demandante. Al final, extrajo una pila de fotografías de una carpeta de papel Manila.

—Señoría, me gustaría presentar estas fotos como prueba. Muestran claramente la casa del señor Cross la noche de esa evacuación de emergencia. Verá al hijo de mi clienta transportado por una persona ajena a la familia en medio de la confusión del momento.

Quise protestar gritando por esa supuesta prueba. Sabía a ciencia cierta que fue John Sampson y no un agente de policía cualquiera quien se llevó al pequeño Alex aquella noche, la noche que Christine plantó a un fotógrafo (¡un detective privado!) en el exterior de mi casa. Nadie había corrido peligro porque actuamos con buen criterio y rapidez. Pero dejaron que las fotos hablaran por sí mismas, por lo menos por el momento.

A partir de ahí la vista empeoró.

Anne Billingsley hizo repasar a Christine una serie

de acontecimientos relacionados con mi trabajo que podían inducir a error, prácticamente poniendo palabras en
su boca. La farsa concluyó con el viaje a Disneylandia,
que la abogada convirtió en una especie de campo mina-
do de peligros para el pequeño Alex, a quien «abando-
né» para ir por el sur de California en busca de un psicópata que volvería a aterrorizar a mi familia.

35

Entonces me tocó a mí.

El tiempo que Ben pasó interrogándome en el estrado fue la prueba más dura y delicada de mi vida, por lo mucho que había en juego. Me había indicado que no me dirigiera a la jueza directamente, pero era difícil evitarlo. El futuro de mi hijo pequeño estaba en sus manos, ¿no?

La jueza se llamaba June Mayfield. Aparentaba unos sesenta años y llevaba un peinado con laca de salón de belleza más propio de la década de los años cincuenta que del Seattle del nuevo milenio. Hasta su nombre me sonaba anticuado.

Mientras estaba en el estrado, me pregunté si la jueza Mayfield tenía hijos. ¿Estaba divorciada? ¿Habría pasado por una situación similar?

—No estoy aquí para hablar mal de nadie —dije lentamente. Ben acababa de preguntarme si tenía reservas sobre Christine como madre—. Sólo quiero hablar de lo que es mejor para Alex. Lo demás no importa.

Su asentimiento y el modo en que frunció los labios me indicaron que era la respuesta correcta, ¿o acaso la mirada estaba destinada a la jueza?

—Sí, por supuesto —dijo Ben—. ¿Podría explicar al

tribunal cómo es que Alex júnior vivió con usted durante su primer año y medio de vida?

Sentado en el estrado, tenía a Christine justo delante. Aquello era bueno, pensé. No quería decir nada allí que no estuviera dispuesto a decirle a la cara.

Expliqué lo más claramente posible que Christine no se había sentido preparada para estar conmigo ni para criar a un hijo después de lo sucedido en Jamaica. No me hacía falta enmascarar la situación. Ella había decidido marcharse, punto.

Me había dicho que estaba «incapacitada» para criar a Alex. Christine empleó esa palabra y yo nunca lo olvidaría. ¿Cómo iba a hacerlo?

—¿Y cuánto tiempo diría que pasó entre el abandono de la señora Johnson...?

—Protesto, Señoría. Está poniendo palabras en boca de su cliente...

—Desestimada —dijo la jueza Mayfield.

Intenté no confiar demasiado en su respuesta, pero me alegró oír la desestimación.

Ben prosiguió con la pregunta.

—¿Cuánto tiempo diría que pasó entre ese abandono y la siguiente vez que la señora Johnson volvió a ver a su hijo?

No tenía que pensármelo dos veces.

—Siete meses —dije—. Pasaron siete meses.

—Sí, siete meses sin ver a su hijo. ¿Cómo se sentía usted al respecto?

—Supongo que más que nada me extrañó tener noticias de Christine. Había empezado a pensar que no volvería. Igual que el pequeño Alex. —Aquélla era la absoluta verdad, pero era difícil formularla en voz alta en la sala del tribunal—. Toda la familia se sorprendió, tanto por su ausencia como después por su regreso repentino.

—¿Y cuándo fue la siguiente vez que supo de ella?

—Cuando dijo que quería que el pequeño Alex fuera a vivir a Seattle. Para entonces ella ya había contratado a un abogado en Washington D.C.

—¿Cuánto tiempo había transcurrido esa vez? —preguntó Ben.

—Otros seis meses.

—¿O sea que abandona a su hijo, lo ve al cabo de siete meses, se vuelve a ir y regresa con ganas de hacer de madre? ¿Fue así como ocurrió?

Exhalé un suspiro.

—Algo parecido.

—Doctor Cross, ¿podría decirnos ahora, con el corazón en la mano, por qué solicita la custodia de su hijo?

Las palabras brotaron de mi interior.

—Lo quiero muchísimo; adoro al pequeño Alex. Quiero que crezca con su hermano y su hermana, y con su bisabuela, que me crió desde que tenía diez años. Creo que Jannie y Damon son mi mejor historial. He demostrado que, independientemente de los defectos que tengo, soy más que capaz de criar a unos hijos felices y, si se me permite decirlo, maravillosos.

Lancé una mirada a Jannie, Damon y Nana. Me sonrieron, pero entonces Jannie se echó a llorar. Tuve que dirigir la mirada a Ben so pena de desmoronarme yo también.

Me di cuenta de que incluso la jueza Mayfield miraba a los niños con expresión preocupada.

—Quiero a mis hijos más que a nada en el mundo —afirmé—. Pero a nuestra familia le falta algo sin el pequeño Alex, o Ali, como le gusta que lo llamen. Forma parte de nosotros. Todos lo queremos muchísimo. No podríamos dejarlo ni seis meses ni seis minutos.

Por el rabillo del ojo vi que Nana asentía y daba la impresión de ser infinitamente más sabia que la jueza Mayfield en su trona y con la toga, sobre todo con respecto a la crianza de los hijos.

—Continúa, Alex, por favor —indicó Ben con voz queda—. Lo estás haciendo muy bien. Adelante.

—Si hubiera sido por mí, Christine nunca se habría marchado de Washington. Ali merece tenernos cerca a los dos. Pero si eso no es posible, entonces debería estar con el máximo de familiares posible. No creo que esté mal aquí en Seattle, pero de lo que aquí se trata es de lo que es mejor para él. Y, como he dicho, no sé qué valor tiene, pero yo lo quiero mucho. Es mi niñito. Me tiene robado el corazón. —Y entonces me puse a llorar, y no para afectar a la jueza ni condicionarla.

Las declaraciones continuaron durante toda la tarde y buena parte de la mañana siguiente, y hubo momentos muy crudos.

Tras las conclusiones finales de ambos abogados, esperamos en el vestíbulo del juzgado mientras la jueza Mayfield decidía su próximo movimiento.

—Has estado fabuloso, papá. —Jannie me agarró del antebrazo y acurrucó la cabeza contra mi hombro—. Eres fantástico. Recuperaremos a Alex. Lo presiento.

Le rodeé el hombro con el brazo que tenía libre.

—Siento todo esto. Pero me alegro de que hayáis estado aquí.

Justo entonces, un oficial del juzgado vino a llamarnos para que volviéramos a la sala. Por supuesto, su rostro no denotaba expresión alguna.

Ben me habló en voz baja mientras entrábamos.

—Esto no será más que una formalidad. Probablemente tome el asunto en consideración y volveremos aquí en un plazo de entre dos y seis semanas. Mientras tanto, presentaré una moción para lograr una revisión temporal del acuerdo de visitas. Estoy seguro de que no habrá ningún problema. Has estado fabuloso en el estrado, Alex. No te preocupes. Ahora puedes relajarte.

36

En cuanto volvimos a entrar en la sala, la jueza May-field apareció y se sentó en el estrado. Se toqueteó la falda y luego habló sin más dilación.

—He considerado todas las declaraciones y pruebas presentadas y he alcanzado un dictamen. Basándome en todo lo que he oído, la situación me parece muy clara.

Ben me miró de forma reflexiva, pero yo no sabía exactamente qué significaba su expresión.

—¿Ben? —susurré.

—El tribunal falla a favor de la demandante. La potestad de convivencia queda en manos de la señora Johnson, sobre cuya abogada hago recaer la responsabilidad de facilitar un programa de visitas acordado mutuamente. Voy a exigir mediación para todo litigio relacionado con este acuerdo antes de consentir otra vista en este tribunal.

La jueza se quitó las gafas y se frotó los ojos, como si destrozar una vida sólo fuera la parte pesada de su jornada laboral.

—Sin embargo, dada la disparidad geográfica, insto a encontrar soluciones creativas y dictamino que el doctor Cross tenga derecho al equivalente de por lo menos cuarenta y cinco días de visita al año. Eso es todo.

Y así, sin más, se levantó y se marchó de la sala.

Ben me puso una mano en el hombro.

—Alex, no sé qué decir. Estoy anonadado. No he visto una resolución como ésta desde hace cinco años. Lo siento mucho.

Yo apenas le oía ni era consciente de que mi familia se arremolinaba a mi alrededor. Alcé la vista y vi a Christine y a Anne Billingsley abriéndose camino para marcharse.

—¿Qué te ha pasado? —pregunté, así de repente. Fue como si de pronto todo el control que había mantenido durante los últimos dos días cediera—. ¿Esto es lo que querías? ¿Castigarme? ¿Castigar a mi familia? ¿Por qué, Christine?

Entonces habló Nana Mama.

—Eres cruel y egoísta, Christine. Me das pena.

Christine nos dio la espalda y se dispuso a marcharse muy rápidamente, sin mediar palabra. Cuando llegó a las puertas de la sala, encorvó los hombros. De repente se llevó una mano a la boca. No estaba seguro, pero me pareció que empezaba a llorar. La señora Billingsley la tomó del brazo y la condujo hacia el vestíbulo.

No lo entendía. Christine acababa de ganar pero lloraba como si hubiera perdido. ¿Acaso era eso? ¿Se trataba de una pérdida? ¿Qué le había pasado por la cabeza?

Al cabo de un momento salía al vestíbulo totalmente aturdido. Nana me tenía sujeto de una mano y Jannie de la otra. Christine ya se había ido, pero alguien a quien no quería ver esperaba allí.

James Truscott había conseguido entrar en el juzgado, acompañado de su fotógrafa. ¿Qué demonios le pasaba a ese hombre? Presentarse allí. En ese momento. ¿Qué tipo de artículo estaba escribiendo?

—Día duro en el tribunal, doctor Cross —declaró desde el pasillo—. ¿Quiere comentar la resolución?

Pasé por su lado a empujones junto con mi familia, pero la fotógrafa tomó varias instantáneas, incluyendo fotos de Damon y Jannie.

—No publiques ni una sola imagen de mi familia —le dije a Truscott.

—¿O qué? —me retó con actitud desafiante y con las manos en las caderas.

—No publiques fotos de mi familia en tu revista. Ni se te ocurra.

Entonces le arrebaté la cámara a la fotógrafa y me la llevé.

37

Más tarde ese mismo día, el Narrador conducía en dirección norte por la 405, la autovía de San Diego, por la que se avanzaba relativamente bien, a unos ochenta kilómetros por hora más o menos, y repasaba mentalmente su «lista de odios». ¿A quién quería cargarse a continuación o, si no a continuación, antes de que la situación llegara a su fin y tuviera que dejar de matar si no quería que lo pillaran?

«¡Para! Igual de rápido que empezó. El fin. Terminada. Se acabó la historia.»

Garabateó algo en una libreta pequeña que siempre llevaba en el bolsillo de la puerta delantera. Era difícil escribir y conducir a la vez, y el coche se le salió un poco del carril. De repente, un idiota que circulaba por su derecha mantuvo el claxon apretado durante varios segundos.

Lanzó una mirada al descapotable negro Lexus y vio al imbécil de remate que le gritaba: «Cabrón, hijo de puta, hijo de puta», mientras lo mandaba a tomar por culo con un gesto explícito.

El Narrador no pudo contenerse..., se limitó a reírse del idiota colorado del otro coche.

El idiota se había pasado. Si él supiera con quién se acababa de meter... ¡Era cómico! Incluso se inclinó hacia la ventanilla del asiento del pasajero. Y parece ser que su risa no hizo más que enfurecer todavía más al chiflado aquel.

—¿Te parece divertido, imbécil? ¿Te parece divertido? —gritó el hombre.

Y el Narrador siguió riendo, haciendo caso omiso del gilipollas airado, como si no existiera y no valiera ni una cagarruta. Pero ese tío existía y, la verdad, había sacado de quicio al Narrador, lo cual no era muy recomendable, ¿verdad?

Al final, se colocó detrás del Lexus, como si estuviera escarmentado y arrepentido, y lo siguió. El descapotable negro tomó la segunda salida. Antes que él.

Aquello no figuraba en la historia. Estaba improvisando.

Siguió la pista de los faros del descapotable a lo largo del ascenso por las colinas de Hollywood, hasta un camino secundario y luego por una colina empinada.

Se preguntó si el conductor del Lexus lo había visto. Para asegurarse de que así era, empezó a tocar el claxon y no paró en casi un kilómetro. Se imaginó que el tío estaría un poco asustado. Él, en su lugar, seguro que se asustaría, sobre todo si supiera a quién había incordiado en la autovía.

Entonces aceleró y se dispuso a adelantar al descapotable. Aquélla era la mejor escena de todas: llevaba todas las ventanillas bajadas y el viento azotaba el interior.

El conductor del Lexus lo miró y ya no lo insultó ni le hizo gestos groseros. ¿Quién era el arrepentido en esos momentos? Se merecía un poco de res-pe-to.

El Narrador levantó la mano derecha, apuntó y disparó cuatro veces al rostro del conductor. Observó el descapotable mientras viraba hacia la pared rocosa del lateral de la carretera, rebotaba, regresaba a la carretera y volvía a chocar contra las rocas.

Luego nada, el cabrón impertinente estaba muerto, ¿no? Se lo merecía, por gilipollas. La lástima, la pena, era que tarde o temprano aquellos asesinatos tendrían que parar. Por lo menos aquél era el plan maestro, aquélla era la historia ya escrita.

38

La agente Jeanne Galletta pisó a fondo el acelerador de su Thunderbird de dos años de antigüedad. En otras ocasiones había conducido más rápido, pero nunca por las calles del centro de Los Ángeles. Las fachadas de la Van Nuys Avenue no eran más que una mancha borrosa mientras la sirena sonaba a un ritmo continuo encima del vehículo.

Cuando llegó había dos coches patrulla estacionados delante del cibercafé. En la acera del otro lado de la calle ya había empezado a formarse una muchedumbre difícil de controlar. Estaba convencida de que las cámaras de la televisión no tardarían en llegar, al igual que los helicópteros de los noticiarios.

—¿Qué situación tenemos? —le gritó al primer agente que vio, dedicado con poco entusiasmo a controlar a la multitud.

—Todo controlado —dijo—. Hemos efectuado una aproximación silenciosa, por delante y por detrás. Tenemos a unos cuantos de los nuestros en el tejado. En el interior hay unos veinticuatro clientes, más el personal. Si la mujer estaba aquí cuando llegamos, entonces sigue dentro.

Se trataba de un gran condicional, pero ya era algo, pensó Galletta. «Es posible que Mary Smith esté en el interior. Esto podría acabar aquí mismo. Dios lo quiera, por favor.»

—Muy bien, dos unidades más al interior en cuanto se pueda, dos más para controlar a la multitud y seguid manteniendo la guardia delante, detrás y encima.

—Señora, este equipo no es mío...

—Me da igual de quién sea el equipo. Que alguien se encargue. —Se calló y miró de hito en hito al agente—. ¿Está claro? ¿Me sigues?

—Perfectamente, señora.

Galletta se dirigió al interior. El local era un rectángulo grande, con una cafetería delante e hileras tipo cubículo con ordenadores en la parte posterior. Cada terminal electrónica disponía de su propia cabina, con paredes hasta la altura del hombro para ofrecer privacidad.

Todos los clientes del local habían sido agrupados en las mesas, sillas y sofás desiguales. Galletta les escudriñó el rostro rápidamente.

Estudiantes, *yuppies*, jubilados y unos cuantos *hippies* raros típicos de Venice Beach. Un agente le informó de que los habían registrado a todos y que no habían encontrado ningún arma. Tampoco es que eso significara nada. Por el momento, todos eran sospechosos por defecto.

El encargado era un joven muy nervioso con gafas de concha que no parecía tener edad suficiente para beber alcohol y que sufría el peor caso de acné que Galletta había visto desde la época en el instituto. Un CD-rom en miniatura que llevaba prendido en el pecho indicaba, con rotulador rojo, que se llamaba BRETT. Acompañó a Galletta a uno de los cubículos de ordenador situado cerca del fondo.

—Aquí es donde le encontramos —dijo.

—¿Hay alguna salida por aquí? —preguntó Galletta, señalando hacia un pasillo estrecho situado a la izquierda.

El encargado asintió.

—La policía ya está allí. Ha acordonado la zona.

—¿Y guardas un registro de los usuarios de los ordenadores?

El joven señaló un dispositivo de lectura de tarjetas de crédito.

—Tienen que usar eso. La verdad es que no sé cómo extraer la información, pero puedo averiguarlo.

—Ya nos encargaremos nosotros —le dijo Galletta—. De todos modos, quiero que hagas una cosa: procura que todo el mundo se sienta lo más cómodo posible. Si quieres que te sea sincera, esto va para largo. Y si alguien quiere tomar algo, que sea descafeinado. —Le guiñó el ojo y le dedicó una sonrisa que no sentía, pero que pareció tranquilizar un poco al pobre hombre—. Y pídele al agente Hatfield que venga a verme. —Había estado con el agente Hatfield muy poquito tiempo en otra ocasión, pero siempre se acordaba de su nombre porque se llamaba como uno de los Righteous Brothers.

Se sentó frente el ordenador y se enfundó unos guantes de látex.

—Usted dirá —dijo Hatfield.

—¿Qué sabemos hasta el momento? —preguntó Galletta.

—El mismo tipo de mensaje, escrito al mismo periodista del *Times*. Arnold Griner. Es posible que alguien localizara los otros mensajes de correo, pero tengo la impresión de que éste es de ella. Ha oído hablar de Carmen D'Abruzzi, ¿no?

—¿La chef? Por supuesto. Tiene programa propio. Lo veo de vez en cuando, lo que pasa es que no cocino.

La Trattoria D'Abruzzi era el restaurante del momento en Hollywood, un establecimiento frecuentado por famosos y local *after-hours*. Pero lo más importante era que Galletta sabía que Carmen D'Abruzzi tenía un programa de cocina de difusión nacional en el que cocinaba para su apuesto esposo y sus dos hijos perfectos. En opinión de Galletta, todo era demasiado perfecto, aunque a veces veía el programa.

Galletta negó con la cabeza.

—Maldita sea. D'Abruzzi encaja con el tipo de víctimas de la asesina. ¿Ya la han encontrado?

—Ahí está el problema —informó Hatfield—. La mujer está bien, no ha sufrido ningún percance. Un tanto asustada, eso sí, pero bien. Y su familia igual. Tenemos un equipo desplegado en su casa. Compruébelo, quienquiera que escribió ese mensaje de correo electrónico nunca lo envió o ni siquiera lo acabó.

Jeanne Galletta volvió a inclinar la cabeza.

—¿Cómo dice? ¿Que no lo mandó?

—A lo mejor se asustó por algún motivo, no tenía las ideas claras y se marchó. Quizá no le gustara el café de aquí, quién sabe...

Galletta se levantó y lanzó una mirada hacia los clientes y el personal allí reunido.

—O quizá siga estando aquí.

—¿De verdad lo piensa?

—De hecho, no lo creo. No es ninguna imbécil. De todos modos, quiero hablar con cada una de estas personas. Este local es como una caja cerrada hasta nuevo aviso. Investigue los antecedentes de los presentes, pero que nadie se marche de aquí sin pasar antes por mí, ¿entendido? Nadie. Bajo ningún concepto. Aunque tengan un justificante de su madre.

—Sí, sí, de acuerdo —respondió Hatfield—. Entendido.

Mientras Hatfield se alejaba, Jeanne Galletta le oyó murmurar algo como «tranquilízate». Típico. Los policías tendían a responder de una forma a las órdenes de los hombres y de otra a las de las mujeres. Hizo caso omiso de lo que había oído y centró su atención en el mensaje de correo electrónico a medio acabar de la pantalla.

«¿A medio acabar? ¿De qué coño iba todo aquello?»

39

Para: agriner@latimes.com
De: Mary Smith
Para: Carmen D'Abruzzi:

Anoche trabajaste en tu restaurante hasta las tres de la mañana, ¿verdad? ¡Qué mujer tan ocupada! Luego caminaste sola dos manzanas hasta el coche. Eso es lo que pensaste, ¿verdad? ¿Que estabas completamente sola?

Pero no lo estabas, Carmen. Yo estaba ahí en la acera contigo. Ni siquiera anduve con cuidado. Me lo pusiste fácil. No fuiste demasiado lista. Tan absorta en ti misma. Yo, yo, yo, yo.

A lo mejor es que no ves las noticias. O quizá no les hagas caso. Tal vez no te importe que haya alguien ahí fuera buscando a gente como tú. Fue casi como si quisieras que te matara. Lo cual es bueno, supongo. Porque eso es también lo que yo quería.

Mientras te observaba, intentando ponerme en tu lugar, no pude evitar preguntarme si alguna vez decías a tus queridos dos hijos que miraran a ambos lados de la calle antes de cruzar. Está claro que anoche no diste un buen ejemplo a Anthony y Martina. No miraste a tu alrededor ni una sola vez.

Lo cual es muy malo para todos, para toda tu familia perfecta, tal como salís en el programa de cocina.

No hay forma de saber cuándo tus hijos acabarán solos en la acera sin ti, ¿verdad? Ahora tendrán que aprender esta importante lección sobre seguridad de alguna otra persona.

Después de que

40

Acababa de ese modo, a mitad de frase.

Aunque no hubiera sido así, se trataba de una nueva vertiente del caso. Carmen D'Abruzzi no estaba muerta pero habían recibido la nota de amenaza de muerte. Era algo positivo, ¿no?

Jeanne Galletta cerró los ojos con fuerza en un intento por procesar la nueva información de forma rápida y correcta. Tal vez Mary Smith escribiera un borrador de sus mensajes por adelantado y los terminara después del homicidio.

Pero ¿por qué dejar ése allí? ¿Lo habría hecho a propósito? ¿Se trataba de ella realmente? A lo mejor no.

Cielo santo, las preguntas parecían no tener fin. ¿Dónde demonios estaban las respuestas? Se conformaba con una sola respuesta para empezar.

Pensó en Alex Cross, algo que decía en uno de sus libros. «Sigue preguntando hasta encontrar la piedra angular, la pregunta que es la clave de todo. Entonces puedes ir deshaciendo el camino. Ahí es donde empezarás a encontrar respuestas.»

La pregunta clave. La piedra angular. ¿Qué demonios era?

Bueno, seis horas más tarde seguía siendo un misterio para Galletta. Poco después del anochecer, dejó marchar por fin al último de los clientes de la mañana. Cinco personas habían dado cinco versiones como testigos oculares sobre quién se había sentado en el ordenador en cuestión; el resto no tenía ni idea.

A la agente Galletta ninguna de aquellas personas le pareció ni remotamente sospechosa, pero habría que hacer un seguimiento de las veintiséis. Se cansaba con sólo pensar en los muchos impresos que tendría que rellenar.

A nadie sorprendió que la tarjeta de crédito de Mary Smith fuera robada. Pertenecía a una anciana de Sherman Oaks de ochenta años que ni siquiera había advertido su falta, una tal señora Debbie Green. No había ningún otro cargo en la tarjeta; no podían hacer un seguimiento de los pagos, nada de nada. «Es cuidadosa y organizada... para lo chiflada que está.»

Galletta pidió a Brett, el encargado, un *espresso* bien cargado. De ahí volvería a la oficina, donde repasaría los acontecimientos de la jornada mientras los tenía frescos en la mente. La vecina le dijo que dejaría salir al perro. En el local de comida china para llevar que estaba camino de la oficina le dijeron que su encargo estaría listo en veinte minutos. La vida le sonreía, ¿no?

¡No!

Se preguntó si llegaría a casa antes de la medianoche e, incluso entonces, si sería capaz de dormir.

Probablemente no, en ambos casos.

Así pues, ¿cuál era la pregunta que tenía que formularse? ¿Dónde estaba la «piedra angular»?

¿O acaso Alex Cross era un mentiroso de mierda?

41

—Nunca supo lo que quería, Sugar, y quizá siga sin saberlo. Christine me caía bien pero nunca volvió a ser la misma después de lo que pasó en Jamaica. Tiene que dejar atrás esa etapa, igual que tú.

Sampson y yo nos habíamos refugiado en Zinny's, uno de nuestros locales favoritos del barrio. En la máquina de discos se oía el lamento de B.B. King en *I Done Got Wise*. El blues era lo único que servía aquella noche, al menos para mí.

La alegría que le faltaba al local quedaba compensada por Raphael, un camarero que nos conocía por el nombre y que era generoso con las bebidas. Yo observaba el whisky escocés que tenía delante. Intentaba recordar si era el tercero o el cuarto. Cielos, qué cansado estaba. Recordé una frase de una de las películas de Indiana Jones: «No son los años, querida. Es el rodaje.»

—El problema no es Christine, ¿verdad, John? —Miré a Sampson de reojo—. Quien te preocupa es el pequeño Alex. Ali. Así es como le gusta que le llamen. Ya tiene identidad propia.

Me dio una palmadita en la coronilla.

—El problema lo tienes tú en la cabeza, Sugar. Ahora escúchame.

Esperó hasta que me erguí y le dediqué toda mi atención. Entonces desvió la mirada lentamente hacia el techo. Cerró los ojos y compuso una mueca.

—Mierda, se me ha olvidado lo que iba a decir. Qué pena. Seguro que te hacía sentir mucho mejor.

Reí a mi pesar. Sampson siempre sabía cómo suavizar las situaciones. Era así desde que teníamos diez años y crecimos juntos en Washington D.C.

—Bueno, entonces optemos por lo de «casi» mejor —dijo. Hizo una seña a Raphael para que nos sirviera otros dos vasos de whisky.

—Nunca se sabe qué va a pasar —dije, pensando en voz alta—. Cuando te enamoras. No hay garantía.

—Cierto —convino Sampson—. Si me hubieras dicho que alguna vez tendría un hijo, me habría echado a reír. Y ya me ves ahora con un bebé de tres meses. Es una locura. Y al mismo tiempo, todo podría volver a cambiar, como si nada. —Chasqueó los dedos con fuerza y el sonido me estalló en los oídos.

Sampson tiene las manos más grandes de todas las personas que conozco. Yo mido más de un metro ochenta y cinco, no soy precisamente escuálido, aunque tampoco gordo, y él me hace parecer menudo.

—Billie y yo estamos bien juntos, de eso no hay duda —continuó, divagando pero haciéndose entender de todos modos—. Eso no significa que la situación no pueda descontrolarse algún día. No me extrañaría que dentro de diez años tire toda mi ropa por la ventana. Nunca se sabe. No..., mi chica no me haría una cosa así. No mi Billie —declaró Sampson, y los dos nos echamos a reír.

Nos sentamos y bebimos en silencio durante unos minutos. Incluso sin hablar, nuestros ánimos se fueron ensombreciendo.

—¿Cuándo vas a volver a ver al pequeño Alex? —preguntó en voz baja—. «Ali», me gusta ese nombre.

—La semana que viene, John. Iré a Seattle. Tenemos que ultimar el acuerdo del régimen de visitas.

Odiaba esa palabra. «Visita.» ¿Eso es lo que iba a hacer con mi propio hijo? Cada vez que pronunciaba esa palabra en voz alta, me entraban ganas de darle un puñetazo a algo. Una puerta, una lámpara, una ventana, un cristal...

—¿Cómo demonios voy a montármelo? —pregunté a Sampson—. En serio. ¿Cómo voy a ver a Christine, y ver a Alex, y fingir que todo va bien? Ahora cada vez que lo vea se me va a encoger el corazón. Aunque pueda fingir y parecer normal, ésa no es forma de estar con los hijos.

—Con él no habrá problema —insistió Sampson—. Alex, no vas a criar hijos problemáticos. Además, fíjate en nosotros. ¿Consideras que saliste bien? ¿Consideras que salí bien?

Le sonreí.

—¿No tienes un ejemplo mejor?

Sampson hizo caso omiso de la broma.

—No puede decirse que tú y yo disfrutáramos de una infancia privilegiada, y somos normales. Que yo sepa, no te pinchas, no desapareces y no le pones la mano encima a tus hijos. Yo me enfrenté a todo eso y acabé siendo el segundo mejor policía del cuerpo de Washington D.C. —Se calló y se dio un manotazo en la cabeza—. Oh, un momento. Ahora eres un pobre agente federal dedicado a la burocracia. Supongo que eso me convierte en el número uno.

De repente me sentí abrumado por lo mucho que añoraba al pequeño Alex, pero también por la amistad de John.

—Gracias por estar aquí —le dije.

Me rodeó los hombros con el brazo y me dio un buen empujón.

—¿En qué otro sitio iba a estar?

42

Me desperté de repente y vi que una azafata me miraba un tanto desconcertada. Recordé que era la mañana siguiente y que estaba en un avión de United de vuelta a Los Ángeles. Su expresión curiosa denotaba que acababa de hacerme una pregunta.

—¿Disculpe? —dije.

—¿Sería tan amable de plegar la mesita? Y ponga el respaldo del asiento en posición vertical. En unos minutos aterrizaremos en Los Ángeles.

Antes de quedarme dormido, había estado pensando en James Truscott y en su repentina aparición en mi vida. ¿Una casualidad? Tendía a no creer en ellas. Así pues, había llamado a una amiga investigadora de Quantico y le había pedido que me consiguiera más información sobre Truscott. Monnie Donnelley me prometió que pronto sabría más sobre Truscott de lo que jamás habría deseado.

Recogí mis papeles. No era buena idea dejarlos desperdigados de ese modo y no era propio de mí; tampoco era habitual que me quedara dormido en un avión. Estaba viviendo unos momentos un tanto extraños. Sólo un tanto, ¿no?

Mi carpeta sobre Mary Smith había aumentado de

grosor de forma considerable en pocos días. La reciente falsa alarma era un interrogante. Ni siquiera estaba convencido de que Mary Smith estuviera detrás de ella.

Al analizar los informes de los homicidios, me hacía a la idea de alguien que ganaba en seguridad cada vez y, sin duda, en agresividad. Cada vez apuntaba más alto en sus objetivos. La primera escena, la del asesinato de Patrice Bennett, era un lugar público. La siguiente vez fue en el exterior de la casa de Antonia Schifman. Ahora todo indicaba que Mary Smith había pasado la noche dentro de la residencia de Marti Lowenstein-Bell antes de acabar matándola en la piscina.

Bueno, ya estaba otra vez en Los Ángeles, bajando del avión, alquilando un coche..., aunque probablemente podría haberle pedido al agente Page que me viniera a recoger.

A juzgar por su aspecto, la oficina de campo del FBI en Los Ángeles le daba mil vueltas a la de Washington D.C. En vez del laberinto claustrofóbico al que estaba acostumbrado en el este, aquí había nueve pisos de planta abierta, cristal reluciente y mucha luz natural. Desde el cubículo que me asignaron en la decimoquinta planta disfrutaba de una bonita vista del Getty Museum y más allá. En la mayoría de las oficinas de campo, podía darme por satisfecho con una silla y una mesa.

El agente Page apareció por allí al cabo de diez minutos. Sabía que Page era un hombre astuto, muy ambicioso y, con un poco más de experiencia, sería un buen agente. Pero en esos momentos no me hacía falta que me vigilaran por encima del hombro. Me bastaba con tener encima al director Burns, por no hablar del escritor, James Truscott. Mi biógrafo oficial, ¿no? ¿O acaso se trataba de otra cosa?

Page me preguntó si necesitaba algo. Le mostré la carpeta con el informe.

—Esto tiene por lo menos veinticuatro horas de antigüedad. Quiero saber todo lo que la agente Galletta tiene en el departamento de policía de Los Ángeles. Quiero saber más que Galletta. ¿Crees que podrías...?

—Manos a la obra —dijo y se marchó.

De todos modos, no le había encomendado una tarea inventada. Necesitaba realmente ponerme al corriente y si eso significaba que Page me dejara tranquilo durante un rato, pues mucho mejor.

Extraje una hoja de papel en blanco y garabateé unas cuantas cuestiones que me había planteado en el trayecto desde el aeropuerto.

«M. Lowenstein-Bell, ¿cómo consiguió esa persona entrar en su casa? ¿Este asesino tiene una lista de sentenciados? ¿Un orden establecido? ¿Existen otros vínculos menos obvios entre las víctimas? ¿No tendría que haberlos?»

La fórmula más habitual en mi profesión es la siguiente: «"Cómo" más "por qué" es igual a "quién".» Si quería conocer a Mary Smith, tenía que plantearme las comparaciones y las diferencias, la combinación de ambas, en cada una de las escenas y para cada uno de los asesinatos. Eso implicaba ir a echar un vistazo a la residencia de los Lowenstein-Bell.

Escribí «¿Autor de los mensajes de correo electrónico? / ¿Asesino?»

Continué dándole vueltas a lo mismo. ¿Qué grado de intersección había entre la personalidad del asesino y el personaje de los mensajes de correo? ¿Hasta qué punto eran sinceros, a falta de un adjetivo mejor, los escritos de Mary Smith? ¿Y, dado el caso, hasta qué punto eran para despistar?

Hasta que no despejara esos interrogantes era como perseguir a dos sospechosos. Con un poco de suerte, mi siguiente cita arrojaría algo de luz sobre los mensajes de correo.

«¿Instrumental?», anoté para mí.

La mayoría de los asesinos metódicos utilizaban dos tipos de instrumental, al igual que Mary Smith.

Primero estaban los instrumentos del asesinato en sí. En este caso la pistola era un elemento seguro. Sabíamos que había utilizado la misma cada vez. Con respecto al cuchillo no estábamos seguros.

Y había que plantearse la existencia de un coche. Cualquier otra manera de llegar y marcharse parecía poco viable.

Luego estaban los «instrumentos» que le ayudaban a satisfacer sus necesidades psicoemocionales.

Las pegatinas infantiles marcadas con la A o la B, y los mensajes de correo electrónico. Normalmente, este tipo de cosas eran más importantes para el asesino que las armas en sí. Eran su forma de decir «He estado aquí» o «Soy yo».

También existía otra posibilidad que resultaba más preocupante: «Ésta es la persona que quiero que penséis que soy.»

En cualquier caso, era una especie de provocación, algo que podía tomarse como: «Venid a por mí. Si es que podéis.»

Garabateé también esta última idea.

«¿Venid a por mí? ¿Si es que podéis?»

Acto seguido escribí algo que seguía sacándome de quicio: «Truscott. Apareció hace seis semanas. ¿Quién es James Truscott? ¿Cuál es su objetivo?»

De repente miré el reloj. Era hora de salir de la oficina si no quería llegar tarde a mi primera cita. Solicitar un coche del FBI habría supuesto tener a alguien más observando mis movimientos y precisamente por eso alquilé un coche en el aeropuerto.

Me marché sin decir a nadie adónde iba. Si iba a comportarme como agente de homicidios de nuevo, pensaba hacerlo bien.

43

Por lo menos aquello era trabajo policial de verdad y lo emprendí con energía y entusiasmo renovados. De hecho, estaba mentalizado. La profesora Deborah Papadakis centraba toda mi atención cuando me hizo una seña para que entrara en su despacho, repleto de libros, el número veintidós del edificio Rolfe de la UCLA. Recogió una montaña de manuscritos bien apilados de la única silla disponible y la dejó en el suelo.

—Ya veo que está muy ocupada, profesora. Dios mío, muy ocupada. Gracias por aceptar recibirme —dije.

—Encantada de ayudar, si puedo. —Me hizo una seña para que me sentara—. No he visto tanta preocupación en Los Ángeles desde..., no sé..., quizá desde lo de Rodney King. Qué pena.

Acto seguido, levantó una mano y se apresuró a añadir:

—Aunque no es lo mismo, ¿verdad? De todos modos, esto me resulta un poco extraño. Yo me dedico más a los cuentos y a los ensayos de tipo personal. No leo sobre crímenes verdaderos, o ni siquiera novelas de misterio. Bueno, leo a Walter Mosley, pero él es un sociólogo encubierto.

—Cualquier ayuda será bienvenida —le aseguré, al tiempo que le tendía copias de los mensajes de correo de

Mary Smith—. So pena de repetirme, agradeceríamos su total discreción al respecto. —Era tanto por mí como por la investigación. No había recibido ninguna autorización oficial para compartir los mensajes de correo ni con ella ni con ninguna otra persona.

La profesora Papadakis me sirvió una taza de café de una vieja cafetera eléctrica y yo esperé mientras ella leía y releía los mensajes.

Su despacho parecía ser uno de los mejores de la universidad. Daba a un patio ajardinado con esculturas donde los estudiantes escribían y disfrutaban del clima perfecto del sur de California, mientras que la mayoría de los despachos del edificio daban a la calle. Tuve la impresión de que la señora Papadakis, con su escritorio antiguo de madera de pino y la condecoración O. Henry en la pared, hacía tiempo que no debía nada a nadie.

Aparte de un «hummm» ocasional, se mostró inexpresiva mientras leía. Al final, alzó la vista y me miró. Estaba un poco más pálida que antes.

—Bueno —dijo respirando profundamente— las primeras impresiones son importantes, así que empezaré por ahí. —Tomó un lápiz rojo. Me levanté y me situé junto a ella para mirar por encima de su hombro—. ¿Ve esto? ¿Y esto? Los comienzos son activos. Frases del tipo «Yo soy quien te mató» y «Anoche te observé mientras cenabas». Llaman la atención, o al menos ésa es su función.

—¿Extrae alguna conclusión específica de ello? —Yo tenía alguna, pero estaba allí para saber su opinión.

Inclinó la cabeza a un lado y a otro.

—Es atrayente pero también menos espontáneo. Más trabajado. Esta persona elige sus palabras con esmero. Está claro que no es un monólogo interior.

—¿Puedo preguntarle qué más detecta en su forma

de escribir? Sus observaciones son muy útiles, profesora Papadakis.

—Pues..., hay una sensación de..., distanciamiento de la violencia del propio personaje, por así decirlo.

Alzó la mirada hacia mí, como buscando mi aprobación. No me imaginaba que en circunstancias normales fuera tan vacilante. Por su aspecto se diría que era directa y experta.

—¿Distanciamiento?

—Excepto, quizá, cuando habla de los niños.

—Continúe, por favor —insté—. Me interesan los niños. ¿Qué ve, profesora?

—Cuando describe lo que ha hecho es muy declarativa. Un montón de frases sencillas, a veces casi entrecortadas. Podría ser un estilo premeditado, pero también una especie de elusión. Lo veo continuamente cuando los escritores le tienen miedo a su propio material. Si fuera un estudiante, le diría que tirara un poco más de esos hilos, que los desenmarañara. —La profesora se encogió de hombros—. Pero por supuesto no soy psiquiatra.

—Pues, por sus comentarios, bien podría serlo —le dije—. Estoy realmente impresionado. Ahora lo veo más claro.

Ella le restó importancia al halago con un movimiento de la mano.

—¿Puedo hacer algo más? ¿Algo, por pequeño que sea? De hecho, esto me resulta fascinante. Supongo que se trata de curiosidad morbosa.

Le observé el rostro mientras ella sopesaba sus pensamientos y optaba por no continuar.

—¿Qué pasa? —pregunté—. Por favor, dígame lo que piensa. No se preocupe. No hay respuestas incorrectas.

Soltó el lápiz rojo.

—Bueno, la cuestión radica en si estamos leyendo a una persona o a un personaje. Es decir, si el distanciamiento que veo surge del subconsciente del escritor o es premeditado, igual que las frases en sí. Es difícil saberlo a ciencia cierta. Ése es el gran interrogante del caso, ¿no?

Precisamente se trataba de la pregunta que me había planteado varias veces. La profesora no me daba la respuesta, pero sin duda confirmaba que valía la pena planteársela.

De repente soltó una risa nerviosa.

—Espero sinceramente que no dé a mi valoración un papel prominente en la investigación. Me sabría muy mal llevarle por el camino equivocado. Esto es demasiado importante.

—No se preocupe por eso —la tranquilicé—. Se trata de uno de los muchos factores que tenemos en cuenta. Sin embargo, es un gran rompecabezas. A nivel psicológico, analítico, literario...

—Debe de ser espantoso para usted tener que ir de aquí para allá para conseguir tan poca información como yo le he dado. A mí no me gustaría.

—De hecho, este tipo de entrevista es la parte fácil del trabajo —le confesé.

Mi siguiente cita sí que sería difícil.

44

Los agentes de seguridad armados me pararon en la verja de la finca de los Lowenstein-Bell, situada en la zona de Bel Air de Beverly Hills. Otros dos guardias privados volvieron a comprobar mi documento de identidad en la parte final del camino de entrada. Por último se me permitió acercarme a la casa, que se encontraba en una carretera serpenteante situada cerca del Bel Air Hotel, que visité una vez y que me pareció uno de los lugares más tranquilos y hermosos que había visto en mi vida.

Llamé a la puerta y me abrió Michael Bell en persona. La casa tenía más cristal que otra cosa y lo vi venir mucho antes de que abriera. Su andar lento y arrastrando los pies lo decía todo.

Siempre hay que hacer malabarismos al interrogar a las personas que han perdido a un ser querido tras un asesinato. Es el momento en que más necesaria es la información y es cuando ellos menos quieren hablar de lo ocurrido. Nunca he encontrado un método con el que me sienta cómodo, ni yo ni probablemente la persona a la que interrogo.

El señor Bell no parecía uno de los habitantes típicos de Beverly Hills a juzgar por su poblada barba rubia, vaqueros, sandalias y camisa a cuadros desteñida. No me costaba imaginarlo de leñador o como ex componente de Nirvana o Pearl Jam, de no ser por el entorno ultramoderno. Por el informe sabía que él y su esposa habían construido la casa hacía pocos años.

Los gestos y la voz de Michael Bell poseían la cualidad amortiguada de alguien sumido en las primeras etapas del dolor profundo, pero me hizo pasar cortésmente.

—¿Desea tomar algo? —preguntó—. Sé que tenemos té helado. ¿Un poco de té hecho al sol, agente Cross?

—Nada, gracias —dije.

Una sirvienta/niñera de mediana edad estaba cerca, para ver si podía ayudar en algo. Me imaginé que se trataba de Lupe San Remo, quien encontró el cadáver en la piscina.

—Nada, Lupe, gracias. Quisiéramos cenar a las siete, por favor —le dijo en un español impecable.

Lo seguí más allá de una galería abierta donde tres princesitas rubias se apiñaban en un sillón de gran tamaño. Cassie, Anna y Zoey, de cinco, siete y ocho años respectivamente, según el informe. En la enorme pantalla de televisión de plasma se veía una imagen congelada de *Buscando a Nemo*.

Las había interrumpido y me supo mal. Me pregunté si realmente «Mary Smith» sentía algo por los hijos de las víctimas. Y si así era, ¿por qué? ¿Qué motivo podía tener aquella persona enloquecida? ¿Por qué matar a la madre de esas niñas pequeñas?

—Nenas, estaré en el salón unos minutos. Podéis continuar sin mí. —Pulsó un botón del mando a distancia y subió el volumen cuando la película continuó de nuevo. Reconocí la voz de Ellen DeGeneres en la banda sonora, probablemente porque había visto *Buscando a Nemo* una docena de veces con Jannie. Le encantaba Dory.

—Podemos hablar aquí —indicó el señor Bell mientras entrábamos en un salón abovedado. Gracias a los tres niveles de pared acristalada se disfrutaba de unas vistas espectaculares de la costa y, más cerca, la piscina en la que su esposa, Marti, había sido encontrada. Michael Bell se sentó de espaldas a la piscina en un sofá de terciopelo color crema.

—Antes me encantaba esa vista —declaró con voz queda—. A Marti también.

—¿Preferiría que habláramos en otro sitio? —le pregunté enseguida.

—Gracias —me respondió—. No pasa nada. Intento comportarme lo más normalmente posible. Por las niñas. Por mi cordura. No se preocupe. ¿Tiene alguna pregunta?

—Ya sé que la policía de Los Ángeles lo ha interrogado. Sé que su nombre está totalmente limpio, así que intentaré ser lo más breve posible.

—Se lo agradezco. Tómese su tiempo —dijo—. Por favor. Adelante. Quiero ayudar a encontrar a la persona que hizo esto. Necesito sentir que ayudo, que hago algo.

Me senté en un sillón a juego con el de él. La mesa que nos separaba era un bloque enorme de mármol bruñido.

—Lo siento, pero tengo que empezar por lo más obvio. ¿Sabe usted si su esposa tenía enemigos? ¿Se le ha pasado alguien por la cabeza desde lo ocurrido?

Se pasó las manos por la barba y luego por uno y otro lado de los ojos.

—Créame, he pensado sobre el tema. Por eso me resulta tan irónico. Marti es una de las personas más queridas de la ciudad. Caía bien a todo el mundo, lo cual es difícil aquí. Puede comprobarlo. —Se calló y se le contrajo la expresión. Estaba a punto de perder la compostura y me pareció intuir su pensamiento. «Caía bien a todo el mundo. Pretérito.» Se encorvó. Se secó los ojos con el puño cerrado—. Lo siento. No dejo de pensar que he asumido lo ocurrido, pero la verdad es que no.

—Tómese su tiempo —le dije.

Quería decir más; quería decirle que sabía lo que sentía. No sólo porque había perdido a su esposa sino por haberla perdido de ese modo. Tiempo atrás, yo había pasado por el mismo trance que él. Si su experiencia era comparable a la mía con respecto a Maria, era imposible encontrar consuelo y mucho menos en un desconocido, un policía. Sin embargo, cualquier comentario personal que pudiera hacerle en ese momento sólo me serviría a mí, así que no le hablé de Maria ni de cómo la habían asesinado.

—¿Papá?

Zoey, la hija mayor, estaba de pie bajo el arco que separaba el salón del pasillo. Parecía asustada, diminuta y muy sola en el umbral de la puerta.

—No pasa nada, cariño —dijo él—. Estoy bien. Ven aquí un momento. —Le tendió los brazos y ella se acercó a él rodeando el sofá para evitar caminar cerca de mí.

Se dejó envolver en su abrazo y entonces los dos se echaron a llorar. Me pregunté si era la primera vez que veía llorar a su padre.

—No pasa nada —repitió él, acariciándole el pelo—. No pasa nada, Zoey. Cuánto te quiero. Eres una niña muy buena.

—Te quiero, papá —susurró Zoey.

—Dejaremos esto para más tarde —dije con voz queda—. En otro momento. Tengo su declaración en un informe. De todos modos, no necesito mucho más.

Me miró con expresión agradecida, sin separar la mejilla de la cabeza de Zoey. La niña había cambiado de postura y se había acurrucado para encajar dentro del abrazo de su padre. Era evidente que estaban muy unidos y pensé en Jannie.

—Ya me dirá, por favor, si puedo hacer algo —dijo él—. Quiero ayudar.

—Me resultaría muy útil poder dar una vuelta por la casa —dije.

—Por supuesto.

Me volví para marcharme pero me detuve y volví a hablarle porque no lo pude evitar.

—Está haciendo lo correcto —le dije—. Sus hijas lo ayudarán a superar esta situación. Procure tenerlas cerca.

—Lo haré. Ahora son lo único que tengo. Gracias. Es usted muy considerado.

Lo dejé ahí y apostaría algo a que él se dio cuenta de que le ofrecía algo más que el consejo de un policía. Era el consejo de un padre y un esposo. De repente no quería estar en esa casa más tiempo del estrictamente necesario.

45

Como agente de policía, me habría gustado pasar horas en la casa de los Lowenstein-Bell, para captar todos los detalles. Teniendo en cuenta las circunstancias, me concedí entre quince y veinte minutos.

Comencé por la bonita piscina y me situé junto al extremo más profundo, mirando las líneas divisorias azul real pintadas en el fondo. Se estimaba que Mary Smith había disparado a Marti Lowenstein-Bell desde esa posición, una única bala en la coronilla. Luego había arrastrado el cadáver hacia ella con un recogedor de hojas de mango largo.

La asesina se quedó allí tranquilamente y se dedicó a acuchillarla sin siquiera sacar el cadáver del agua. Los cortes en el rostro de la víctima eran descuidados y rápidos, docenas de cortes superpuestos. «Como si estuviera borrándola.»

En cierto modo, recordaba lo que la gente hacía a veces con las fotografías, para librarse simbólicamente de alguien rasgándole la cara. Y, de hecho, Mary Smith también había destruido varias fotos de familia en el estudio situado en la planta superior de la casa.

Alcé la vista hacia donde imaginé que estaba el estudio, basándome en los planos del informe.

El camino lógico de aquí a allí pasaba por el salón y luego por la escalera de piedra caliza situada en el vestíbulo de la entrada principal.

«La asesina visitó la casa antes del día del asesinato. ¿Cómo se había producido eso exactamente? ¿A qué hora? Y... ¿por qué? ¿Cómo evolucionaba Mary Smith?»

Cuando pasé de nuevo por la casa, Michael Bell estaba sentado con sus tres hijitas, y todos ellos miraban la película con expresión vacía. Ni siquiera alzaron la vista cuando pasé, y no quería interrumpirles otra vez si no era necesario. Por algún motivo, recordé el abrazo que les di a Jannie y a Damon justo después de lo sucedido con el pequeño Alex en Seattle.

El pasillo de la planta superior era un puente suspendido de madera y cristal que bisecaba la casa. Seguí el camino que probablemente siguiera Mary Smith y luego bajé hacia un ala adjunta en la que era muy fácil encontrar el estudio de Marti.

Era la única habitación con la puerta cerrada.

En la pared del interior había unos huecos evidentes que imaginé habían ocupado las fotos familiares. Todo lo demás parecía intacto.

«La asesina se está envalentonando, asume más riesgos, pero la obsesión por las familias sigue siendo fuerte. El centro de atención de la asesina es poderoso.»

Me fijé en una silla de cuero con el respaldo alto situada delante de un monitor vertical de veintiuna pulgadas. Era el puesto de trabajo de la víctima y, supuestamente, el lugar en el que Mary Smith se sentó para enviar el mensaje de correo electrónico a Arnold Griner del *L.A. Times*.

El estudio también tenía vistas de la terraza y de la piscina. Mary Smith podía haber observado el cadáver de

Marti flotando boca abajo mientras tecleaba. ¿Le repelió? ¿La enfureció? ¿O sintió una satisfacción morbosa mientras estaba allí sentada contemplando a su víctima?

En ese momento comprendí algo. Las fotos destruidas. El riesgo que había corrido en el cibercafé. Algo que la profesora Papadakis había dicho sobre «elusión». Otra cosa en la que había estado pensando esa mañana. «A Mary Smith no le gustaba lo que veía en las escenas de los crímenes, ¿verdad?»

Cuanto más se prolongaba esa situación, más reflejaba una imagen poderosa del pasado que la perturbaba. Alguna parte de ella misma que no quería ver estaba quedando más clara. Su respuesta era transferirla. Odiaba pensar en ello pero probablemente estaba descontrolándose.

Entonces rectifiqué mis palabras: la asesina estaba descontrolándose, sin duda.

46

Estaba tumbado boca arriba en la cama del hotel aquella noche y la cabeza me daba vueltas en distintas direcciones pero, a mi entender, ninguna de ellas ofrecía fruto alguno.

Mary Smith. Su patología. Incongruencias. Posible móvil de los asesinatos. Nada descubierto hasta el momento.

Jamilla. Ni te lo plantees. Ni por asomo tienes el tema solucionado.

Mi familia de Washington D.C. Si alguna vez la echaría a perder.

Christine y Alex júnior. Lo más triste de todo.

Era consciente de que últimamente no prestaba la debida atención a ningún aspecto de mi vida. Todo empezaba a parecerme un esfuerzo. Había ayudado a otras personas a vencer este tipo de depresión aunque a mí nunca me hubiera afectado, y me pareció que a nadie se le da bien el autoanálisis.

Monnie Donnelley cumplió con lo prometido y ya me había proporcionado información sobre James Truscott. En pocas palabras, lo hacía por dinero. Era ambicioso, a veces incluso merecía ser calificado de despiadado, pero era un miembro respetado del gremio periodístico.

Al parecer, no guardaba ninguna relación con los asesinatos de Mary Smith.

Consulté el reloj, murmuré un improperio y marqué el número de casa con la esperanza de que Jannie y Damon no se hubieran acostado todavía.

—Hola. Aquí la residencia de los Cross. Le habla Jannie Cross.

Esbocé una sonrisa.

—¿Es aquí la tienda de abrazos y besos? Me gustaría hacer un pedido, por favor.

—Hola, papá. Sabía que llamarías.

—¿Tan predecible soy? Bueno, da igual. Supongo que os estáis preparando para acostaros, ¿no? Dile a Damon que se ponga en el otro teléfono.

—Ya estoy aquí. Me he imaginado que eras tú, papá. Eres bastante predecible. Lo cual es bueno.

Rápidamente los niños me pusieron al corriente de sus asuntos. Damon intentó convencerme de que le dejara comprar un CD para adultos. No hubo trato y siguió sin soltar prenda sobre la amiguita misteriosa. Jannie estaba preparándose para su primera feria científica y quería saber si podía someter a sus amigos a la prueba del polígrafo.

—Por supuesto, justo después de que la hagáis tú y Damon.

Entonces Jannie me contó una cosa que me dejó muy preocupado.

—Ese escritor ha vuelto a venir. Nana no le ha dejado entrar. Le ha echado una buena bronca, le ha dicho que era una «vergüenza para la profesión».

Cuando acabé de charlar con los niños, hablé con Nana y luego pedí algo al servicio de habitaciones. Al final llamé a Jamilla a San Francisco. Era consciente de estar haciendo las llamadas en orden inverso de tensión, dejando las difíciles para el final. Por supuesto, también debía tener en cuenta las diferencias horarias.

—El caso de Mary Smith ha pasado rápidamente a ser una noticia de alcance nacional —comentó Jamilla—. Por aquí dicen que la policía de Los Ángeles carece todavía de pistas suficientes para apresarla.

—Hablemos de otro tema que no sea el trabajo —insté—. ¿Te parece bien?

—De hecho, tengo que marcharme, Alex. He quedado con un amigo..., sólo amigo —añadió demasiado rápido—. No tienes de qué preocuparte. —Pero a mí me sonó como otra forma de decir «preocúpate».

—Claro, vete —dije.

—¿Hablamos mañana? —preguntó—. Siento tener que salir corriendo. ¿Mañana, Alex?

Se lo prometí antes de colgar. «Sólo amigo», pensé. Bueno, dos llamadas hechas y me falta una. La realmente difícil. Volví a descolgar el auricular y marqué los números que me sabía de memoria.

—¿Diga?

—Soy yo. Alex.

Christine permaneció callada unos instantes..., otra respuesta indescifrable.

—Hola —dijo al final.

—¿Puedo hablar con Alex?

—Por supuesto. Espera un momento, voy a buscarlo. Acaba de cenar y está jugando.

Oí unos crujidos y luego la voz amortiguada de Christine.

—Es papá. —La palabra me produjo una punzada extraña, de calidez y pesar al mismo tiempo.

—Hola, papá. —Me embargaron un montón de sentimientos encontrados al oír su voz emocionada. Lo añoraba con locura. Me imaginaba su carita, su sonrisa.

—Hola, pequeñín. ¿Qué pasa?

Al igual que cualquier otro niño de tres años, el pequeño Alex no sabía seguir demasiado bien el ritmo de una conversación telefónica. Por desgracia, fue breve. Tras una pausa especialmente larga, volví a oír a Christine de fondo.

—Dile adiós.

—Adiós.

—Hasta pronto —dije—. Te quiero, pequeñín.

—Yo también, papá.

Entonces el pequeño Alex me colgó. Con un clic desdeñoso, volví a la soledad de mi habitación, junto con el caso de Mary Smith, echando de menos a todas las personas que amaba más que a mi vida. Aquél era exactamente el pensamiento que ocupaba mi mente, pero ¿qué significaba?

TERCERA PARTE

MALABARISMOS

47

Mary Smith estaba sentada en un banco del parque mientras su pequeña y querida Ashley tonteaba en el parque infantil. Buen plan. El ejercicio sería suficiente para cansarla antes de que Mary tuviera que ir a recoger a Brendan y a Adam a las casas de los amigos donde habían ido a jugar; con suerte sería tiempo suficiente para que Mary se relajara tras otra jornada agotadora.

Miró el flamante nuevo diario que tenía en el regazo, admiró su bonito papel grueso y la hermosa cubierta de lino.

Los diarios eran el único artículo de su vida en los que no reparaba en gastos. Intentaba escribir un poco todos los días. Tal vez más adelante los niños leyeran esas páginas y se enteraran de quién era realmente, aparte de la cocinera, la criada y el chófer. Mientras tanto, incluso el diario había conspirado en su contra. Sin pensarlo, había escrito «tomates, zanahorias, cereales, zumo, pañales» en la primera página. ¡Dispara!

No podía ser. La arrancó con cuidado. Quizá fuera una tontería, pero consideraba esa libreta como un lugar sagrado, no un sitio en el que hacer la lista de la compra.

¡De repente se dio cuenta de que Ashley había desaparecido! «¡Oh, Dios mío!, ¿dónde está?»

Estaba allí hacía un momento y ahora había desaparecido.

¿Había sido sólo un momento? Se puso tensa. Tal vez no hubiera sido así. Quizás hubiera transcurrido algo más que un momento.

—¿Ashley? ¿Cielo?

Rápidamente recorrió con la mirada el pequeño parque, que estaba abarrotado. Vio varias melenas rubias en los columpios o correteando, pero no a Ashley. El lugar estaba cercado por una verja de hierro forjado. «¿Cuán lejos puede haberse ido?» Se dirigió a la entrada.

—Perdone, ¿ha visto a una niña? Rubia, con vaqueros y una camiseta roja.

Nadie la había visto.

«Oh, Dios mío, esto no. No, no.»

Justo entonces Mary la vio. Le dio un vuelco el corazón. Ashley estaba escondida detrás de un árbol cerca de un extremo del parque. Soltó una risita, avergonzada por haberse puesto nerviosa tan rápido. «Dios mío, ¿qué me pasa?»

Se acercó a ella.

—¿Qué estás haciendo aquí, cariño?

—Jugando al escondite —respondió—. Jugando, mamá.

—¿Puede saberse con quién? —Se esforzó por mantener un tono normal. La gente había empezado a mirarla.

—Contigo. —Sonrió con tal dulzura que a Mary le resultó casi insoportable.

Se agachó y le susurró junto a su suave mejilla.

—Ashley, no puedes salir corriendo así. ¿Lo entiendes? Si tú no me ves, yo tampoco te veo, ¿vale?

—Vale.

—Bien, ¿por qué no vas al gimnasio de la jungla?

Mary se aposentó en otro banco lejos de la avalancha creciente de miradas de desaprobación. Una madre joven que leía el *L.A. Times* le sonrió.

—Hola.

—Tú no debes de ser de por aquí —dijo Mary, mirándola de arriba abajo.

La mujer respondió un tanto a la defensiva.

—¿Por qué lo dices?

—Para empezar, nadie de por aquí es tan amable —le respondió Mary antes de sonreír—. Para continuar, las forasteras se reconocen entre sí. Yo soy de Vermont.

La otra mujer pareció aliviada.

—Baltimore —dijo llevándose una mano al pecho—. Me habían dicho que en California todo el mundo era muy amable. Paran el coche y te dejan cruzar la calle, ¿no? Eso no pasa en Baltimore.

—Bueno, es cierto.

—Claro que tampoco pasan estas cosas. —Mostró la portada del *Times*.

CONTINÚAN LAS INVESTIGACIONES SOBRE
LOS ASESINATOS DE HOLLYWOOD

—¿Te has enterado de esto? —preguntó la mujer—. Supongo que sí.

—Es difícil no enterarse.

—Me produce una gran tristeza. Sé que también debería darme miedo, pero la verdad es que me sabe muy mal por esas familias.

Mary asintió con aire de gravedad.

—Lo sé. A mí también, a mí también. ¿No es horrible? Pobrecitos niños. Me entran ganas de echarme a llorar y no parar.

48

Según las estadísticas que estaba leyendo en mi mesa, algo así como el noventa y ocho por ciento de las asesinas en serie conocidas había matado a sus víctimas mediante veneno, asfixia o inyección letal. Menos del diez por ciento de las asesinas había elegido la pistola como arma homicida y no había constancia de que alguna hubiera empleado un cuchillo.

«¿Acaso Mary Smith es la excepción que confirma la regla?»

No lo creía. Pero parecía ser el único que tenía esa opinión.

Recorrí con la mirada la mesa llena de recortes de prensa, fotos y artículos desplegados delante de mí como piezas de distintos rompecabezas.

Aileen Wuornos fue una de las pistoleras. Entre 1989 y 1990, mató por lo menos a siete hombres en Florida. Cuando la detuvieron, los medios de comunicación la apodaron la primera asesina en serie de Estados Unidos. Probablemente fuera la más famosa, pero no era ni mucho menos la primera. Casi la mitad de las asesinas descubiertas eran viudas negras (habían matado a sus maridos) o actuaban movidas por la venganza. La mayoría tenía cierto tipo de relación con sus víctimas.

La enfermera Bobbie Sue Terrell inyectó dosis letales de insulina a doce pacientes.

Dorothea Montalvo Puente envenenó a nueve huéspedes de su pensión para cobrar sus cheques de la seguridad social.

Maureen, una secretaria de la oficina de campo, asomó la cabeza.

—¿Quieres algo del In'n'Out Burger?

Alcé la mirada y me percaté de que ya había oscurecido y que, de hecho, estaba muerto de hambre.

—Si tienen algún sándwich de pollo a la brasa, ya me va bien, y un zumo de naranja. Gracias.

Ella se echó a reír alegremente.

—¿Quieres una hamburguesa sola o con queso?

Dado que dormía poco y que mi vida privada estaba algo complicada, intentaba moderar la ingesta de comida basura. Hacía días que no practicaba ningún deporte. Lo último que me faltaba era ponerme enfermo allí. Le dije a Maureen que daba igual, que ya comería algo más tarde.

Al cabo de un minuto, el agente Page comenzó a rondar por mi mesa.

—¿Qué tal va? —preguntó—. ¿Tienes algo?

Extendí los brazos para abarcar la amplitud de información que había en la mesa.

—Esta mujer no encaja.

—Lo cual probablemente fuera cierto con respecto a la mitad de las asesinas en serie de la historia en el momento de sus actos —declaró Page. El joven agente me impresionaba cada día más.

—¿Qué me dices de nuestros amigos de la policía de Los Ángeles? ¿Alguna novedad por su parte?

—Por supuesto —respondió—. Han recibido los resultados de las pruebas de balística del arma homicida.

Agárrate: es una vieja gloria. Una Walther PPK, la misma cada vez. Mañana celebrarán una reunión informativa sobre el tema, por si quieres asistir. Si no, ya iré yo.

Aquella noticia era sorprendente, y muy extraña: la antigüedad del arma homicida.

—¿Cuántos años tiene la pistola? ¿Lo saben?

—Veinte años por lo menos, lo cual resulta todavía más misterioso, ¿no? Será más difícil de rastrear.

—¿Crees que por eso la utiliza? ¿Por la dificultad de rastrearla? —pregunté, en buena medida pensando en voz alta. Page enseguida sugirió varias posibilidades.

—No es una profesional, ¿verdad? Tal vez sea un arma que tiene desde hace tiempo. O quizá lleve matando más tiempo del que pensamos. A lo mejor se la encontró. Tal vez fuera de su padre.

Todo eran conjeturas viables procedentes de una mente rápida.

—¿Cuántos años tienes? —le pregunté, picado de repente por la curiosidad.

Me miró de soslayo.

—Vaya, me parece que no tienes por qué preguntármelo.

—Tranquilo —repuse—. No es una entrevista de trabajo. Es que me lo estaba preguntando. Eres mucho más rápido que algunos de los chicos que veo que salen últimamente de Quantico.

—Tengo veintiséis años —respondió con una amplia sonrisa.

—Eres bueno, Page. Pero tienes que trabajarte ese rostro animoso.

Él no se inmutó.

—Tengo agallas; lo que pasa es que no las necesito aquí en la oficina de campo. —A continuación, fingiendo hablar como los raperos, añadió—: Sí, colega, ya sé qué piensas de mí, pero ahora que se me ha acabado la beca de rapero, me voy a dedicar en cuerpo y alma a mi trabajo aquí.

Reírme me sentó bien, aunque principalmente me reía de mí mismo.

—De hecho —dije— no te imagino bailando break-dance, Page.

—Pues imagínatelo, colega —respondió él.

49

A eso de las cinco del día siguiente, la sala de reuniones del departamento de policía de Los Ángeles estaba abarrotada para la apertura de una maleta que contenía demasiada mierda. Me apoyé en la pared cerca de la parte delantera, esperando a que la agente Jeanne Galletta desatara la locura.

Apareció caminando con brío junto a Fred van Allsburg, de mi oficina; el jefe de policía de Los Ángeles, Alan Shrewsbury, y un tercer hombre a quien no reconocí. Sin duda, Jeanne era la guapa del grupo y la única menor de cincuenta años.

—¿Quién es ése? —pregunté al agente que estaba de pie a mi lado—. El del traje azul. Azul claro.

—Michael Corbin.

—¿Quién?

—El primer teniente de alcalde. Es un burócrata. Es más inútil que un toro con tetas.

En cierto modo me alegraba que no contaran conmigo para dar discursitos esa mañana, pero también estaba un tanto receloso. La política era un elemento fijo en ese tipo de casos de homicidio de famosos. Sólo esperaba que no tomara una relevancia exagerada allí, en Los Ángeles.

Galletta me saludó con un movimiento de cabeza antes de empezar.

—Muy bien, vamos allá.

Todo el mundo guardó silencio de inmediato. El teniente de alcalde estrechó la mano de Van Allsburg y luego salió por una puerta lateral. ¿Cómo? ¿De qué iba todo eso? No era la aparición de una estrella invitada, sino la aparición de un fantasma.

—Empecemos por los asuntos prácticos —dijo la agente Galletta.

Rápidamente repasó todos los elementos comunes del caso: la Walther PPK, las pegatinas infantiles marcadas con dos A y una B; las víctimas consideradas madres perfectas, que era el aspecto que más explotaba la prensa, por supuesto. Un periódico sensacionalista de otra ciudad había bautizado el caso como «Los asesinatos de las mujeres perfectas». Galletta nos recordó que las palabras exactas de los mensajes de correo que Mary había enviado al *L.A. Times* eran información confidencial.

Algunos de los asistentes empezaron a hacer preguntas.

—¿El departamento de policía de Los Ángeles o el FBI conoce o sospecha de alguna relación entre Mary Smith y otros homicidios de la zona?

—No.

—¿Cómo sabemos que se trata de un solo atacante?

—No lo sabemos seguro, pero todos los indicios apuntan a ello.

—¿Cómo sabemos que el asesino es una mujer?

—Un pelo de mujer, probablemente de la agresora, fue encontrado bajo uno de los adhesivos en el cine de Westwood.

—Éste podría ser un buen momento para pedir al agente Cross que nos diera una visión general del perfil en el que está trabajando el FBI. El doctor Cross ha venido aquí desde Washington, donde ha resuelto casos de asesinos en serie como Gary Soneji y Kyle Craig.

Algo así como cien pares de ojos se posaron en mí. Pensé que había acudido a la reunión en calidad de observador, pero me iban a hacer subir al escenario. No tenía sentido desperdiciar la oportunidad o, lo que era peor, hacer perder el tiempo a los demás.

—Bueno, quiero empezar diciendo que todavía no estoy absolutamente convencido de que Mary Smith sea una mujer —declaré.

Esa frase tuvo el poder de despertar a los que se sentaban en las últimas filas.

50

Se oyó movimiento en la sala. Por lo menos había llamado la atención de todos.

—No digo que esté convencido de que se trate de un hombre pero no hemos descartado esa posibilidad. No creo que debáis. No obstante, independientemente de eso —añadí alzando la voz por encima de los murmullos—, hay unas cuantas cosas que puedo decir sobre el caso. Hablaré en femenino por defecto. Probablemente sea blanca y tenga entre treinta y cinco y cuarenta años. Lleva coche propio, un vehículo que no llamaría demasiado la atención en los barrios ricos en los que se han producido los asesinatos. Es muy probable que tenga estudios y trabaje, de forma no profesional. Tal vez en algún puesto del sector servicios para el que es muy probable que esté más cualificada.

Continué durante un rato y luego sorteé con ventaja algunas preguntas de los allí reunidos. Cuando terminé, Jeanne Galletta cedió la palabra a los de balística para que dieran el informe sobre el arma; luego puso fin a la reunión.

—Por último —dijo ella—. Kileen, siéntate, por favor. Gracias, Gerry. Todavía no hemos terminado. Ya os diré cuándo acabamos. —Esperó a que reinara el silencio y entonces habló—. No hace falta que os cuente lo ridículo de la cobertura periodística que está recibiendo este caso. Quiero que todo el mundo piense y se comporte como si una cámara os estuviera grabando en todo momento, porque probablemente así sea. Sin excepciones, chicos. Y lo digo muy en serio. El procedimiento de actuación estándar no debería causar ningún problema.

Advertí que la mirada de Galletta se desviaba hacia Van Allsburg al hablar. Probablemente, el procedimiento hubiera sido el tema de la reunión a puerta cerrada con el primer teniente de alcalde. Caí en la cuenta de que era año electoral. El alcalde necesitaba concluir el caso bien y rápido. Dudaba que así fuera.

—Bueno, eso es todo por ahora —concluyó Galletta y la sala cobró vida. Nuestras miradas se entrecruzaron y ella asintió en dirección a la sala de reuniones situada en la parte de atrás.

Tuve que abrirme paso entre el gentío para llegar allí y me pregunté de qué querría hablar.

—¿Qué tal va? —pregunté mientras ella cerraba la puerta detrás de nosotros.

—¿Qué coño ha sido eso? —me espetó.

Parpadeé.

—¿Qué coño ha sido qué?

—Contradecirme, hablar de Mary Smith como si fuera un hombre, dando pie a confusiones en estos momentos. Necesito que esta gente esté centrada, y tienes que informarme antes de empezar a reavivar asuntos pasados así de repente.

—¿Asuntos pasados? ¿De repente? Ya hablamos del tema. Te dije cuál era mi opinión.

—Sí, y la descartamos.

—No. No la descartamos. Tú la descartaste. Jeanne, sé que trabajas presionada...

—Y que lo digas, joder. Estamos en Los Ángeles, no en Washington. Ni te lo imaginas.

—Sí que me lo imagino. De ahora en adelante, si quieres que hable en una reunión y evitarte sorpresas, dímelo con tiempo. Y no olvides lo que les has dicho, que yo apresé a Gary Soneji y a Kyle Craig.

Intenté mantener la calma e incluso mostrarle mi apoyo con el tono empleado, pero tampoco estaba dispuesto a dejarme intimidar por cualquiera.

Jeanne se mordió la lengua y bajó la mirada al suelo durante unos segundos.

—De acuerdo. Vale. Lo siento.

—Y para que conste en acta, no digo que tengas que darme explicaciones. El caso es tuyo, pero con una situación de esta envergadura y tan difícil de manejar, no puedes controlarlo todo.

—Lo sé, lo sé. —Exhaló un gran suspiro, no de alivio sino más bien de purificación. Acto seguido sonrió—. ¿Sabes qué? ¿Qué te parece si te compenso de algún modo? ¿Te gusta el sushi? Hay que comer, ¿verdad? Y te prometo que no hablaremos del trabajo.

—Gracias —dije—, pero todavía no he acabado la jornada. Por desgracia. Tengo que volver a la oficina. Jeanne, no creo que este asesino sea una mujer. Así que, ¿quién es? Otro día comemos juntos, ¿de acuerdo?

—Otro día —respondió Jeanne Galletta antes de marcharse a toda prisa, igual que cuando entró en la sala de reuniones.

51

Durante las horas siguientes estuve concentrado, en uno de esos estados productivos en los que desearía encontrarme cada vez que me sentaba ante el escritorio.

Pasé varias teorías por el sistema VICAP de detección de criminales violentos en busca de algo que encajara con la crudeza de los asesinatos de Los Ángeles. Cualquier cosa remotamente cercana.

Al final apareció algo que me llamó la atención. Un asesinato triple cometido hacía más de seis meses.

Sin embargo, se había producido en Nueva York, no en Los Ángeles. Pero los asesinatos tuvieron lugar en un cine, el Sutton de la calle 57 Este y, a primera vista, los pormenores resultaban intrigantes.

Para empezar, los asesinatos estaban todavía por esclarecer. La policía de Nueva York ni siquiera sabía qué pistas seguir. Igual que los asesinatos de Los Ángeles.

Los asesinatos de Nueva York tampoco tenían móvil aparente. Este detalle era importante. Tal vez esta serie de homicidios que seguían el mismo patrón se hubiera iniciado mucho antes de lo que pensábamos. Y quizás el asesino fuera oriundo de Nueva York.

Leí detenidamente las notas de la investigación de la policía de Nueva York sobre el caso. Aquella tarde alguien mató a un espectador del cine y a dos empleados del Sutton. La teoría de los investigadores era que los trabajadores del cine habían descubierto al asesino justo después de que matara a un joven llamado Jacob Reiser, de Brooklyn. Reiser era estudiante de cine en la Universidad de Nueva York y tenía veinte años.

Pero entonces me llamó la atención otra cosa: el arma homicida que constaba en el informe. Según las balas extraídas de los cadáveres, habían utilizado una Walther PPK.

La pistola empleada en los asesinatos de Los Ángeles también era una Walther PPK, aunque aparentemente se trataba de un modelo más antiguo.

Entonces advertí otra peculiaridad: los asesinatos de Nueva York se habían producido en el servicio de caballeros.

52

Gran noticia: estaba acumulando suficientes puntos de hotel para disfrutar toda la vida de estancias gratuitas. El problema era que no quería ver otro hotel durante el resto de mi vida. El oeste de Los Ángeles no era una zona demasiado entretenida. Estaba tumbado en la cama repasando de nuevo mis notas acompañado de un sándwich de pollo a medio comer y de un refresco tibio.

Cuando sonó el teléfono, lo descolgué agradecido. Era Nana Mama.

—Precisamente estaba pensando en chuletas de cerdo y tortitas —le dije—. Y va y llamas.

—¿Por qué estás siempre dándome jabón, Alex? —preguntó—. Bueno, intentándolo. ¿Vas a decirme que no vienes a casa el próximo fin de semana?

—No exactamente.

—Alex...

—Voy a venir a casa y, créeme, no hay nada que me apetezca más en el mundo que dejar este caso. Pero tendré que ir y venir unas cuantas veces.

—Alex, quiero que te pienses bien cuánto tiempo necesitas pasar realmente en California. Resulta que este trabajo nuevo es peor que el último.

Al parecer, mi periodo de gracia post-custodia había concluido. Nana volvía a ser la de siempre, pero con fuerzas renovadas. Tampoco podía decirse que estuviera equivocada.

—¿Cómo están los niños? —pregunté al final—. ¿Puedo hablar con ellos? —«Y así mis oídos descansarán de ti, abuela.»

—Están bien y muy monos, papá. Y yo también, por si te interesa.

—¿Ha pasado algo? —pregunté.

—No. Sólo he tenido un mareo. No ha sido nada. Hoy he visto a Kayla Coles. Todo está bien. La doctora Coles me ha reconocido. Tengo cuerda para quince mil kilómetros más.

—Como te conozco, y bien, eso significa un gran mareo. ¿Te has vuelto a desmayar?

—No, no me he desmayado —repuso ella, como si fuera la idea más ridícula que hubiera oído en su vida—. Soy una mujer mayor, Alex. Ya te lo he dicho otras veces. Aunque sabe Dios que ni aparento la edad que tengo ni me comporto como tal.

No obstante, cuando le pedí a Nana que me diera el número de teléfono de Kayla Coles, se negó en redondo. Tuve que esperar a que Damon se pusiera al aparato y Nana se marchara; entonces le dije que fuera a mi escritorio y anotara el número de Kayla de mi Rolodex.

—¿Cómo crees que está? —le pregunté—. Tienes que cuidarla, Damon.

—Parece estar bastante bien, papá. No ha querido decirnos qué le había pasado. Pero salió a hacer la compra y preparó la cena. No sé si le pasa algo grave o no. Ya conoces a Nana. Ahora se ha puesto a pasar la aspiradora.

—Lo hace para lucirse. Pasa la aspiradora tú. Venga, ayuda a tu bisabuela.

—No sé cómo pasar la aspiradora.

—Pues ahora es un buen momento para aprender.

Cuando acabé de hablar con los niños, llamé a Kayla Coles pero me salió el contestador automático. Probé a llamar a Sampson a continuación y le pregunté si podía pasar por casa y ver cómo estaba Nana, quien también lo había criado en parte.

—No hay ningún problema —me dijo—. Me presentaré mañana hambriento a la hora del desayuno, ¿qué te parece?

—Me parece justo. Además, es una excusa muy creíble para hacerle una visita.

—Enseguida se dará cuenta de la jugada.

—Por supuesto que sí. Aunque resulta muy creíble que tú tengas hambre.

—¿Qué tal estás? —me preguntó entonces—. Tengo la impresión de que estás al cincuenta por ciento de tus posibilidades.

—Estoy bien. Más bien al setenta y cinco por ciento. Lo que pasa es que aquí sucede algo gordo. Es un caso complicado e importante, John. Demasiada publicidad. Sigo viendo al capullo ese de escritor, Truscott. Aunque creo que ahora ha vuelto a la Costa Este.

—¿Quieres refuerzos? Podría ir a lucirme a Los Ángeles. Tengo unos días de vacaciones.

—Sí, justo lo que necesito, fastidiar a tu mujer. De todos modos, gracias. Lo tendré en cuenta..., si es que conseguimos acercarnos a la tal Mary Smith.

Había realizado muchos de mis mejores trabajos con Sampson. Estar con él era una de las cosas que más echaba de menos del cuerpo de policía. De todos modos, mi colaboración con él no había terminado. Tenía una idea que lo incluía. Cuando llegara el momento adecuado, lo soltaría.

53

Pasé el siguiente día en la oficina de campo del FBI, trabajé de siete a siete, pero quizás hubiera una luz al final de aquel largo, oscuro y espeluznante túnel. Jamilla iba a venir a Los Ángeles y deseé que llegara el momento de verla durante todo el día.

Jam insistió en que no me molestara en ir a recogerla al aeropuerto y decidimos quedar en Bliss, en La Cienega. Cuando llegué al restaurante, ella estaba de pie en la barra con una bolsa de fin de semana a los pies. Llevaba unos vaqueros, un jersey de cuello alto negro y botas negras puntiagudas y con el extremo de acero. Me coloqué disimuladamente detrás de ella y le besé el cuello. Era difícil resistirse.

—Eh, hola —dije—. Hueles bien. Y estás incluso mejor.

Lo cual era absolutamente cierto.

Ella se volvió para mirarme.

—Hola, Alex. Lo has conseguido.

—¿Acaso lo dudabas?

—Pues..., hummm..., sí —respondió ella—. ¿Recuerdas la última vez que estuve en California?

Los dos teníamos hambre, así que nos sentamos a una mesa y pedimos unos entrantes de inmediato: una docena de almejas al natural y una ensalada de tomate para compartir. Jamilla come como una lima, lo cual no me desagrada.

—¿Alguna novedad en el caso de los asesinatos? —preguntó cuando hubimos despachado los tomates y las almejas—. ¿Es verdad que ha mandado mensajes de correo desde el primer asesinato?

Pestañeé sorprendido. El *L.A. Times* se había mostrado deliberadamente vago sobre el inicio de los mensajes.

—¿Dónde has oído eso? ¿Qué dicen por ahí?

—Las noticias vuelan, Alex. Es uno de esos asuntos de seguridad secundarios que el público no necesariamente sabe, pero el resto de los profesionales sí. Ha llegado hasta San Francisco.

—¿Qué más has oído? Que sea secundario —dije.

—He oído decir que la agente que lleva el caso, Jeanne Galletta, es una caña. Me refiero a nivel laboral.

—No está a la altura de Jamilla Hughes, pero sí, es muy buena en su trabajo.

Jamilla hizo caso omiso del cumplido. Me tenía bien calado. Estaba guapa bajo la luz de la vela, al menos para mis ojos. Aquello sí que era buena idea: cena con Jam en un buen restaurante y con el teléfono móvil apagado.

Escogimos una botella de Pinot Noir de Oregón, uno de sus preferidos, y alcé la copa en cuanto nos sirvieron.

—Últimamente las cosas han sido muy complicadas, Jam. Te agradezco que no te hayas mantenido al margen. Y también que hayas estado por mí.

Jamilla dio un sorbo de vino; luego me puso una mano en la muñeca.

—Alex, tengo que decirte una cosa. Es importante. Escúchame, ¿de acuerdo?

La miré a los ojos desde el otro extremo de la mesa y no supe si lo que vi me gustaba. Se me estaba empezando a encoger el estómago.

—Claro —respondí.

—Quiero hacerte una pregunta —declaró, apartando la mirada—. A tu entender, ¿qué nivel de exclusividad tenemos?

Vaya. Ahí estaba.

—Bueno, yo no he estado con otra mujer desde que salimos juntos —afirmé—. Pero, de todos modos, ésa es mi situación, Jamilla. ¿Has conocido a alguien? Supongo que sí.

Exhaló un suspiro antes de asentir. Así era ella, directa y sincera. Lo agradecía, casi siempre.

—¿Sales con él? —pregunté. Se me estaba empezando a tensar todo el cuerpo. Al comienzo de nuestra relación había esperado algo así, pero no entonces. Quizás es que me había vuelto displicente. O demasiado confiado. Se trataba de un problema que tenía a menudo.

Jamilla se estremeció ligeramente mientras se pensaba la respuesta.

—Supongo que sí, Alex.

—¿Cómo lo conociste? —pregunté. Enseguida rectifiqué—. Un momento, Jam. No tienes por qué responder.

Sin embargo, ella parecía bien dispuesta a hacerlo.

—Johnny es abogado. De la acusación, por supuesto. Lo conocí en uno de mis casos. Alex, sólo he salido con él dos veces. En plan cita, me refiero.

Evité formularle más preguntas, aunque ganas no me faltaban. No tenía derecho, ¿verdad? En todo caso, aquello era culpa mía. Sin embargo, ¿por qué lo había hecho? ¿Por qué era incapaz de comprometerme? ¿Por lo ocurrido con Maria? ¿O Christine? ¿O quizá por mis padres, que se separaron cuando tenían poco más de veinte años y nunca habían vuelto a verse?

Jamilla se inclinó hacia delante y habló en voz baja, para que la conversación fuera confidencial y quedara entre nosotros.

—Lo siento. Sé que te duele y no quería hacerte daño. Podemos acabar de cenar y hablar sobre el tema, si quieres. O puedes irte. O puedo irme. Como quieras, Alex. —Como no respondía, preguntó—: ¿Estás enfadado conmigo?

—No —me apresuré a responder—. Supongo que estoy sorprendido. Quizá también un poco decepcionado. No estoy muy seguro de cómo me siento. Para que nos entendamos bien: ¿me estás diciendo que quieres salir con otros hombres o tu intención era cortar conmigo esta noche?

Jamilla dio otro sorbo al vino.

—Quería preguntarte qué te parecía.

—¿Ahora mismo? ¿Sinceramente, Jam? No creo que podamos continuar como hasta ahora. Ni siquiera estoy seguro de mis motivos. Siempre he sido..., digamos que..., de una sola mujer en cada momento. Ya me conoces.

—Nunca nos prometimos nada —dijo ella—. Sólo quiero serte sincera.

—Lo sé y te lo agradezco, de verdad. Mira, Jamilla, creo que tengo que marcharme. —Le di un beso en la mejilla y me marché. Yo también quería ser sincero. Con Jamilla y conmigo mismo.

54

Lo dejé todo, todo, y me fui en avión a Seattle a pasar el fin de semana.

Mientras conducía desde el aeropuerto hasta el barrio de Wallingford donde vivían Christine y Alex, me resistí ante la idea de verla entonces. ¿Qué otra opción me quedaba?

No llevaba regalos, ni sobornos, igual que hacía ella cuando Alex vivía conmigo en Washington. Christine me permitía ver a Alex y yo no podía resistirme. Quería pasar un rato con él..., lo necesitaba.

La casa estaba situada en Sunnyside Avenue North, y ya me había aprendido el camino. Cuando llegué, Christine y Ali estaban sentados en las escaleras del porche. Él corrió camino abajo para recibirme como un pequeño tornado y yo lo levanté en mis brazos. Siempre existía el temor de encontrar a un niño distinto al que había visto la última vez. Temores que se disiparon en cuanto lo estreché en mis brazos.

—Chico, cada día pesas más; te estás haciendo muy mayor, Ali.

—Tengo un libro nuevo —me contó, sonriendo—. Una oruga hambrienta que se lo come todo. ¡Aparece y te come!

—Puedes traer el libro si quieres. Leeremos. —Le di otro abrazo y vi a Christine observándonos a lo lejos, cruzada de brazos. Al final sonrió y me saludó con una mano.

—¿Quieres un café? —preguntó—. ¿Necesitas un café antes de que os marchéis? —La miré con ojos entrecerrados porque una pregunta silenciosa flotaba en el aire tranquilo y fragante—. Por mí no hay problema —añadió—. Venga, que no muerdo.

Habló con tono alegre, probablemente por mí y también por Ali.

—Vamos, papá. —Ali se soltó de mi abrazo y me dio la mano—. Te enseñaré el camino.

Les seguí al interior. ¿Era buena idea? De hecho nunca había entrado. La casa estaba abarrotada, pero de artículos de buen gusto. Había varias estanterías empotradas de estilo artesano repletas de libros y de algunos de los objetos de la colección de arte de Christine. Era más informal y acogedora que la casa que había tenido en las afueras de Washington D.C.

Me sorprendió la naturalidad con la que ambos se movían por ese espacio que me era tan ajeno. «Éste no es mi sitio.»

La cocina era una estancia abierta, muy luminosa y olía a romero. En el alféizar de la ventana crecía con fuerza un pequeño herbario.

Christine le preparó una taza de leche chocolateada a Alex y luego dejó dos tazones de café humeante en la mesa.

—La droga preferida de Seattle —declaró—. Yo tomo demasiado café. Por las tardes debería optar por el descafeinado o algo así. O a lo mejor por las mañanas —añadió con una sonrisa.

—Está bueno. El café. Tu casa también tiene muy buena pinta.

La charla resultaba sorprendente por lo banal que era, y casi tan incómoda como lo habría sido una conversación seria en esos momentos. Juré no preguntar a Christine por el tiempo, pero aquello resultaba extraño para ambos.

El pequeño Alex se escabulló de la sillita y volvió con su libro nuevo. Se me subió a la falda.

—Lee, ¿vale? ¡Con cuidado, aparece y te come!

Resultó ser una buena distracción y también hizo que me centrara en él, que era lo que se suponía que debía hacer. Abrí el libro y empecé.

—«Bajo la luz de la luna se hallaba un pequeño huevo encima de una hoja.»

Alex apoyó la cabeza contra mi pecho y el hecho de oír cómo mi voz resonaba en él me conmovía. Christine observaba mientras leía. Sonreía mientras sostenía el tazón con ambas manos. «Lo que podría haber sido.»

Al cabo de un par de minutos, Alex tuvo que ir al baño y me pidió que lo acompañara.

—Por favor, papá.

Christine se me acercó y me susurró al oído.

—Le cuesta apuntar el pipí dentro de la taza del váter. Está un poco avergonzado por ello.

—Vaya —dije—. Aros de fruta. ¿Tienes?

Por suerte, Christine tenía una caja y me la llevé al baño con Alex.

Lancé un par al interior de la taza.

—Vamos a jugar a algo divertido —dije—. Tienes que apuntar el pipí justo en medio de un aro de fruta.

Lo intentó y le salió bastante bien; por lo menos apuntó dentro de la taza.

Le conté el truco a Christine al salir y ella sonrió y movió la cabeza.

—Aros de fruta. Es cosa de hombres, ¿no?

55

El resto del día que pasé en Seattle fue menos estresante y mucho más divertido. Llevé al pequeño Alex al acuario. Dedicarme a él en cuerpo y alma mientras estábamos juntos me resultó fácil y gratificante. Observó boquiabierto los peces tropicales y se puso hecho un asco con los palitos de pollo con *ketchup* del restaurante del acuario. Si hubiera sido por mí, podríamos haber pasado el día en la sala de espera de una estación de autobuses.

Me encantaba verlo ser él mismo y también crecer. Mejoraba cada año. «Ali. Como el gran Ali.»

No volví a sentirme agobiado hasta que regresamos a la casa por la noche. Christine y yo hablamos un rato en el porche delantero. Yo no quería entrar pero tampoco quería marcharme. Y, a no ser que fueran imaginaciones mías, tenía los ojos un poco enrojecidos. Desde que la conocía tenía cambios de humor, pero la situación parecía haber empeorado.

—Supongo que ahora me toca a mí preguntar si estás bien —dije—. ¿Estás bien?

—Estoy bien, Alex. Como siempre. Créeme, mejor que no te cuente mis cosas.

—Bueno, si te refieres a tu vida amorosa, tienes razón. Pero cuéntame lo que quieras sobre otros temas.

Se echó a reír.

—¿Vida amorosa? No, es que tengo demasiadas obligaciones últimamente. Yo me lo busco, siempre he tenido ese problema. Trabajo demasiado. —Sabía que la habían nombrado directora de una escuela privada que estaba cerca. Aparte de eso, en realidad no tenía ni idea de cómo era ya la vida de Christine, y mucho menos por qué había llorado antes de que regresara a la casa con Alex—. Además la última vez acordamos que te preguntaría por ti. ¿Qué tal te van las cosas? Ya sé que es duro y lo siento, me refiero a todo lo que ha pasado.

Le hablé de la forma más sucinta posible sobre el caso de Mary Smith, del reciente mareo de Nana y de que Jannie y Damon estaban bien.

Dejé a Jamilla al margen de la conversación y ella no preguntó.

—He leído en el periódico sobre el terrible caso de los asesinatos —dijo Christine—. Espero que vayas con cuidado. Me sorprende que una mujer pueda ser una asesina.

—Siempre tengo cuidado —le dije. La conversación había dado un giro de lo más irónico. Obviamente, mi trabajo desempeñaba un papel importante en nuestra relación, y no podía calificarse de bueno.

—Todo esto es muy raro, ¿verdad? —dijo ella de repente—. ¿Venir hoy aquí te ha resultado más duro de lo que imaginabas?

Le dije que ver a Alex valía la pena costara lo que costase pero que, sinceramente, verla a ella también resultaba duro.

—Está claro que hemos pasado por momentos mejores que éste, ¿verdad? —declaró.

—Sí, pero no como padres.

Me miró y vi que su mirada oscura seguía siendo tan inteligente como siempre.

—Qué triste, Alex, cuando lo dices así.

Me encogí de hombros porque no tenía nada que añadir.

Me posó una mano vacilante sobre el antebrazo.

—Lo siento, Alex. De verdad. Espero no estar siendo insensible. No sé cómo te sientes, pero creo que entiendo la situación en la que estás. Yo sólo... —Se preparó para expresar su siguiente pensamiento—: A veces me pregunto qué tipo de padres habríamos sido. Juntos, me refiero.

Aquello fue la gota que colmó el vaso.

—Christine, una de dos: o, como dices, eres una insensible o intentas decirme algo.

Exhaló un suspiro profundo.

—Estoy metiendo la pata, como siempre. No iba a decir nada hoy, pero ahora no me queda más remedio. Bueno, venga, lo suelto: quiero que Alex tenga padre y madre. Quiero que te conozca y, aunque te parezca mentira, quiero que lo conozcas. Por el bien de todos. Incluso el mío.

Di un paso atrás y la mano de ella cayó lánguidamente.

—No sé qué decir, Christine. Creo que es obvio que yo quería lo mismo. Tú fuiste quien decidió trasladarse aquí a Seattle.

—Lo sé —reconoció ella—. De eso precisamente quería hablar contigo. Estoy pensando en volver a Virginia. Estoy prácticamente convencida de que eso es lo que voy a hacer.

Entonces sí que aluciné.

56

Vancouver era una de las ciudades preferidas del Narrador, junto con Londres, Berlín y Copenhague. Fue allí en un vuelo de Alaska Air y llegó justo a tiempo para hacer una larga cola junto con unos quinientos «visitantes» de Corea y China. Vancouver estaba plagada de chinos y coreanos, pero eso era casi lo único que no le gustaba de la hermosa ciudad portuaria canadiense, y le parecía un inconveniente nimio.

Dedicó buena parte del día a unos asuntos relacionados con el mundo del cine de los que tenía que encargarse en la ciudad y que le pusieron de mal humor. A eso de las cinco de la tarde se sentía fatal y necesitaba dar rienda suelta de algún modo a la ira que había acumulado.

«¿Sabéis lo que necesito? Contarle a alguien lo que pasa, compartir.»

Quizá no contarlo todo sino parte, al menos una idea de lo increíble que era todo aquello, aquella etapa de su vida tan extraña, aquel desenfreno, tal como le había dado por llamarlo, aquella historia.

Conocía a una productora pelirroja y sexy que estaba en Vancouver para rodar un telefilme. Tal vez debiera ponerse en contacto con ella. Tracey Willett había tenido su época de libertinaje en Hollywood, empezó a los dieciocho años y continuó hasta casi los treinta. Luego tuvo un hijo y, al parecer, se había serenado un poco.

Pero mantuvo el contacto con él y por algo sería. Siempre había podido hablar con Tracey y de casi cualquier tema.

Así que la llamó y, por supuesto, ella le dijo que estaría encantada de cenar y salir de copas con él. Al cabo de una hora, Tracey le llamó desde el plató. El rodaje se había retrasado. Él sabía que no por culpa de ella. Probablemente por culpa de algún director de pacotilla. Algún «cineasta» engreído, desorganizado, arrogante y con pretensiones salido de la facultad de cine hacía dos o tres años.

Por tanto, no vio a Tracey hasta pasadas las once, cuando ella subió a su habitación del Marriott. Le dio un fuerte abrazo y un beso baboso, y para haber estado trabajando todo el día no tenía mal aspecto.

—Te he echado de menos, bomboncito. Te he echado mucho de menos. ¿Dónde te habías metido? Por cierto, estás fantástico. Tan delgado, pero bien. Delgado pero fibroso, ¿no? Te pega.

No sabía si Tracey seguía dándole a la coca o a la bebida o a lo que fuera, así que tenía un poco de cada a mano, y eso es lo que hicieron..., un poco de todo. Rápidamente se dio cuenta de que quería rollo porque enseguida le contó que uno de los dobles de la película la ponía cachonda, y por la forma de sentarse en el sofá, con las piernas abiertas, mirándolo de arriba abajo con esos ojos ardientes y hambrientos, tal como la recordaba. Al final, Tracey se subió la blusa y dijo:

—¿Qué te parece?

Así que la llevó a la cama, donde volvió a alabar su cuerpo delgado y fibroso. Tracey esnifó un poco más de coca; luego se quitó la blusa para dejarle admirar sus pechos un poco más. Recordó el funcionamiento de Tracey: había que decirle lo sexy que era y tocarla por todas partes durante unos veinte minutos, luego por lo menos media hora de mete-saca muy enérgico porque a Tracey le costaba horrores llegar al orgasmo, y siempre estaba «muy cerca» pero nunca llegaba, así que había que seguir «más fuerte, más rápido, más fuerte, oh cariño, oh cariño, oh cariño». Y cuando se corrió en su interior, a ella pareció gustarle y lo abrazó con fuerza como si volvieran a ser una pareja, aunque nunca lo hubieran sido realmente.

Una vez terminados los asuntos sexuales, le llegó a él el turno de desahogarse de verdad. Estaban en la terraza con vistas a la ciudad y Tracey le había apoyado la cabeza en el hombro. Muy romántico y tierno, aunque patético en cierto modo, como tener una cita con Meg Ryan o Daryl Hannah, quizá.

—Quiero hablarte un poco de lo que he estado haciendo —le dijo al final. Hasta entonces, sólo habían hablado de ella.

—Quiero saberlo todo, querido. Lo que pasa es que no puedo dejar al niño hasta muy tarde en el hotel. La niñera amenaza con largarse.

Entonces recordó que Tracey se comportaba casi siempre como una zorra egoísta.

—¿Alguien sabe lo nuestro de esta noche? —preguntó él.

—No. ¿Qué estás tramando? Algo grande, por supuesto. Ya te toca.

—Sí, es algo misterioso. Es grande, no lo dudes. Pero muy distinto. No he hecho nunca nada parecido. Yo mismo estoy escribiendo el guión. La madre de todas las historias.

—Vaya, qué bien. Entonces, ¿lo estás escribiendo tú?

—Sí. ¿Te has enterado de lo de esos asesinatos de Los Ángeles? ¿Mary Smith?

Estaba enterada pero no demasiado porque llevaba cuatro semanas en Vancouver, así que la puso al corriente rápidamente.

—¿Has comprado los derechos? ¡Caramba! Qué bien. ¿Y qué, quieres que yo la produzca?

Él negó con la cabeza para mostrar su incredulidad.

—¿A quién, Tracey? ¿A quién iba a comprarle los derechos?

—Oh, claro. Bueno, entonces, ¿de qué va la cosa?

—¿Puedo hablar contigo? ¿Hablar seriamente?

—Por supuesto que puedes hablar conmigo. Cuéntame tu gran idea, tu historia. Me encantan las películas de suspense.

«Llegó el momento. ¿Lo digo o no lo digo? ¿Qué va a pasar?»

—Yo planeé esos asesinatos, Tracey. Yo soy Mary.
—Vaya, lo había soltado. Así, sin más. Soy Mary. ¡Joder!

Ella lo miró con expresión curiosa, curiosamente extraña y de repente se dio cuenta de que había sido muy mala idea y que su vieja amiga Tracey no era la desenfrenada..., él sí. Lo había echado todo a perder, ¿y a cambio de qué? ¿Para desahogarse un poco con una ex novia? ¿Para dar rienda suelta a su locura? ¿Para confesar?

Ella lo miraba como si tuviera dos cabezas, por lo menos.

—¿Cómo dices? ¿Me lo repites?

Él se echó a reír, bueno, disimuló lo mejor que pudo.

—Es una broma, Tracey. Estamos colocados; era una broma. Oye, deja que te lleve a casa. Tienes al niño en el hotel, la niñera y todo eso. Ya me lo has dicho. Y además eres una buena madre, ¿verdad?

57

En el coche no hablaron mucho, por lo que se dio cuenta del gran error que había cometido y entonces se planteó si habría cometido otros errores a lo largo del plan. Errores que quizá fueran importantes y que permitieran apresarlo. Como por ejemplo en la ciudad de Nueva York. Con los asesinatos del cine.

—Últimamente he estado muy estresado, ¿sabes? —le dijo él al final.

—Claro. Lo entiendo —musitó ella.

Vaya, ella lo estaba volviendo paranoico y, a decir verdad, un poco loco. Sin embargo, hacía mucho tiempo que eran amigos.

—¿Y cuántos años tiene ya el niño?

—Hummm..., cuatro y medio. Es fantástico. Stefan.

Ella le daba miedo. ¿Y ahora qué? ¿Qué demonios debía hacer? Aquello no era una escena de «Mary Smith». Tracey ni siquiera aparecía en su historia. Aquello eran sólo malas noticias.

De repente paró el Volvo alquilado en el arcén de la carretera. ¿Y ahora qué?

—¿Qué ocurre? —preguntó ella—. ¿Qué?

—Será mejor que te bajes aquí, Tracey. Hablo en serio. ¡Sal! ¡Vé andando el resto del camino!

—¿Que vaya andando? ¿Te has vuelto loco? Pero ¿qué estás diciendo?

—¡Sal del coche! Inmediatamente. ¡Sal antes de que te eche!

Eso la hizo reaccionar. Abrió rápidamente la puerta del asiento del pasajero y bajó con torpeza insultándolo como un camionero. Hacía frío y ella se rodeó el cuerpo con los brazos. Acto seguido se puso a llorar.

—Estás loco, ¿sabes? Pensaba que éramos amigos.

Echó a correr por la oscura calle secundaria del barrio residencial, en algún punto entre el hotel Marriott y el de ella.

El Narrador bajó del coche y se puso a seguirla sin darse cuenta.

—¡Tracey, espera! Eh. Tracey.

La alcanzó con facilidad.

—Oye, oye. Siento haberte asustado, nena. Lo siento de verdad. Oye, ¿estás bien? —Entonces le disparó en la garganta y, cuando ya había caído en la acera, le volvió a disparar en la cabeza.

Y esta vez no le gustó, no le gustó lo más mínimo.

Esta vez se sintió mal y le dio un susto de muerte.

Porque la historia se estaba apoderando de él, la historia se estaba escribiendo a sí misma, y a la historia no parecía importarle quién resultara muerto.

58

Mientras viajaba en el avión de Seattle a Los Ángeles al día siguiente, me volvió a venir a la mente cuán siniestramente apropiado era el caso de Mary Smith como telón de fondo de toda mi vida. También empezaba a sentirme como una especie de plusmarquista de las relaciones complicadas o fallidas. La única conclusión a la que había llegado con Christine era que hablaríamos más dentro de poco. Me emocionaba la idea de tener al pequeño Alex, Ali, más cerca, pero no quería hacerme ilusiones. Christine había demostrado ser demasiado cambiante en el pasado como para que confiara en que algo que ella decía sucedería de verdad.

Resultó ser que volví a quedar absorto en el caso de los asesinatos incluso antes de acabar de recorrer la terminal del aeropuerto de Los Ángeles.

Escuché por casualidad las noticias de la tele y me detuve a ver cómo se desencadenaba la siguiente novedad.

Me resultó imposible desviar la mirada mientras la presentadora informaba: «Esta mañana en una conferencia de prensa, la agente Jeanne Galletta, encargada del caso de la acechadora de Hollywood, ha negado la existencia de una lista de víctimas.»

«Acechadora de Hollywood» era el apodo que los

medios de comunicación habían dado últimamente a Mary Smith. Con respecto a la «lista de víctimas», no tenía ni idea de a qué se refería la presentadora.

«La policía de Los Ángeles insta a los residentes de la zona a que permanezcan tranquilos y que sigan con su vida normal. Sin embargo, muchas personas no se lo creen. Un grupo de ciudadanos se ha presentado en la comisaría local exigiendo ver la "lista de víctimas", que la policía afirma que no existe. De todos modos, e independientemente de a quién se crean, una cosa está clara: La acechadora —introdujo una pausa periodística— ha puesto nerviosa a esta comunidad. Lorraine Solie, informando en directo desde Beverly Hills.»

«¿Lista de víctimas?» ¿Qué demonios era eso? ¿Acaso la policía de Los Ángeles había descubierto algo y no lo había compartido con ellos? No sería una novedad.

La primera persona con la que conseguí contactar en la oficina de campo del FBI fue David Fujishiro, otro agente especial asignado al caso de los asesinatos.

—La situación se ha escapado de las manos —me dijo—. Se supone que hay una lista con veintiún nombres, que empieza con Patrice Bennett, Antonia Schifman y Marti Lowenstein-Bell. La idea es que se trata del plan de Mary Smith.

—¿Y todos los habitantes de Los Ángeles quieren saber si aparecen en ella? —inquirí—. ¿Si son uno de los veintiuno?

—Eso. Pero ahí no acaba la cosa. Corren rumores de que quienes figuran en la lista pueden comprar su «salida» de la misma enviando cien mil dólares a un apartado de correos de Orange County que parece que ni siquiera existe. Lo hemos comprobado todo, aunque nadie nos crea. De hecho hay gente que amenaza con emprender acciones legales contra la policía de Los Ángeles.

—Pero David, ¿estás seguro de que los rumores no son ciertos?

—Que nosotros sepamos, no lo son. Pero oye, ¿qué vamos a saber nosotros? Si sólo somos el FBI.

—Este caso tiene vida social propia —dije—. ¿Alguien ha hablado con la agente Galletta sobre la lista?

—No lo sé, pero... ¿Qué? —Se hizo el silencio en la línea—. Espera un momento, Alex.

—¿David? ¿Qué sucede?

Oí las voces al fondo, pero no fui capaz de entender lo que decían. El agente Fujishiro volvió a ponerse al aparato y me dijo que esperara un poco más.

—Ha pasado algo —añadió.

—¡Espera! —grité, pero fue en vano. Había vuelto a dejar el teléfono.

Oí más voces, luego un pequeño estruendo que fue en aumento. ¿Qué demonios estaba pasando?

Entonces oí que Fujishiro decía:

—Sí, lo tengo aquí al teléfono.

—¿Alex? Fred van Allsburg necesita hablar contigo inmediatamente. No cuelgues.

Nunca me alegraba escuchar a Van Allsburg, pero no detecté ningún tipo de presión en su voz.

—¿Qué ocurre? —pregunté.

—Eso es lo que intentamos averiguar ahora mismo. Por el momento lo único que sabemos es que Arnold Griner del *L.A. Times* acaba de recibir otro mensaje de correo. ¿Puedes ir a la redacción del *Times* de inmediato?

—No si se ha producido otro asesinato; tengo que ver la escena del crimen ahora mismo.

—Esto no lo vamos a negociar, Alex. Te informaremos en cuanto sepamos qué ha pasado. Mientras tanto...

No pude evitarlo..., le corté.

—¿Señor? ¿Hola? ¿Me oye?

Colgué mientras Van Allsburg gritaba que él me oía bien.

Acto seguido llamé al agente Page y le dije que no me colgara el teléfono hasta que supiéramos si Mary Smith tenía una nueva víctima.

59

Aquella mañana Suzie Cartoulis no prestaba demasiada atención al mundo real mientras salía haciendo marcha atrás del camino de entrada. Iba pensando en una caseta inacabada para piscina en el jardín trasero de la casa de Pacific Palisades, y del contratista impresentable que no respondía a una sola de sus llamadas, a ella nunca le contestaba, sólo a su marido. Dos días más como ése y tendría que darle una patada en el culo. Justo después de prenderle fuego.

En el último momento vio a otro coche circulando al ralentí justo al lado del seto de cedros de un vecino. Suzie pisó el freno a fondo para evitar chocar contra el imbécil que había aparcado allí. Le dio un vuelco el corazón. Sin duda habría sido una forma prometedora de empezar la jornada, un topetazo a cuatro metros de su camino de entrada.

Hizo un gesto rápido por el retrovisor.

—¡Lo siento! —Y qué más.

Entonces puso la marcha automática en su Mercedes familiar plateado y bajó por la calle sin salida hasta Sunset. El otro coche también se puso en marcha y empezó a seguirla, pero Suzie Cartoulis no se dio cuenta.

Se había centrado en el niño de nueve años que viajaba en el asiento trasero.

—¿Estás bien, Zach? Siento haber frenado de forma tan brusca.

—Estoy bien, estoy bien, estoy bien.

—De acuerdo. Sólo preguntaba, cariño. ¿Qué te parece si pongo un poco de música? ¿Qué te apetece escuchar?

Intentó no ser cargante, pero a veces resultaba difícil. Zachary era un niño muy sensible pero tampoco reaccionaba bien si no se le hacía caso. Tal vez si tuviera un hermano o hermana pequeños, pero eso no iba a suceder en un futuro próximo. No ahora que habían elegido a Suzie para que fuera la presentadora de las noticias de las diez. Por fin había entrado en el sanctasantórum de los rostros conocidos de Los Ángeles, lo cual no era moco de pavo para una ex chica del tiempo de Tucson, y no iba a permitir que otro embarazo se interpusiera en su carrera. Sobre todo desde que, al parecer, en Nueva York también se interesaban por ella.

El teléfono sonó, casi como si le hubieran dado entrada.

La pantallita del teléfono mostraba el número de su marido e hizo malabarismos para acercarse el auricular al oído.

—Hola. ¿Dónde estás, cariño? —Habló con el ceño fruncido y se alegró de que Gio no la viera.

—En Miami. Creo que ya estamos acabando. Dentro de nada tengo que salir disparado hacia Palm Beach. Por supuesto hay otro huracán en el horizonte, así que quiero largarme de aquí. Sólo necesitamos unas cuantas firmas, pero parece ser que el contrato es un hecho.

—Fantástico —respondió ella, vacía de entusiasmo. Se suponía que debía saber de qué proyecto le estaba hablando, pero lo cierto es que se le mezclaban en la cabeza. Algo sobre un centro comercial en el sur de Florida. ¿Era eso? ¿Vero Beach estaba en el sur de Florida? ¿La Costa del Tesoro? Aquél era su juego: él le hablaba sobre su trabajo como si a ella le importara, y ella fingía que así era.

—O sea que volveré a casa esta noche en vez de el lunes, lo cual está bien. ¿Jugamos al golf un poco este fin de semana? Al final Wiatt me ha invitado a Riviera.

—Ajá.

—¿Qué tal está el chiquillo?

—Está aquí. No cuelgues.

Suzie pasó el teléfono al asiento trasero.

—Es papá. Sé amable.

Enseguida se puso a cambiar mentalmente los planes de la jornada. Conseguir que alguien fuera a cubrir la rueda de prensa del alcalde sobre los asesinatos en serie. Hacer que la sirvienta recogiera a Zach después del entreno de tenis. Llamar a Brian, para ver si podía escaparse; luego llamar al Ramada y pedir que le dejaran ocupar la habitación antes de las doce. Echar un buen polvo una vez más antes de que su ocupadísimo marido regresara a la ciudad.

Hacer que fuera una tarde para recordar.

60

Para: agriner@latimes.com
De: Mary Smith
Para: Suzie Cartoulis:

Los habitantes de Los Ángeles te ven todos los días en la televisión dando las noticias, como si de verdad supieras qué es lo que pasa. Es lo que mejor se te da. Actuar, fingir con estilo. Pero hoy será diferente, Suzie. Hoy tú serás la noticia.

Dirán que Suzie Cartoulis y su atractivo amante, ex campeón de voleibol playa, han sido asesinados en una habitación de hotel. Se dice así, ¿no? Da igual cómo presenten la noticia, nadie sabrá cómo me miraste cuando te maté. El miedo, la confusión y lo que me pareció que era respeto.

Sin embargo, las cosas han sido muy distintas esta mañana frente a tu lujosa casa de Pacific Palisades. Has estado a punto de chocar conmigo con tu Mercedes reluciente y me has lanzado una mirada furibunda. De verdad, Suzie, créeme. Suelo recordar esas cosas.

Luego, al igual que los demás, has seguido como si nada. Tenía la intuición de que hoy podría ser tu último día. Pero entonces no me ha cabido la menor duda.

Primero te he observado despidiéndote de tu niñito por última vez. Seguramente no es consciente de lo mucho que te sacrificas por él, pero ya tendrá tiempo de pensar en ello cuando alguien tenga que llevarlo a la escuela. Sin embargo, tienes razón en una cosa, tendrías que haberle dedicado más tiempo a Zachary. Podrías y deberías haberlo hecho.

Luego te he seguido hasta el hotel de West Hollywood. Al principio no sabía para qué ibas allí, pero pronto me he dado cuenta de que no morirías sola. Ese rubio guaperas..., estabais hechos el uno para el otro. Sois del mismo mundillo.

Me ha bastado echarle un vistazo para darme cuenta de que es de tu misma calaña. ¿Me equivoco? Al fin y al cabo, participó en las Olimpiadas. Es un ejecutivo de tu cadena. Otro arribista. Y ahora tenéis algo en común: los dos sois personas importantes muertas, asesinadas a manos de una don nadie a la que ni siquiera veías cuando la mirabas.

Os he dejado disfrutar un rato a solas antes de ir a por vosotros. El tiempo suficiente para que os sintierais seguros en vuestro nidito de engaño, puede que incluso suficiente para que consumarais lo que habíais planeado para vuestra cita furtiva. Luego, al entrar, lo he visto a él primero. He tenido suerte. ¿Sabes por qué? Quería que lo vieras morir. Has adoptado una expresión temerosa de Dios antes de que te disparara, y entonces he cortado ese miedo tranquilamente hasta que ya no has temido nada.

Ya no eras nada de nada.

No eras nada, Suzie Cartoulis.

Como yo.

61

Todavía estaba en la carretera cuando me enteré de la última noticia sobre Mary Smith: un triple homicidio, la acometida más mortal de la asesina, al menos que nosotros supiéramos. Seguía buscando pistas para el triple homicidio de Nueva York, pero apenas progresaba y, de repente, me dirigía a otra escena del crimen.

Susan Cartoulis, una premiada presentadora, había sido encontrada muerta, junto con su amante, en una habitación del Ramada Plaza Suites de West Hollywood.

El hombre era Brian Conver, productor deportivo que trabajaba en la misma cadena que Cartoulis. Otra mujer, Mariah Alexander, una estudiante de la universidad del sur de California, también había sido asesinada. ¿De qué iba todo aquello?

Le pedí al agente Page que me leyera por teléfono el último correo electrónico de Mary Smith. El texto dejaba bien claro que la presentadora había sido el blanco principal. Al señor Conver no se lo mencionaba por su nombre y no había referencia alguna a Mariah Alexander.

—¿Qué sabemos de Susan Cartoulis? —le pregunté a Page—. ¿Encaja en el modus operandi?

—Básicamente, sí, encaja en el rompecabezas. Mujer atractiva, casada, con un hijo, persona importante. Era la presentadora de las noticias de las diez de una cadena local y la presidenta honoraria de la campaña para la Unidad Pediátrica de Quemados del Cedars-Sinai. Hijo de nueve años. Otra madre perfecta.

—Con un amante.

—Bueno, supongo que nadie es perfecto del todo. ¿Es eso lo que Mary trata de decirnos?

—Tal vez —repliqué.

La prensa se cebaría con esa noticia, como si no tuviera bastante con lo que ya había. Me compadecí del esposo y el hijo pequeño de Susan Cartoulis. Todo el mundo conocería hasta el último detalle del asesinato y la infidelidad.

—¿Crees que tiene que ver? —preguntó Page—. ¿Madres perfectas que al fin y al cabo no son tan perfectas? ¿Hipocresía en el hogar? ¿Algo tan sencillo como eso?

—Si eso es lo que Mary Smith quiere demostrar, no está siendo muy clara, sobre todo si tenemos en cuenta que se esfuerza tanto en transmitir sus mensajes mediante correos electrónicos. Además, que sepamos, la mayoría de las mujeres asesinadas estaba a la altura de su reputación.

—Que sepamos —repitió Page—. Me mantendré informado, por si acaso.

—De acuerdo, ¿por qué no investigas a las otras un poco? Mira a ver si encuentras algún trapo sucio que hayamos pasado por alto. Prueba con Arnold Griner. Apuesto lo que sea a que tiene esa clase de información. Es su trabajo, ¿no?

—Los forenses del cotilleo, ¿eh? —dijo Page riéndose—. Haré lo que pueda, intentaré que Griner hable de algo que no sea él mismo.

—¿Quién era la otra víctima, Mariah Alexander?

—Sí, vaya putada. Era camarera de pisos del hotel. Universitaria. Creemos que Mary entró en la habitación con su llave maestra.

—Otra cosa —añadí—. Si alguien pregunta, no sabes nada de mí ni dónde estoy.

Page hizo una pausa.

—No mentiré si alguien pregunta, pero no diré nada de motu proprio. De todos modos, ahora mismo me voy de la oficina.

—Me parece justo. Por cierto, estás haciendo un trabajo excelente.

—Para ser un rapero, ¿eh?

—Exacto, colega.

62

Seguí las indicaciones de Page para ir al Ramada Plaza de West Hollywood y dejé el móvil a propósito en el coche. No quería que nadie me llamara en ese momento, ni siquiera el director del FBI.

El austero vestíbulo art déco estaba tranquilo y era deprimente. Palmeras secas y lóbregas se alzaban sobre hileras de sofás rectangulares color chocolate, todos vacíos. Los únicos clientes a la vista eran dos ancianas que estaban en recepción.

Quienquiera que estuviera al cargo, y esperaba que fuera Jeanne Galletta, había delimitado la zona del crimen a la perfección. El único indicio de que se estaba realizando una investigación a gran escala en la planta de arriba eran los dos agentes apostados junto al ascensor. Subí a la escena del crimen por la escalera.

El pasillo de la segunda planta estaba repleto del personal de la policía de Los Ángeles. Muchos llevaban guantes, botas blancas y camisas en las que ponía «UNIDAD DE ESCENAS DEL CRIMEN». Tenían el rostro demacrado y cansado.

Un agente uniformado me echó un vistazo.

—¿Quién es usted? —me preguntó. Según la etiqueta de identificación se llamaba Sandhausen. Le mostré mis credenciales sin mediar palabra y seguí caminando.

—¡Eh! —gritó.

—¿Eh, qué? —dije sin detenerme.

Al llegar a la habitación 223, la puerta estaba abierta de par en par.

Justo por encima de la mirilla, había una hilera de pegatinas con dibujos, la seña de identidad de Mary Smith: dos hadas con alas resplandecientes y un unicornio.

Dos de las pegatinas tenían una A y otra una B.

En el exterior había un carrito de las camareras.

—¿Está Jeanne Galletta por aquí? —pregunté a una agente joven mientras se abría paso junto a mí. El volumen de personas que iba y venía resultaba desconcertante.

La agente me dedicó una mirada iracunda.

—Creo que está en la planta de abajo, en la oficina. No lo sé.

—Encuéntrela —le dije, comenzando a perder la paciencia—. Dígale que la busca Alex Cross. Estaré aquí.

Me armé de valor antes de entrar en la habitación. En las escenas del crimen es necesario distanciarse, es como una segunda piel que debemos ponernos, pero también se precisa cierto equilibrio. No había que olvidar que se trataba de seres humanos, no eran sólo cuerpos o víctimas. Si algún día me volvía inmune a aquello, entonces sabría que había llegado el momento de buscar otro trabajo. Aunque quizá ya hubiera llegado ese momento.

Lo que vi tenía el sello inconfundible y brutal de Mary Smith.

Aparte de un par de sorpresas para las que no estaba preparado.

63

El baño era un infierno.

Mariah Alexander, la camarera de diecinueve años, estaba desplomada boca arriba en la bañera, con la cabeza formando un ángulo imposible respecto al torso. Una bala le había atravesado la garganta de tal modo que no había podido gritar. Tenía el pelo largo y rizado teñido de su propia sangre. Parecía como si le hubieran perforado la carótida, eso explicaría los regueros de sangre que salpicaban la pared.

Había un juego de llaves en el suelo de baldosas, cerca de los pies de la camarera muerta, que colgaban. Mi primera intuición fue que Mary Smith había apuntado a la joven con la pistola, la había obligado a abrir la puerta de la habitación, luego la había arrinconado en el baño y le había disparado allí, todo seguido.

Seguramente, Susan Cartoulis y el señor Conver estaban en el dormitorio en ese momento, separados apenas por un pasillo.

Alguien, probablemente Conver, habría acudido a ver qué sucedía.

Si las manchas de sangre de la alfombra eran un indicio fiable, Mary Smith había interceptado a Conver a mitad de camino entre el dormitorio y el baño.

Sin embargo, el cadáver estaba colocado junto al de Susan Cartoulis encima de la cama. Los amantes estaban boca arriba, el uno junto al otro, sobre las mantas.

Los dos estaban desnudos, otra novedad en el caso de Mary Smith, aunque era probable que ya lo estuvieran cuando ella llegó.

Había almohadas sobre las caderas de ambas víctimas y del pecho de Cartoulis, una extraña señal de recato.

Joder, la asesina estaba chiflada. Las incoherencias eran para quedarse patidifuso, al menos para mí.

Pero eso no era todo. «La enorme cama doble estaba perfectamente hecha.» Era posible que Cartoulis y Conver no hubieran usado la cama para el acto sexual, pero los refrescos y un envoltorio de condón en la mesita de noche parecían indicar lo contrario.

¿Acaso Mary Smith había hecho la cama después de cometer los asesinatos? Si era así, se le daba bien. Nana hacía tiempo que se había asegurado de que aprendiera la diferencia entre una cama bien hecha y otra hecha de cualquier forma. Mary Smith también conocía bien esa diferencia.

Las mantas estaban empapadas de sangre, sobre todo alrededor de Cartoulis. Las dos víctimas tenían heridas de bala en la cabeza, pero un cuchillo había desfigurado la cara de la mujer con el estilo inconfundible de Mary Smith, tal y como había prometido en el mensaje de correo electrónico. La expresión aterrorizada de Conver era discernible, pero Cartoulis tenía tantos cortes en el rostro que parecía una única herida abierta.

Aquella escena me recordaba a los asesinatos en la casa de Antonia Schifman: preciso y torpe a partes iguales.

Una asesina, dos impulsos completamente distintos.

¿En qué coño estaría pensando? ¿Qué pretendía con todo aquello?

A los pocos minutos me topé con el ardid más desconcertante. En una silla, junto a la cama, estaba abierta la cartera amarilla de piel de Cartoulis, con el carné de conducir y varias tarjetas de crédito.

Mientras repasaba el contenido de la cartera, me percaté de que estaba bien ordenada, pero había varias fundas de plástico vacías. Aquellos espacios vacíos me pusieron tenso.

—Mierda —dije en voz alta—. Fotografías.

Un miembro de la Unidad de Escenas del Crimen se volvió hacia mí.

—¿Qué ocurre? ¿Ha encontrado algo?

—¿Sabemos dónde está el marido de Susan Cartoulis? —pregunté.

—Se supone que en un avión procedente de Florida. ¿Por qué?

—Necesito saber si Cartoulis llevaba fotografías de la familia en la cartera.

La pregunta era una mera formalidad; estaba casi seguro de saber la respuesta. Sería la segunda ocasión en la que Mary Smith se mostraba interesada por las fotografías familiares. Había pasado de dejar a los niños huérfanos a destruir o robar sus fotografías. Mientras tanto, su metodología se tornaba cada vez más imprevisible y los mensajes de correo más seguros que nunca.

¿Cuán resbaladizo sería el terreno a partir de ahora? ¿Y adónde me llevaría?

Me resultaría insoportable que Mary Smith comenzara a atacar a los niños antes de que la atrapáramos. Pero eso era exactamente lo que temía que ocurriría.

64

—¿Tienes un momento, doctor Cross? Tenemos que hablar.

Alcé la mirada y vi a Jeanne Galletta junto a la puerta. Se la veía cansada; parecía mayor que la última vez que nos habíamos visto y más delgada, como si hubiera perdido cinco kilos que no le sobraban.

Salimos al pasillo.

—¿Qué ocurre? No me digas que ha pasado algo más.

—No quiero darle demasiada importancia de momento —dijo en voz baja—, pero una mujer ha visto un Suburban azul saliendo del aparcamiento del hotel a toda velocidad, a eso de las dos. No se fijó en nada más. Me preguntaba si puedes interrogarla y luego podríamos comparar notas antes de que formule una conclusión al respecto.

Sabia decisión por su parte. Estaba convencido de que pensaba lo mismo que yo: el caso del francotirador de Washington, en 2002, había incluido una búsqueda pública a gran escala de lo que acabó siendo el vehículo equivocado, una furgoneta blanca con rotulación negra. Fue una pesadilla de investigación y de relaciones públicas, la clase de error que la policía de Los Ángeles prefería no volver a cometer.

—¿Podrías hacerlo ya? Sería muy útil y te lo agradecería —añadió—. Si voy a seguir adelante con esto, no quiero esperar.

No me apetecía abandonar la escena del crimen. Quedaba mucho por hacer. Si no fuera porque saltaba a la vista que Jeanne estaba estresada, tal vez le habría dicho que no.

—Dame cinco minutos para acabar aquí —le dije—. Bajaré enseguida.

Mientras tanto, le pedí que me hiciera un favor y le preguntara a Giovanni Cartoulis sobre las fotografías que faltaban en la cartera de su mujer. Poco podríamos hacer con la información que nos proporcionara, pero era esencial saber si Mary Smith había robado las fotografías de la familia. Asimismo, había que eliminar a Giovanni Cartoulis de la lista de sospechosos, tal y como se había hecho con los otros esposos. Jeanne y los suyos se habían ocupado de todo, pero los informes me satisfacían. La policía de Los Ángeles estaba haciendo un buen trabajo.

—¿Qué? —me preguntó Jeanne mirándome de hito en hito en el pasillo—. ¿En qué estás pensando? Dímelo. Podré soportarlo. Yo también pienso.

—Respira hondo. No dejes que esta mierda pueda contigo. Llevas el caso lo mejor posible, pero ahora mismo tienes un aspecto horrible.

Frunció el ceño.

—Esto... ¿Te agradezco el cumplido?

—Se te ve bien, pero no tan bien como de costumbre. Estás pálida, Jeanne. Es el estrés. Nadie sabe lo que significa hasta que cae en sus redes.

Finalmente, Jeanne sonrió.

—Parezco un puto mapache. Tengo unas ojeras negras enormes.

—Lo siento.

—Da igual. Tengo que marcharme.

Pensé en cuando me había invitado a cenar y en mi patosa negativa. Si nos hubiéramos quedado allí un rato más tal vez le habría devuelto la invitación, pero ya se había esfumado, ella y la ocasión.

Y tenía un interrogatorio pendiente.

Un Suburban azul, ¿no?

65

Lo que me hizo dudar de las palabras de Bettina Rodgers no fueron los tatuajes largos y serpenteantes que adornaban sus brazos ni tampoco la media docena de *piercings* que tenía en la cara. De hecho, Bettina era una testigo inmejorable. Más bien, se trataba de que las versiones de los testigos presenciales suelen ser vagas y poco fidedignas. Las investigaciones del FBI han demostrado que rondan el cincuenta por ciento de exactitud, incluso pocos minutos después de un incidente, y aquello había sucedido hacía ya dos horas.

Sin embargo, Bettina estaba absolutamente convencida de lo que había visto.

—Estaba poniendo el coche en marcha en el aparcamiento —me dijo por tercera vez—. El Suburban salió a toda velocidad detrás de mí, justo por ahí, en dirección a Santa Monica Boulevard. Me volví para mirar porque iba muy rápido.

—Estoy segura de que era azul oscuro y sé que era un Suburban porque mi madre tenía uno. He ido dentro millones de veces. Recuerdo que me pareció divertido porque era como si mi madre condujese como una loca. —Se calló—. El Suburban viró a la izquierda para salir del aparcamiento. No sé nada más. ¿Puedo irme ya, joder?

Eso era todo lo que Jeanne Galletta le había sonsacado, pero le formulé varias preguntas más de cosecha propia.

—¿Vio algo llamativo en el coche? —le pregunté—. ¿Abolladuras, pegatinas en el parachoques?

Se encogió de hombros.

—Lo vi de lado y, como ya le he dicho, pasó volando para ser un Suburban. No me fijé en la matrícula ni nada.

—¿Qué me dice del conductor? ¿Vio algo? ¿Había alguien más en el coche?

Con aire distraído, jugueteó con uno de los gruesos aros de plata que tenía en la ceja mientras cavilaba al respecto. Iba muy maquillada, sobre todo de negro, salvo por el rastro blanco de los polvos para la cara. Acababa de conocer a Bettina, pero me recordó a la secta de vampiros urbanos que había investigado hacía varios años en un caso. Si algo había aprendido era que, a pesar del estereotipo de góticos atontados, eran muy astutos.

Finalmente, Bettina negó con la cabeza.

—Debería decir que era una mujer porque sería lo más sensato, ¿no? Joder, estoy segura de que es la acechadora de Hollywood. No se moleste en mentir, sé que es ella. Me lo ha dicho uno de los polis.

No repliqué y le dejé que siguiera pensando, hasta que volvió a encogerse de hombros.

—Un Suburban azul saliendo como alma que lleva el diablo que luego vira a la izquierda, eso es lo que sé con seguridad. Es mi respuesta final.

El que no quisiera entrar en detalles hizo que confiara más en ella. Resulta increíble que muchas personas hagan justo lo contrario, muchas veces sólo para satisfacer a quien formula las preguntas. Pocos minutos después, le di las gracias a Bettina por su tiempo y ayuda y la dejé marchar.

Luego me reuní con Jeanne Galletta para contarle mis impresiones. Nos vimos en una habitación del hotel vacía de la segunda planta. Jeanne me dijo que otro cliente del hotel había corroborado la historia.

—A eso de las dos en punto vio, desde su habitación de la tercera planta, un Suburban azul oscuro saliendo a toda velocidad del aparcamiento. Dice que no se fijó mucho, pero que podría haber sido una mujer.

—Eso no significa que fuese Mary Smith —repliqué—, pero si lo fuera habríamos dado un paso importante. Al menos dos personas vieron el mismo vehículo marchándose a toda prisa.

Jeanne asintió en silencio mientras cavilaba al respecto.

—Entonces la pregunta del millón de dólares sigue en pie: ¿Hasta qué punto le damos importancia a esta información?

Existían riesgos se mirara como se mirase, y los expliqué en voz alta, en parte para ella y en parte para mí.

—No tenemos tiempo. Mary Smith no parece dispuesta a bajar el ritmo; más bien al contrario. Parece que está evolucionando. Es nuestra oportunidad para aprovecharnos de la prensa y acelerar la búsqueda, si es lo que quieres.

—Por otro lado, la gente tiene miedo y se asustará cada vez que vea un Suburban, seguramente cada vez que vea un monovolumen. Si esto sale mal, entonces la gente tendrá otro motivo para desconfiar de la policía. Pero si te sirve para atrapar a Mary Smith, entonces todo saldrá bien y serás una heroína.

—La ruleta rusa —comentó con sequedad.

—Así es —dije.

—Por cierto, no quiero ser una heroína.

—Forma parte del premio.

—El Sherlock Holmes estadounidense —dijo sonriendo—. Creo haber leído eso sobre ti.

—No creas todo lo que leas.

Tenía la sensación de oír un reloj dentro de la cabeza de Jeanne, pero tal vez fueran sus latidos.

—De acuerdo —dijo mientras estaba comprobando la hora—. Hagámoslo. Tendré que obtener la autorización del departamento para ello, pero si me pongo en marcha ahora podremos celebrar la conferencia de prensa antes de las noticias. —Se detuvo junto a la puerta y añadió—: Por Dios, espero no equivocarme.

—Venga, vete.

—Acompáñame, Alex. ¿Vale?

—Vale —repliqué—. Lo haré a pesar del comentario sobre Sherlock Holmes.

66

Aquello era importante, de eso no cabía duda; incluso James Truscott había venido. Todo el mundo cubrió la rueda de prensa sobre el Suburban azul y sería la noticia principal sobre el caso de los homicidios de Los Ángeles hasta que ocurriera algo más importante. Con un poco de suerte, sería la localización del Suburban y luego de Mary Smith, hombre o mujer.

No aparecí en imagen en el pequeño grupo con la agente Jeanne Galletta, pero me reuní con ella al cabo de unos minutos. Recibía ánimos de todo el mundo, pero logró escabullirse para venir a verme.

—Gracias por ayudarme. Sabio consejo —dijo—. ¿Parecía un maldito mapache en la tele nacional?

—No, qué va. Bueno, vale, sí. —Sonreí—. Recuerdo que en una ocasión dijiste: «Hay que comer, ¿verdad?» ¿Te sigue interesando?

De repente, el semblante volvió a teñírsele de preocupación.

—Oh, Alex, esta noche no. —Acto seguido, me guiñó el ojo y sonrió—. Ah, ahora lo pillo. Vale, supongo que podríamos ir a tomar algo. ¿Qué te apetece? De hecho, estoy muerta de hambre. ¿Qué tal un italiano?

—Los italianos nunca fallan.

El apartamento de Jeanne estaba de camino al restaurante e insistió en subir un momento.

—Tengo que repasarme la cara en el espejo, con una iluminación que conozco y en la que confío —me explicó—. Sólo tardaré cinco minutos, siete como máximo. Sube. Te prometo que no muerdo.

Me reí y la seguí hasta el edificio de ladrillo rojo situado en alguna parte cercana a Santa Monica.

—A lo mejor sí que te muerdo —dijo mientras subíamos las escaleras que conducían al apartamento.

Y eso fue exactamente lo que ocurrió en cuanto cerró la puerta tras de nosotros. Se volvió rápidamente, me sujetó con fuerza, me besó y me soltó.

—Hummm. No ha estado mal. Pero no ha sido más que una provocación, doctor. Tardaré diez minutos, tal y como prometí.

—Siete.

Jeanne corrió por el pasillo hasta el dormitorio y encendió la luz en la que confiaba. Nunca la había visto tan animada y relajada; era como si, al acabar el trabajo, fuera otra persona.

Tardó algo más de siete minutos, pero la espera valió la pena; de hecho, la transformación resultaba sobrecogedora. Siempre me había parecido atractiva, pero en el trabajo siempre se mostraba formal y dura. Se había puesto una camiseta, vaqueros y sandalias y todavía tenía el pelo húmedo de la ducha rápida que se había dado; la agente Jeanne Galletta me mostraba su otra cara más agradable.

—Ya lo sé, ya lo sé, tengo una pinta de mil demonios —dijo, aunque los dos sabíamos que no era cierto. Se dio un golpecito en la frente con la palma de la mano—. Se me ha olvidado ofrecerte algo de beber. Por Dios, qué despistada.

—Da igual, llegamos tarde —dije.

—Claro, claro. Siempre, casi siempre, das en el clavo. Venga, vamos, en marcha. La noche es joven.

Lo cierto es que todavía notaba el cuerpo de Jeanne contra el mío, y también sus labios. Y yo estaba soltero y sin compromiso, ¿no?

¿No?

Para ser sinceros, aquello comenzaba a confundirme. Pero Jeanne me estaba sacando al pasillo y, de repente, volvió a abalanzarse sobre mí. Esta vez estaba preparado y la sujeté entre los brazos. Nos besamos; fue más largo y placentero que la primera vez. Olía muy bien, tenía la piel tersa y, a esa distancia, sus ojos pardos eran sensuales.

Jeanne me tomó de la mano y comenzó a arrastrarme hacia el apartamento.

La detuve.

—Acabas de vestirte para salir.

Negó con la cabeza.

—Acabo de vestirme para ti.

Entonces caí en la cuenta y lo vi todo con claridad.

—Vamos a comer, Jeanne —dije.

Sonrió.

—Vale, vamos a comer, Alex.

67

A las cuatro de la madrugada, una actriz de veintidós años llamada Alicia Pitt salió de Las Vegas en dirección a Los Ángeles. Las pruebas de selección del reparto comenzaban a las nueve y no quería ser la rubia número trescientos cinco de la cola; para entonces ya le habrían dado el papel a cualquier otra.

El Suburban de sus padres, que, en un alarde de imaginación, Pitt llamaba el Gran Azul, consumía gasolina como una esponja. Aparte de eso, el viaje era gratuito, por lo que el precio resultaba bastante razonable. En cuanto consiguiera un trabajo de verdad tal vez podría permitirse el lujo de vivir en Los Ángeles. Mientras tanto, tendría que soportar las interminables idas y venidas para las audiciones y entrevistas.

Alicia repasaba el diálogo mientras se dirigía hacia el oeste por la I-10 e intentaba no mirar demasiado hacia el texto sobado que estaba en el asiento del copiloto. El ritual prosiguió casi todo el trayecto hasta Los Ángeles.

—«No me hables de orgullo. Ya no quiero saber nada más de ti. Ya puedes...» —Un momento, no era así. Miró hacia el guión y luego a la carretera y al tráfico—. «No me hables de orgullo. Ya no me interesa nada de lo que digas. No me lo creeré. Ya puedes...» ¡Oh, mierda! ¿Qué haces, Alicia? ¡Zoqueta!

Sin darse cuenta, se había desviado de la autopista y estaba en una vía de salida. Llegó a un semáforo en una intersección que no le resultaba familiar.

Estaba en Los Ángeles, pero indudablemente aquello no era Wilshire Boulevard.

Nunca había estado allí. Casi todos los edificios estaban abandonados y había un coche quemado en una acera; un taxi, para ser exactos.

Entonces vio a los hombres, jóvenes o lo que fueran. Los tres la miraban desde la esquina.

«Tranquila —pensó—. Que no cunda el pánico, Alicia. Sólo tienes que dar la vuelta y regresar a la autopista. No pasa nada, todo marcha sobre ruedas.»

Deseó que el semáforo cambiara a verde y estiró el cuello para buscar la vía de acceso a la autopista.

Uno de los tipos se había aproximado a la intersección y había ladeado la cabeza para ver mejor por el parabrisas. Llevaba pantalones de explorador anchos y una sudadera azul cielo; como mucho tendría dieciséis o diecisiete años.

Los otros dos se acercaron lentamente. Para cuando Alicia pensó en saltarse el semáforo en rojo, los chicos se habían colocado delante del coche y le impedían el paso. Oh, perfecto. ¿Y ahora qué?

68

Entrecerró los ojos con fuerza durante unos instantes. ¿Qué se suponía que debía hacer en una situación así? ¿Y por qué nunca se había llegado a comprar un móvil? Hummm, tal vez porque estaba sin blanca.

Cuando abrió los ojos de nuevo, el joven con la sudadera azul estaba junto a su ventanilla con expresión amenazadora; llevaba un dragón rojo tatuado en el cuello.

Aunque intentó evitarlo, gritó; apenas un gritito, pero lo suficiente para que el chico se diera cuenta de lo muy asustada que estaba.

Entonces el pánico se apoderó de ella. Tardó unos instantes en percatarse de que el chico le decía algo. Había levantado las manos, como queriendo decir «tranquila».

Bajó un poco la ventanilla.

—¿Q..., qué? —dijo sin poder evitar que la voz le temblara.

—He dicho: «¿Te has perdido?» —respondió—. Eso es todo, señora... ¿Te has perdido? Pareces..., perdida.

Alicia contuvo un sollozo.

—Sí, lo siento mucho. —Era una mala costumbre; se disculpaba por todo—. Sólo buscaba...

—Porque sé que no vives por aquí —afirmó el chico.

Cambió el semblante y volvió a endurecerlo. Los otros le rieron la gracia—. ¿El coche es tuyo?

El miedo y la confusión tornaron sumisa a Alicia, algo que detestaba.

—Es de mis padres —fue la única respuesta que se le ocurrió.

El chico de la sudadera azul se frotó la perilla como si reflexionara sobre la respuesta.

—Hay mucha gente buscando un coche así —explicó—. ¿Es que no lees los periódicos ni ves la tele?

—Sólo quiero ir a Westwood a una audición para un telefilme. He salido de la autopista antes de la cuenta...

El chico rompió a reír, se dirigió hacia sus amigos y luego regresó junto a la ventanilla. Se movía despacio y con despreocupación.

—Quiere ir a Westwood para salir en una peli. En un «filme». Joder, no me esperaba menos porque sé que no hay nada ni nadie que te interese por aquí.

—Qué va, tío —dijo uno de los otros chicos—. Se los carga en los barrios ricos.

—Por mí, perfecto —dijo el otro—. Cargarse a los ricos, comerse a los ricos, da igual.

—¿De qué estáis hablando? —Los miró, desesperada por encontrar cualquier pista sobre qué decir o hacer que le sirviera para marcharse de allí. Miró por el retrovisor con ojos desorbitados.

«¿Podría salir marcha atrás? ¿Rápido? ¿Rápido de verdad? ¿Pisando a fondo?», se preguntó.

El chico que estaba junto a la ventanilla se apartó un poco la sudadera para que viera que llevaba una pistola en la cinturilla de los vaqueros.

—Mejor que no lo hagas —le dijo. La idea de que la mataran antes de tomarse el café de la mañana le resultó grotesca—. Por favor, yo sólo..., por favor, no me hagas daño —tartamudeó.

Se percató de la impotencia que transmitía su voz. Era como si oyera a otra persona, a alguien patético. Por Dios, se suponía que era actriz.

—La autopista está por ahí —indicó el chico. Los otros dos se apartaron.

Alicia pensó que se desmayaría del alivio. Le dedicó una sonrisa llorosa.

—Gracias. Lo siento mucho —repitió.

Las manos le temblaban sobre el volante pero, al menos, estaba a salvo.

El Suburban apenas había avanzado unos centímetros cuando, con un estrépito escalofriante, el parabrisas se rompió en millones de pedacitos de cristal. Al cabo de unos instantes, un tubo metálico pesado destrozó la ventanilla del conductor.

Alicia estaba paralizada. Los brazos y las piernas no le respondían. Ni siquiera era capaz de gritar.

El impulso de apretar el acelerador a fondo llegó demasiado tarde a su cerebro; apenas unos instantes después, la puerta del coche se abrió y unas manos grandes y fuertes la arrastraron hasta la calle. Alicia cayó de espaldas y la respiración se le entrecortó.

—¿Eres estúpida o qué? —oyó decir a alguien y luego notó un dolor intenso en uno de los lados de la cabeza. Luego vio que un tubo subía y bajaba a toda prisa, una masa borrosa dirigida al centro de su frente.

69

Todo había cambiado de forma repentina y sustancial en el caso de Mary Smith. Jeanne Galletta ya no estaba en el caso; la habían reasignado.

Traté de echarle una mano, pero ya le habían quitado el caso a las pocas horas del asesinato de Alicia Pitt. Esa noche, el comisario Shrewsbury anunció que supervisaría en persona los asesinatos de la Acechadora de Hollywood y que la agente Galletta estaría de baja temporal hasta que se resolviese la investigación del lamentable asesinato de una joven de Las Vegas que conducía un Suburban azul.

Jeanne estaba desconsolada, pero estaba viviendo todas las experiencias posibles del caso, incluyendo la de ser el chivo expiatorio.

—¿El alcalde de Las Vegas le dice al alcalde de Los Ángeles que le diga al comisario cómo se debe llevar una investigación? —despotricó—. ¿Desde cuándo los profesionales no pueden hacer bien su trabajo?

—Desde que el hombre es hombre —repliqué.

Esa tarde a las ocho nos reunimos para tomar una copa. Eligió el lugar y dijo que quería asegurarse de que yo supiera cuanto fuera necesario sobre la investigación del crimen. Por supuesto, también quería desahogarse.

—Sé que lo de Alicia Pitt fue por mi culpa, pero...

—Jeanne, basta. No eres culpable de lo que le ocurrió a esa mujer. Tal vez sea resultado de una decisión tuya, pero no es lo mismo. Lo hiciste lo mejor posible. El resto es pura política. No deberían haberte apartado del caso.

Permaneció en silencio durante unos instantes.

—No lo sé —dijo finalmente—. La pobre está muerta.

—¿Te quedan días de vacaciones? —le pregunté—. Te vendrían bien.

—Sí, claro, ahora mismo me largo de la ciudad —dijo—. El caso ya no es mío, pero...

No acabó la frase, aunque no era necesario. Yo había estado en su lugar con anterioridad. No es recomendable decir en voz alta que piensas incumplir las reglas. Es mejor hacerlo sin decir nada.

—Alex, necesitaré mi espacio —dijo—, por eso quería que nos viéramos aquí.

—Lo comprendo. Ya sabes dónde localizarme —le dije.

Finalmente, esbozó una sonrisa.

—Para ser del FBI —dijo— eres buena persona.

—No eres mala agente para ser de la policía de Los Ángeles.

Alargó la mano y la colocó sobre la mía, pero la apartó de inmediato.

—Me siento rara —dijo antes de volver a sonreír—. Lo siento si parezco un poco tontorrona.

—Eres humana, eso es todo, Jeanne. No es lo mismo, ¿no? No me disculparía por ello.

—Vale, ya no volveré a disculparme. Aunque tendré que marcharme antes de que me ponga a llorar o haga algo igual de vergonzoso. Si me necesitas, ya sabes dónde encontrarme. —Se levantó de la mesa y se volvió antes de llegar a la puerta—. Pero no he dejado el caso. Estaré al tanto.

70

Qué extraño.

Al volver a mi habitación esa noche me esperaba un sobre en el mostrador.

Era de James Truscott.

Lo abrí de camino a la habitación y me fue imposible dejar de leer el contenido:

ASUNTO: MUJERES EN EL CORREDOR DE
LA MUERTE EN CALIFORNIA

Había quince en aquel momento y Truscott había incluido una breve descripción de cada una de ellas.

La primera mujer era Cynthia Coffman. En 1986 su novio y ella habían robado y estrangulado a cuatro mujeres. La habían condenado en 1989 y todavía estaba esperando. Cynthia Coffman tenía cuarenta y dos años.

Al final del informe, Truscott explicaba que pensaba visitar a algunas de esas mujeres. Me invitaba a acompañarlo si creía que pudiera serme útil.

Tras leer todas las páginas, las repasé por segunda vez.

¿Qué le pasaba a James Truscott? ¿Y por qué quería ser mi biógrafo oficial?

Ojalá me dejara en paz, pero estaba seguro de que no tendría tanta suerte.

71

El teléfono de la habitación del hotel me despertó a las dos y media de la madrugada. Estaba soñando con el pequeño Alex y Christine, pero lo olvidé todo en cuanto oí el primer ring.

Lo primero que pensé fue que sería James Truscott, pero no era él.

A eso de las tres de la mañana conducía por un barrio de Hollywood que no me resultaba familiar en busca del complejo de apartamentos Hillside. Lo habría encontrado antes de haber sido de día y no haber pensado tanto.

El juego de Mary Smith había cambiado de nuevo y me esforzaba por comprenderlo. ¿Por qué ese asesinato? ¿Por qué en aquel momento? ¿Por qué esas dos víctimas?

El complejo de apartamentos parecía datar de la década de los setenta. Eran estructuras de tres plantas de cedro oscuro con el tejado plano, columnas gruesas a modo de soporte y una zona de aparcamiento abierta en la parte baja. Me percaté de que había otro aparcamiento en la calle, un escondrijo perfecto para un intruso.

—¡Agente Cross! ¡Alex! —oí desde el otro lado de la zona de aparcamiento.

Reconocí la voz de Karl Page. Eran las tres y cinco.

Salió a mi encuentro junto a una farola.

—Por aquí —indicó.

—¿Cómo te has enterado? —le pregunté. Page era quien me había llamado a la habitación del hotel.

—Todavía estaba en la oficina.

—¿Cuándo coño duermes?

—Dormiré cuando todo haya acabado.

Tras girar a la izquierda y a la derecha varias veces, el joven agente me condujo hasta un grupo de edificios que daba a un jardín y piscina comunitarios. Varios vecinos, muchos de ellos en ropa de dormir, se habían congregado junto a unas de las puertas de entrada. Estiraban el cuello y susurraban entre ellos.

Page señaló un apartamento de la tercera planta con las luces encendidas tras las cortinas corridas.

—Ahí arriba —dijo—, ahí es donde están los cadáveres.

Nos abrimos camino por entre los agentes de guardia y subimos las escaleras principales, uno de los dos puntos de acceso al edificio.

—Echa un vistazo —comentó Page refiriéndose a las pegatinas que había en la puerta del apartamento. Había dos A y una B. Era obra de Mary Smith, de eso no había duda. Las pegatinas siempre me recordaban al muñeco payaso de *Poltergeist*: benévolo en apariencia pero malévolo en el contexto apropiado. Un juego de niños transfigurado.

La puerta daba a un salón espacioso. Estaba repleto de cajas de cartón de mudanza y mobiliario dispuesto sin orden ni concierto.

En el centro había un hombre muerto, boca abajo sobre una pila de cajas caídas. Varias docenas de libros se habían desparramado por la alfombra color arena y muchos de ellos se habían manchado de sangre. Cerca del cuerpo había ejemplares de *Las horas* y *Running with Scissors*.

—Philip Washington —me dijo Page—. Treinta y cinco años; banquero de inversiones en Merrill Lynch. Culto, obviamente.

—Tú también, supongo.

En esa ocasión el cadáver no estaba colocado de ninguna forma particular, no se trataba de un retablo artístico. Era posible que, dado el número de vecinos en las inmediaciones y la falta de protección, el asesino lo hubiese hecho a toda prisa.

Philip Washington no era la única víctima; muy cerca había otro cadáver boca arriba.

Era el asesinato que no me cuadraba, el que me perseguiría y rondaría.

Una bala había entrado por la sien izquierda de la víctima y la había desfigurado, y el rostro estaba acuchillado según el estilo característico de Mary Smith. La carne que rodeaba la frente y los ojos estaba repleta de marcas de cuchillo, y los pómulos, perforados.

Observé el cadáver y comencé a hilvanar lo sucedido y los pasos previos al asesinato. Me corroían dos preguntas: ¿Era culpable en parte de ese asesinato? ¿Me lo debería haber imaginado?

Quizá la víctima que tenía ante mis ojos supiera la respuesta, pero Arnold Griner, el periodista del *L.A. Times* ya no podría ayudarnos en el caso de Mary Smith. Griner se había convertido en una de las víctimas.

CUARTA PARTE

EL SUBURBAN AZUL

72

Apenas había comenzado a recorrer la escena del crimen cuando me topé con Maddux Fielding, subdirector del departamento de policía de Los Ángeles a cargo de la Oficina de Investigación y sustituto de Jeanne Galletta en el caso.

De pelo cano y con los mismos ojos marrón oscuro que Jeanne, Fielding podría haber sido su padre.

Desde el principio me pareció un tipo profesional y centrado en el trabajo, aunque también parecía un poco gilipollas.

—Agente Cross —me dijo mientras me estrechaba la mano—. He oído hablar de su trabajo en Washington. —Por el tono empleado, no sonaba a cumplido.

—Le presento al agente especial Page —dije—. Es mi ayudante desde que estoy en Los Ángeles. —Fielding no replicó, así que proseguí—. ¿Qué opina de todo esto? Sé que acaba de hacerse cargo del caso, pero supongo que está listo para saltarse los preliminares.

No se trataba de una indirecta, pero dio esa impresión. Fielding frunció la boca y me miró por encima de las gafas bifocales de montura metálica.

—No es la primera vez que investigo a un asesino en serie. Estoy listo. —Respiró hondo—. En cuanto a su pregunta, creo que esto es obra de Mary Smith y no de un imitador. Me pregunto si no querría ver a Arnold Griner muerto desde el principio. Creo que sí. Por supuesto, cabe preguntarse por qué y qué relación guarda con los hechos anteriores.

Sus palabras tenían sentido, sobre todo el que Griner pudiera haber sido un blanco desde el principio. Me volví hacia Page.

—¿Tú qué opinas?

Comenzaba a interesarme por sus opiniones, lo cual tal vez él interpretaría como un indicio de que empezaba a confiar en él.

—Griner y Washington acababan de mudarse —respondió Page mientras pasaba las páginas de una libretita—. Hace tres días, para ser exactos. Sé que Griner cambió su información personal y mantuvo en secreto la dirección y el teléfono para que Mary tuviera que esforzarse si quería saber de él. Todo ello concuerda con lo de acechar a la víctima, ¿no? Y aunque Griner no encaja con el perfil de las víctimas, siempre ha formado parte del paisaje de Mary Smith. Empezó con él y ahora..., no sé..., tal vez acabe con él. Quizás esto represente una especie de final para ella. Quizá su historia ha llegado a su fin.

—Lo dudo —replicó Fielding sin tan siquiera mirar a Page—. Aquí hay demasiada ira. Hay demasiada furia en el asesinato de Griner. ¿Han visto *El grito*? No importa. Olvídenlo.

—¿Qué hay del Suburban azul? —inquirí—. ¿Hay novedades al respecto? —Hasta aquella tarde la policía de Los Ángeles no había conseguido nada, lo cual resultaba sorprendente dada la importancia del caso.

Fielding extrajo un pañuelo, se quitó las gafas y comenzó a limpiarlas antes de hablar.

—De momento, nada —reconoció finalmente—, pero, puesto que ha mencionado el tema, déjeme aclararle una cosa: no soy la agente Galletta. Soy su jefe y no pienso consultar todos los detalles con usted a cada momento. Si el FBI quiere la jurisdicción del caso, no lo tendrá difícil. Tal y como se han desarrollado las cosas, casi se lo agradecería. Pero hasta entonces, limítese a hacer su trabajo e intente no joderme la investigación como ha hecho con la de la agente Galletta. Espero que haya quedado bien claro.

Se trataba de lealtad entre polis, eso era todo. Sin preguntarme nada, había decidido que Jeanne estaba fuera del caso por mi culpa. Ya había visto comportamientos parecidos con anterioridad e incluso los comprendía en parte. Pero esta vez no podía quedarme callado.

—Vaya consejo —le dije—. Debería pensar sus palabras dos veces antes de lanzar acusaciones. Así va a poner las cosas más difíciles.

—Llegados a este punto no creo que sea posible —replicó con sequedad—. Me parece que ya hemos hablado de todo. Ya sabe dónde localizarme si tiene más preguntas o, joder, si encuentra algo que nos sirva.

—Por supuesto.

Le habría dado un buen puñetazo en la nuca mientras se marchaba. Habría sido lo único que tal vez empujara todavía más hacia el fango el nivel de nuestro primer encuentro.

—Muy simpático —dijo Page—. Con mucha personalidad, sociable y toda la pesca.

—Sí, me ha dejado anonadado.

En lugar de darle vueltas al asunto, me concentré en el trabajo. Si la comunicación con la policía de Los Ángeles iba a restringirse aún más, necesitábamos nuestros propios análisis más que nunca. Aunque Page no me lo pidió, le expliqué mi metodología.

A partir de los cadáveres, comenzamos el análisis en forma de espiral, como habría hecho cualquiera, pero mucho más despacio.

Primero repasamos el apartamento milímetro a milímetro; luego el pasillo y las escaleras frontales y las traseras y, finalmente, el jardín que rodeaba el edificio.

Sentía curiosidad por ver cuánta paciencia tenía Page o si, como todos los de su edad, tenía demasiada prisa como para hacer bien el trabajo. Page no se apresuró. Estaba bien metido en el caso.

Estábamos fuera cuando recibimos un aviso de la Unidad de Vigilancia Electrónica del FBI. A las cinco y media de la mañana había llegado otro correo electrónico a la dirección de Arnold Griner en el *L.A. Times*.

Había llegado un mensaje de Mary Smith..., para el hombre que acababa de asesinar.

73

Para: agriner@latimes.com
De: Mary Smith
Para: Arnold Griner:

¿Sabes qué? Te seguí hasta tu nuevo apartamento después de que cenaras con tus amigos en Asia de Cuba, en Sunset.

Aparcaste debajo del edificio y subiste por las escaleras traseras. ¿Resoplas después de un solo tramo? Me di cuenta de que no estás en forma, Arnold, y, mucho me temo, que ya no te queda tiempo.

Esperé fuera hasta que encendiste las luces del apartamento y luego seguí tus pasos. Ya no tenía miedo, al menos no como antes. La pistola solía parecerme pesada y difícil de manejar, pero ahora ni me doy cuenta de que la tengo en la mano.

No has puesto un cerrojo de seguridad en la puerta trasera. Tal vez tuvieras intención de hacerlo, pero has estado demasiado ocupado con la mudanza; o tal vez te sentías más seguro en el apartamento nuevo y te daba igual. En eso habrías tenido razón. Ahora ya da igual.

Cuando entré la cocina estaba a oscuras, pero las luces del salón y la tele estaban encendidas. También había un cuchillo de trinchar en la encimera, junto al fregadero, pero lo dejé donde estaba.

Llevaba el mío, lo cual seguramente ya sabrías si leíste mis otros mensajes de correo electrónico.

Esperé el máximo posible en la cocina, escuchando a tu amigo y a ti. No llegaba a discernir qué decíais, pero me gustaba el sonido de vuestras voces. También me agradaba pensar que sería la última persona en escucharlas.

Entonces reapareció el nerviosismo. Al principio era apenas perceptible, pero sabía que empeoraría si seguía esperando.

Podría haberme marchado del apartamento en aquel momento y nunca habrías sabido que había estado allí.

En ese sentido, eres igual que los demás. Nadie parece darse cuenta de que estoy cerca hasta que les llega el momento. La mujer invisible, ésa soy yo. De hecho, somos muchas.

Cuando entré en el salón con toda tranquilidad, los dos disteis un respingo a la vez. Me aseguré de que vieras el arma para que te quedaras bien quieto. Quería preguntarte si sabías por qué había venido a por ti, por qué «merecías» morir, pero temía no acabar a tiempo si no me daba prisa.

Apreté el gatillo y te desplomaste. Tu compañero chilló e intentó salir corriendo. No sé adónde pensaba ir.

Le disparé y creo que murió en el acto. Los dos moristeis enseguida. No ofreciste mucha resistencia, sobre todo teniendo en cuenta lo insolente y brusco que eres.

Adiós, Arnold. Se acabó, y, ¿sabes qué?, ya te he olvidado.

74

El Narrador tenía que poner fin al reguero de asesinatos. Lo sabía; formaba parte del plan, y el plan era excelente. Una pena, desde luego, una verdadera pena. Se le comenzaba a dar bien, y hacía mucho tiempo que nada se le daba bien.

En cualquier caso, le llovían las felicitaciones. Lo elogiaban en la televisión y, por supuesto, en los periódicos. Sobre todo el *L.A. Times*, que había convertido al imbécil de Arnold Griner en santo y mártir. Todo el mundo alababa la obra maestra del Narrador, aunque era mucho mejor de lo que podían imaginar.

Quería celebrarlo, pero no podía contárselo a nadie. Lo había intentado en Vancouver y las cosas se complicaron. Se vio obligado a matar a una amiga, bueno, a una vieja conocida.

Entonces, ¿cómo lo celebraría? Arnold Griner estaba muerto y, a veces, eso hacía que se riese con todas sus ganas. Ahora comenzaba a ver las ironías del destino, incluso las más sutiles, como que Griner recibiera sus mensajes de correo, luego fuera su mensajero para la policía y al final la palmara. En la vida real, a diferencia de lo que había escrito en el último mensaje, el muy gilipollas había suplicado que no lo matara cuando vio quién era, cuando finalmente lo comprendió todo, lo cual hizo que su asesinato resultara mucho más satisfactorio. Joder, no se había cargado a Griner y a su compañero enseguida. Había tardado casi una hora y había disfrutado en todo momento del melodrama.

Entonces, ¿qué haría a continuación?

Tenía ganas de celebrarlo, pero no podía contárselo a nadie. ¡Buaaaah, estaba solo!

Entonces se le ocurrió qué hacer, era bien sencillo. Estaba en Westwood, aparcó y paseó hasta el más que chabacano Bruin Theater, donde daban *Colateral*. «Tom Cruise, santo cielo.»

Le apetecía ir al cine.

Quería sentarse con los suyos y ver a Tom Cruise fingiendo que era un asesino malo, malo sin remordimientos ni conciencia.

«Uy, qué miedo, Tom.»

75

—El señor Truscott ha llamado. Dijo que le gustaría entrevistarte. Dijo que era importante, que vendrá a casa si te parece bien. Se preguntaba si has recibido las notas sobre las mujeres del corredor de la muerte.

Fruncí el ceño y negué con la cabeza.

—Ni caso. ¿Ha pasado algo más mientras estaba fuera?

—¿Te ha contado Damon que ha roto con su novia? —me preguntó Nana con toda tranquilidad—. ¿Acaso sabías que tenía novia?

Estábamos sentados en la cocina el sábado por la tarde, había vuelto hacía un día. Miré hacia el salón para asegurarnos de que estábamos solos.

—¿Es la chica con la que se ha pasado tanto rato hablando por teléfono? —pregunté.

—Bueno, ya no —respondió—, aunque da igual. Es muy joven para esas cosas. —Se levantó tarareando *Joshua Fit the Battle of Jericho* y se concentró en una olla de chile que tenía al fuego.

El chile también me distrajo, así como el hecho de que había empleado carne de pavo picada en lugar de ternera o cerdo. Tal vez Kayla Coles había obrado el milagro y había conseguido que Nana hiciera algo nuevo para cuidarse. Bravo por Kayla.

—¿Cuándo te dijo Damon que tenía novia? —le pregunté, incapaz de cambiar de tema. Sentía tanta curiosidad por eso que ni siquiera me importaba poner de manifiesto que desconocía por completo las andanzas de mi hijo mayor.

—No me lo dijo, digamos que ocurrió sin más —replicó Nana—. Los adolescentes no suelen hablar de eso de forma directa. Cornelia ha estado en casa un par de veces para hacer los deberes. Es buena chica. Sus padres son abogados, pero no se lo reproché. —Se rió de la broma—. Bueno, quizá se lo reprochase un poquito.

¿Cornelia? Nana la experta y Alex el despistado. Todas las buenas intenciones y la promesa de cambiar se habían esfumado por culpa de lo que siempre —siempre— me arrastraba de vuelta al trabajo.

«Me he perdido la primera ruptura de Damon, eso no puede recuperarse. Cornelia, apenas te conocimos.»

Me alegraba de estar en casa. La cocina pronto se inundó de los aromas de los platos de Nana e íbamos a celebrar mi regreso con una fiesta con amigos y familiares. Aparte del chile, Nana había preparado su famoso pan de maíz, dos clases de verduras al ajillo, filetes condimentados y un budín al caramelo, una delicia pocas veces vista. Al parecer, la doctora Coles no había conseguido del todo que Nana se relajara un poco.

Traté de ayudar sin molestar mientras Nana comprobaba la hora y se desplazaba a toda prisa por la cocina. Me habría sentido más satisfecho si creyera que me merecía esa fiesta. No sólo me había llevado el premio a peor padre del año sino que el viaje de vuelta a Los Ángeles ya estaba reservado.

76

—Pero mira quién está aquí con la familia. Verlo para creerlo. ¿Dónde está la cámara?

Sampson y Billie llegaron temprano con Djakata, que ya tenía tres meses y a la que no había visto desde que era un bebé. John, radiante, la sacó de la mochila sujeta al pecho de Billie y me la colocó en los brazos. Vaya imagen: Sampson con su bebé. «Papá oso, pensé. Y mamá y bebé osos.»

—Qué guapa —dije, y era cierto; tenía la piel color cacao y pequeños remolinos de pelo oscuro en la cabeza—. Ha heredado lo mejor de los dos. Una muñequita.

Jannie se acercó y se deslizó entre nosotros para ver bien de cerca a Djakata. Estaba en la edad en que se comienza a pensar que algún día se tendrán hijos y se fijaba en todos los detalles.

—Qué chiquitina es —dijo con voz sobrecogida.

—No tanto —afirmó Sampson—. Peso y altura máximos. Eso es de su padre. Cuando cumpla cinco años será tan grande como Billie.

—Esperemos que no herede tus manos y pies, pobrecita —intervino Nana, y luego le guiñó el ojo a Billie, a quien ya considerábamos parte de la familia.

En aquel instante se apoderó de mí una intensa sensación de regreso a casa. Fue uno de esos momentos transcendentes que te pilla por sorpresa y, de repente, te recuerda las cosas buenas. Pasara lo que pasase, allí estaba todo eso, donde yo debía estar, mi hogar.

«Instantánea..., recuerda el sentimiento para la próxima vez que lo necesites», me advertí.

Sin embargo, la sensación de intimidad no duró mucho, ya que la casa comenzó a llenarse de invitados. A continuación llegaron algunos de mis viejos compañeros de la policía de Washington; Jerome y Claudette llegaron con Rakeem Powell y su nueva novia, cuyo nombre no pillé.

—Dale una semana —me susurró Sampson—. Si siguen juntos entonces ya tendrás tiempo de enterarte del nombre.

La tía Tia y mi primo Carter fueron los primeros familiares en llegar, seguidos de una serie de rostros conocidos y afectuosos, algunos de ellos con cierto parecido al mío.

La última en llegar fue la doctora Kayla Coles y salí a recibirla a la puerta.

—Ann Sullivan, supongo.

—¿Perdón? Ah, ya lo pillo. La Maestra Milagrosa.

—La Maestra Milagrosa, la que consiguió que mi abuela pusiera pavo en el chile. Supongo que fue obra tuya. Bien hecho.

—A tu entera disposición.

Hizo una reverencia en broma con el vestido turquesa, que parecía muy cómodo aunque lo llevara ceñido. Kayla no solía lucirse y no pude evitar fijarme en ella. No se parecía en nada a la Kayla con ropa de trabajo práctica y pija.

En lugar del maletín de turno, llevaba una olla tapada.

—Éste debe de ser el mejor de tus trucos —dije—. ¿Traer comida a la cocina de Nana? No me lo quiero perder.

—No sólo es comida; también he traído la receta.

Giró la olla para enseñarme una ficha blanca sujeta con cinta.

—Judías estofadas bien sanas para una mujer que sabe cocinar a la perfección con grasa de tocino.

—Perfecto, adelante —le dije con un gesto histriónico—. Por tu cuenta y riesgo.

Los sonidos de *Romare Bearden Revealed*, del Branford Marsalis Quartet, nos acompañaron por la casa, donde la fiesta se estaba animando y todos se alegraron de ver a la doctora Kayla, que resulta que era como una santa en el barrio. Me sentía un poco atolondrado. A final de semana estaría a bordo de otro avión. Pero, de momento, todo iba sobre ruedas.

77

Me topé con Sampson y Billie justo cuando él abría una cerveza en la cocina, y se la quité de las manos. Quería aclarar algo con él antes de que la fiesta se animase demasiado.

—Sígueme, tengo que hablar contigo..., antes de que empecemos a beber —le dije.

—Oh, cuánto misterio —dijo Billie y se rió de nosotros, como de costumbre. Billie es enfermera en Urgencias y ha visto de todo.

—Vamos arriba —le dije a John.

—Ya he empezado a beber —advirtió él—. Ésta es la segunda.

—Ven de todos modos. Sólo será un momento, Billie.

La música del salón se colaba por el suelo del despacho del ático. Reconocí la risa de la doctora Kayla entre el barullo vago de las voces de los invitados.

Sampson se apoyó en la pared.

—¿Quería verme, señor? ¿En su despacho?

Llevaba una camiseta divertida de su equipo de baloncesto de la liga para veteranos de St. Anthony. Rezaba: «SI NADIE SE MUEVE, NADIE SE HACE DAÑO.»

—No quería mezclar el trabajo con la fiesta —le dije.

—Pero no puedes evitarlo —sonrió Sampson—. ¿A que no?

—No me quedaré mucho tiempo en casa. Tengo que volver a Los Ángeles y no quiero alargar esto innecesariamente.

—Un buen anzuelo —comentó—. ¿De qué se trata? Oigámoslo.

—¿En resumen? El director, Burns, y yo queremos que te plantees seriamente venir a trabajar al FBI. Queremos que tomes esa decisión, John. ¿Te lo esperabas? —le pregunté.

Se rió.

—Pues sí, más o menos. Habéis dado muchas pistas. ¿Burns quiere que haya más negros en el FBI, Sugar?

—No, aunque no me importaría.

Lo que Burns quería era más agentes que valorasen el trabajo de campo, gente en la que confiar. Si sólo pudiera reclutar a una persona, le había dicho, John Sampson sería mi primera elección. Aquello le bastó a Burns.

—El director ya me ha dado el visto bueno —declaré—. Ron Burns quiere las mismas cosas que yo, o tal vez sea al revés.

—Es decir, que me quiere a mí, ¿no? —preguntó Sampson.

—Bueno, no pudimos convencer a Jerome ni a Rakeem ni tampoco al guardia urbano que se ocupa del tráfico cerca de la escuela Sojourner Truth. Así que te hemos elegido a ti.

Sampson se rió a mandíbula batiente, uno de mis sonidos preferidos.

—Yo también te echo de menos —reconoció—. Y, lo creas o no, tengo la respuesta. Quiero que vuelvas a la policía de Washington. ¿Qué te parece la contraoferta? Tienes razón en una cosa: deberíamos volver a trabajar juntos, de un modo u otro. Supongo que voto por lo otro.

No pude evitar soltar una carcajada; luego John y yo nos golpeamos los puños cerrados y decidimos que debíamos volver a trabajar juntos, de un modo u otro.

Le dije a Sampson que me plantearía su sorprendente propuesta y me dijo que él haría otro tanto con la mía. Luego Sampson abrió la puerta del despacho y dejó que entrara la música de la planta baja.

78

—¿Nos dejas tomar algo ahora? —preguntó Sampson—. Estamos en una fiesta, Sugar. ¿Te acuerdas de las fiestas?

—Vagamente —respondí.

Al poco, tenía una cerveza en una mano y una costilla chorreando salsa de barbacoa casera en la otra. Jannie y Damon estaban en el comedor jugando a las cartas con Kayla Coles y Michelle, su prima. Para ser sinceros, fue Kayla la que me atrajo allí.

—¿Estáis ignorando a los invitados? —pregunté a los niños.

—No a estos dos —replicó Jannie de manera inexpresiva refiriéndose a Kayla y a Michelle.

—No, me están dando tal paliza que es imposible que me ignoren —dijo Kayla, lo que hizo que Jannie y Damon se echaran a reír. Había vuelto a suceder. Una mujer se llevaba bien con mis hijos. ¿Cómo era posible? ¿Qué me había perdido?

Miré a la doctora Kayla de arriba abajo mientras barajaba y repartía las cartas. Se la veía muy segura de sí misma y resultaba atractiva sin hacer ningún esfuerzo. Lo cierto era que me gustaba. Me gustaba desde hacía mucho tiempo, desde que nos criamos en el sureste. ¿Y qué?

—¿Me estás mirando las cartas? —preguntó rompiendo mi ensueño o lo que fuera.

—No te mira las cartas —intervino Jannie— sino a ti, doctora Kayla. Es muy cuco para eso.

—Vale, ya está bien de vacilar. Me largo de aquí, tengo que ayudar a Nana —dije. Puse los ojos en blanco para que Kayla me viera y me marché. Rápidamente.

—No te vayas —dijo Kayla, pero ya había atravesado la puerta.

Mientras me encaminaba hacia la cocina, no dejaba de pensar en lo mismo. ¿Cómo conseguiría estar a solas con Kayla en la fiesta? ¿Y adónde la llevaría el día de nuestra primera cita?

79

Llevé a Kayla a Kinkead's a propósito. Había sido el local favorito de Christine y el mío, pero antes de eso también había sido mi lugar favorito, así que pensaba reivindicarlo. Kayla llegó apenas unos minutos después que yo, y eso me gustó. Era puntual, nada de jueguecitos. Llevaba un suéter de cachemira negro, pantalones de sport negros y zapatos de tacón abiertos por detrás, y volvía a estar deslumbrante. A su manera.

—Lo siento, Alex —dijo mientras se acercaba a mí—. Soy puntual. Sé que es un rollo y le quita encanto a todo, pero no puedo evitarlo. La próxima vez, si es que hay próxima vez, llegaré tarde. Por lo menos diez minutos, puede que quince.

—Perdonada —dije y, de repente, me sentí increíblemente relajado—. Acabas de romper el hielo, ¿no?

Kayla me guiñó el ojo.

—Diría que sí. Me apetecía. Por Dios, se me da bien, ¿no? Cuca, como tú.

—¿Conoces el axioma que dice que a los hombres no les gustan las mujeres que los amenazan porque son demasiado listas? —pregunté—. Das miedo de lo lista que eres.

—Pero tú eres la excepción que confirma la regla, ¿no? Te encantan las mujeres listas. De todos modos, no soy tan lista. Te diré por qué..., al menos cuál es mi teoría.

—Adelante. Tomaré una cerveza. Una Pilsner de barril —le pedí al camarero.

—En el hospital veo a todas esas personas que supuestamente son súper inteligentes —prosiguió Kayla—, médicos e investigadores que en la vida privada son un auténtico desastre. ¿De verdad son tan listas? A ver, ¿son listas porque saben memorizar hechos y las ideas de los demás? ¿Porque se saben cualquier canción de rock? ¿O el argumento de todos los episodios de *Embrujadas*?

Puse los ojos en blanco.

—¿Te sabes los argumentos de *Embrujadas*? ¿Conoces a alguien que se sepa los argumentos de *Embrujadas*?

—Qué va. Tal vez de *Urgencias* o *Scrubs*.

—Me sé muchas canciones de rhythm & blues —le dije—, aunque en la vida no me va muy bien que digamos.

Kayla se rió.

—No estoy de acuerdo. He conocido a tus hijos, Alex.

—¿Has conocido a Christine Johnson?

—Basta. Bueno, y sí, la he conocido. Es una mujer admirable, y mucho. Aunque ahora está algo confundida.

—Vale, vale, no pienso discutir, podría ser contraproducente.

Seguimos hablando desenfadadamente, nos reímos bastante, bebimos un poco y comimos bien. No hablamos de Nana ni de los chicos, quizá porque habría sido lo obvio. Como siempre, disfruté del sentido del humor de Kayla pero, sobre todo, de su confianza en sí misma. Estaba a gusto consigo misma y no a la defensiva. Me gustaba salir con ella.

—Ha estado bien, Alex —dijo mientras terminábamos una copa después de la cena—. Ha estado muy bien.

—¿Sorprendida? —le pregunté.

—No, qué va. Bueno, quizás un poco —admitió—. Puede que mucho.

—¿Y eso?

—Hummm. Supongo que porque sabía que no tenías ni idea de quién soy, aunque tal vez creyeras que sí.

—Casi siempre te veo trabajando —dije—. Eres la doctora Kayla, del Servicio de Salud Pública Local.

—Tómese dos aspirinas y no se atreva a llamarme a casa —dijo riéndose—. Supongo que lo más duro es que mucha gente confía en mí y, en la mayoría de las ocasiones, no les correspondo la confianza.

Sonreí.

—¿Te gustaría decirme algo?

Kayla negó con la cabeza.

—Creo que ya lo he dicho. Ha estado bien. Me lo he pasado mejor de lo que esperaba.

—Vale. Y habrá una próxima vez, al menos es lo que has dicho.

Me dedicó un guiño encantador.

—¿No estaba en lo cierto al respecto?

—Lo estabas. Si es que vuelves a verme.

—Oh, volveré a verte, Alex, claro que sí. Quiero ver qué tal sale todo esto.

80

La tarde siguiente, cuando regresé a la Costa Oeste, la oficina de campo del FBI en Los Ángeles era un hervidero de comentarios sobre las últimas novedades del caso de Mary Smith, pero también sobre mí, lo cual no eran buenas nuevas, por no decir algo peor.

Al parecer, se rumoreaba que Maddux Fielding y yo no habíamos congeniado demasiado después de que sustituyera a Jeanne Galletta. La relación entre la policía de Los Ángeles y el FBI siempre había sido tensa, más que nada funcional, y aquello había supuesto un revés definitivo.

Según los cotilleos, se trataba de discernir si el agente Cross, de Washington, había llegado sin nada que perder y lo había jodido todo para la policía de Los Ángeles o no.

Le di vueltas al asunto durante cinco minutos y luego proseguí con el trabajo.

Mary Smith, alias la Acechadora de Hollywood, alias Mary la Sucia, se estaba convirtiendo es uno de los casos de asesinato más frenéticos y cambiantes jamás vistos. Hasta los veteranos hablaban del caso. Sobre todo ahora que la polémica se mezclaba con momentos de caos vertiginoso.

La mañana que llegué a la ciudad habían recibido otro mensaje de correo. Todavía no lo había leído, pero se rumoreaba que era distinto y que la policía de Los Ángeles trataba de encontrar la respuesta adecuada. Esta vez Mary Smith había enviado una advertencia y se habían tomado su mensaje muy en serio.

Nos reunimos en la sala de juntas de la planta decimocuarta, a la que llamábamos el centro neurálgico del FBI dedicado a Mary Smith. En las paredes había fotografías, recortes de periódicos e informes de los laboratorios. Había una centralita temporal sobre una mesa de cerezo enorme que ocupaba buena parte de la sala.

Fred van Allsburg presidiría la reunión; llegó con aire despreocupado diez minutos más tarde que el resto de nosotros. Por algún motivo, su retraso me hizo pensar en Kayla Coles y en lo muy puntual que era. Kayla cree que la gente que suele llegar tarde no respeta a las demás personas..., o, al menos, a los relojes.

Fred van Allsburg tenía un viejo apodo: Señal Stop. Se remontaba a la época en que había puesto fin a una parte del tráfico de heroína entre Estados Unidos y Centroamérica a finales de la década de 1980. Que supiera, desde entonces no había hecho nada importante, salvo subir peldaños hacia cargos más importantes. Tras trabajar con él, sólo le guardaba el respeto necesario por su rango y antigüedad.

Creo que él lo sabía, por lo que me pilló desprevenido cuando comenzó la reunión del modo que lo hizo.

—Querría decir algo antes de empezar —anunció—. Como bien sabéis, no podemos contar con la policía de Los Ángeles. Maddux Fielding parece empeñado en hacerlo todo solo y se está esforzando bastante por ser un coñazo. ¿No es cierto, Alex?

En la sala se oyeron risitas de complicidad. Todos me miraron.

—Esto..., sin comentarios —repliqué y las risas se repitieron.

Van Allsburg alzó la voz para acallar a los demás.

—Por mi parte, mantendremos abiertas las líneas de comunicación, lo cual significa compartir todo y a tiempo con la policía de Los Ángeles. Si me entero de que alguien se niega a revelar información le prometo que en el próximo caso volverá a tomar huellas dactilares. Fielding puede ocuparse de sus asuntos como le dé la real gana. No permitiré que eso comprometa nuestra profesionalidad. ¿Queda claro?

Me sorprendió de manera grata el modo en que Van Allsburg había afrontado la situación. Al parecer, tenía filiaciones que respetar, aunque ello supusiera respaldarme.

A continuación pasamos al nuevo correo electrónico de Mary Smith. Van Allsburg empleó el proyector de la sala de modo que todos viéramos el mensaje en la pantalla grande.

Mientras lo leía, lo que me sorprendió no fue lo que había escrito sino lo que parecía decirnos. Ya lo había advertido con anterioridad, en los otros mensajes, pero ahora resultaba más obvio, como un redoble de tambor constante que cada vez se oía más fuerte.

«Venid a atraparme —nos decía—. Estoy aquí. Venid a atraparme. ¿Por qué tardáis tanto?»

Había enviado el correo electrónico al difunto Arnold Griner como si fuera una especie de oficio escrito para el fallecido.

81

Para: agriner@latimes.com
De: Mary Smith
Para: la siguiente:

Ya nos conocemos, ¿qué te parece?
¿Te acuerdas? Yo sí.

El otro día me diste un autógrafo, con tus típicos gestos desenfadados y encantadores. Parecías tan asequible, tan sensata. No quiero decirte dónde nos vimos, aunque no lo recordarías. Te dije lo mucho que me gustaban tus películas y sonreíste como si no hubiera dicho nada de nada. Me recordó lo invisible que resulto para gente como tú.

No era la primera vez que me tratabas así. Ayer ni me viste en la guardería ni hoy en el gimnasio, aunque no esperaba que lo hicieras.

Es como si fuéramos polos opuestos. ¿No es una buena pista?

Todo el mundo sabe quién eres y nadie sabe quién soy. No soy famosa ni una estrella de cine guapa, como tú. Mi piel no es perfecta ni tengo una sonrisa inconfundible. Según se cuenta, eres mejor madre que Patsy Bennett, mejor actriz que Antonia Schifman, mejor esposa que Marti Lowenstein-Bell y, desde luego, más famosa que la prometedora Suzie Cartoulis.

Cuando dicen «lo tiene todo», no se equivocan. Es cierto, y apuesto lo que sea a que lo sabes, aunque a veces lo olvides.

Sólo hay una cosa que tengo y tú no. Sé algo. Sé que dentro de dos días, al mediodía, estarás muerta. Tendrás una bala en el cerebro y la cara irreconocible, incluso para tus hijos o para el público que acude en tropel a ver tus películas.

Pero cuando nos conocimos no te dije nada al respecto.

Te sonreí, casi te hice una reverencia, y te di las gracias por ser como eres. Me alejé sabiendo que la próxima vez que me vieras sería diferente.

La próxima vez no seré invisible, te lo prometo.

Y cumplo mis promesas, pregúntaselo a Arnold Griner.

82

—¿Qué os parece? —preguntó Van Allsburg a la sala y luego me miró fijamente—. Eres quien ha investigado más casos de este tipo. ¿Qué está pasando? ¿Qué hará ahora?

—Quiere que la atrapen —repliqué de inmediato. Me levanté para dirigirme al grupo—. Lo más probable es que se sienta sola. La reacción que le produce eliminar a la gente con la que se obsesiona es paradójica. Ella, él o ello destruye lo que no puede tener. Con el paso del tiempo se siente peor. Es posible que una parte de Mary lo sepa y no quiera seguir haciéndolo, pero le falta auto-control para poner fin a esto.

—¿Y el último correo electrónico? —preguntó Fred.

—Otro indicio de que la asesina está confundida. Tal vez la parte consciente cree que se está mofando de las autoridades mientras que la inconsciente nos traza un plano para que la atrapemos. Es lo único sensato que se me ocurre tras lo ocurrido, y ni siquiera estoy seguro de que sea del todo sensato.

—¿Qué hay de la contra-posibilidad? —preguntó David Fujishiro—. ¿Y si trata de engañarnos a propósi-to, despistarnos con invenciones?

—Tienes razón, eso es posible —respondí—. Lo cual

nos deja con cualquier final imaginable salvo el del correo electrónico. Creo que primero debemos interpretar el mensaje al pie de la letra y plantearnos las alternativas en segundo lugar. Pero David acaba de mencionar la otra posibilidad lógica. Por supuesto, no sabemos si actúa de forma lógica.

Varios agentes, incluido mi colega Page, tomaban notas mientras hablaba. Era consciente de la importancia que daban a mis palabras, si bien no por ello me sentía cómodo.

—¿Sabemos qué hará la policía de Los Ángeles? Me refiero a la última amenaza —preguntó otro agente desde el fondo, otra de las caras que no había visto nunca. Miré a Van Allsburg en busca de una respuesta.

—Han puesto en marcha un equipo operativo interno muy numeroso. Eso es lo único que sabemos con seguridad. Están trabajando con una base de datos de blancos potenciales. Pero si tenemos en cuenta a todas las actrices que hay en la ciudad, y aunque nos ciñéramos a las que tienen hijos, la lista sería bastante larga. —Y añadió—: Además, la policía de Los Ángeles intentará evitar que cunda el pánico. Aparte de aumentar el número de patrullas y concienciar a los ciudadanos, poco pueden hacer por esas mujeres y sus familias, salvo buscar a Mary Smith. Alguien tiene que atraparla. ¿Y sabéis una cosa?, quiero que lo hagamos nosotros, no la policía de Los Ángeles.

83

Para cualquier madre, Disneylandia rezumaba felicidad por los cuatro costados. Según los folletos, era «el lugar más feliz del mundo», y tal vez fuera cierto, pero, debido a las interminables multitudes, también era uno de los lugares más fáciles para que los niños se perdiesen.

Mary trató de que la preocupación no se apoderara de ella. «Preocuparse hace que ocurran cosas malas. Debería saber que los Don Angustias son las personas más tristes del mundo.»

Además, se suponía que era un día para divertirse en familia. Brendan y Ashley llevaban mucho tiempo esperándolo. Hasta el pequeño Adam se agitaba en el cochecito y chillaba preso de un entusiasmo mudo.

Mary vigilaba de cerca a los dos mayores mientras avanzaban por Main Street USA, repleta de tiendas de golosinas de colores y otras atracciones. Cada uno llevaba una parte del plano del parque temático. Resultaba adorable porque ninguno de los dos sabía qué estaba mirando. Desde que había nacido Adam les gustaba hacerse los mayores.

—¿Qué queréis hacer primero? —les preguntó—. Ya estamos aquí, en Disneylandia, como os había prometido.

—Todo —respondió Ashley ansiosa. Observaba boquiabierta a Goofy, el verdadero Goofy, paseando tranquilamente por Main Street.

Brendan señaló a un niño de su edad que llevaba unas orejas de Mickey Mouse con el nombre «Matthew» bordado en un lado.

—¿Podemos tener unas iguales? —preguntó esperanzado—. ¿Podemos? Porfa, porfa, porfa.

—No, lo siento, cariño. Hoy mamá no tiene suficiente dinero. Las compraremos la próxima vez.

De repente, se preguntó por qué no se había acordado de preparar sándwiches. Pasar el día en Disneylandia le costaría mucho más de lo que podía permitirse. Si había algún gasto imprevisto entre ese día y el siguiente sueldo, las cosas se pondrían feas.

Pero pensar en eso no hacía más que aumentar la preocupación. «Basta, basta. Hoy no. No lo eches todo a perder.»

—Ya sé qué haremos —dijo mientras les quitaba el plano de las manos.

Al cabo de un rato navegaban a bordo de la atracción «Un pequeño mundo», algo que Mary no hacía desde que tenía la edad de Brendan.

No había cambiado y eso la tranquilizó. La oscuridad y el frescor resultaban igual de balsámicos que cuando era niña, y todavía le gustaban todos los rostros sonrientes animatrónicos que nunca cambiaban. La atracción, la propia Disneylandia, la relajaban. Se alegraba de estar allí con los niños y de haber cumplido su promesa.

—¡Mirad! —chilló Brendan señalando a una familia de esquimales alegres que saludaban desde su casa cubierta de nieve.

Se dio cuenta de que Brendan y Ashley seguramente no recordaban la nieve y Adam no la había visto nunca.

El frío inacabable y el ambiente mortecino de su casa parecían pertenecer a otro mundo, como la parte en blanco y negro de *El mago de Oz*. Salvo que Dorothy regresaba y Mary no lo haría nunca. Nunca más. Se acabaron las montañas cubiertas de nieve. Estaban lejísimos, donde tenían que estar. A partir de ahora sólo disfrutaría del sol de California..., y de los esquimales sonrientes y Goofy.

—Perdón, señora, salga, por favor —dijo un encargado rompiéndole el ensueño.

—¡Mamá!

Mary se estremeció, frustrada. Se había perdido la mitad del paseo en barco pensando en otras cosas. ¿Qué era lo último que recordaba? «La familia de esquimales. La nieve. Ah, sí, la nieve.»

—¿Señora? Por favor. Hay gente esperando.

Mary observó al trabajador uniformado, que la miró de la manera más educada posible.

—¿Podemos volver a subir? —le preguntó.

El encargado sonrió por cortesía.

—Lo siento, no está permitido. Tendrá que volver a hacer cola.

—¡Vámonos! —gritó Brendan—. Venga, mamá. Nada de numeritos, por favor.

—Vale, vale —dijo Mary con la voz tensa y un tanto avergonzada. Le guiñó el ojo al encargado—. Niños —dijo con aire de complicidad antes de correr por la plataforma en pos de sus queridas criaturas.

84

Pronto llegó la hora de comer y Mary se llevó una desilusión al comprobar que sólo le quedaban doce dólares y algo de suelto en el bolso. Apenas podrían permitirse una pizza pequeña y una bebida para compartir entre todos.

—Tiene cosas verdes —dijo Ashley mientras Mary colocaba la comida en una mesa.

—Eso no sabe a nada —replicó y apartó el orégano con la servilleta—. Ya está, ya no hay nada verde.

—También hay debajo del queso. No la quiero, mamá. ¡Tengo hambre, tengo mucha hambre!

—Cariño, no hay más comida y no comeremos nada más hasta que volvamos a casa.

—Me da igual.

—Ashley.

—¡No!

Mary respiró hondo y contó hasta cinco. Se esforzó lo indecible por controlarse.

—Mira a tu hermano, a él le gusta. Está riquísima.

Brendan sonrió y dio otro mordisco; la viva imagen de la obediencia. Ashley se limitó a hundir la barbilla y a evitar la mirada de Mary.

Mary notó que se le tensaban los hombros y la nuca.

—Ash, cariño, tienes que comer un poco, aunque sea un bocado. ¡Ashley! Tienes que probarla. Mírame cuando te hablo. —Mary sabía de sobra que debía dejarlo correr. Que Ashley no comiera era problema suyo, ya lo solucionaría—. ¿Sabes cuánto cuesta? —dijo a pesar de todo—. ¿Sabes cuánto cuesta cualquier cosa en Fantasíalandia?

—Mamá, déjalo —intervino Brendan—. Mamá, mamá.

—¿Lo sabes? —insistió Mary—. Ni te lo imaginas.

—Me da igual —espetó Ashley. Qué mala, qué niña tan mala.

La tensión embargó el cuerpo de Mary, desde los hombros hasta las piernas y los brazos. Sintió un escozor intenso en los músculos y, de repente, un alivio.

¿Ashley no quería comer? Bien, perfecto.

Barrió con la mano todo cuanto había en la mesa.

Los platos de papel y las porciones de pizza cayeron al suelo de cemento. El refresco se volcó y el contenido burbujeante se derramó sobre el cochecito en el que estaba Adam. Su chillido fue inmediato, y resonó con el de Mary.

—¿Te das cuenta de lo que has hecho? ¿Te das cuenta?

Apenas oía nada. Era como si su voz estuviera al otro lado de una puerta y ésta estuviera cerrada con llave.

Oh, se suponía que no debía ocurrir nada de todo eso. Por Dios, estaban en Disneylandia. Eso estaba mal, pero que muy mal. Todos sus esfuerzos habían sido en vano. Aquello era una pesadilla. ¿Qué más podría ocurrir para acabar de estropearlo todo?

85

Si el último correo electrónico de Mary era verdadero, nos quedaban cuarenta y ocho horas o menos para impedir el siguiente homicidio.

Para empeorar una situación ya de por sí imposible, no podíamos cubrirlo todo, ni siquiera con cientos de agentes e investigadores dedicados al caso.

Habíamos dado con una pista y la investigaríamos. Eso era todo cuanto Fred van Allsburg nos había dicho. No estaba seguro de que necesitáramos otra reunión para hablar de ello, pero acudí a la misma y me alegré de haberlo hecho.

Habíamos conseguido burlar la política de puertas cerradas de la policía de Los Ángeles que había establecido Maddux Fielding de forma oficiosa. Un miembro del equipo que investigaba el Suburban azul estaba al teléfono cuando llegué a la reunión.

El equipo de la policía de Los Ángeles constaba de dos agentes principales, dos docenas de agentes de campo y un coordinador de pistas, Merrill Snyder, que era quien respondía a nuestras llamadas.

Snyder comenzó con un repaso general de la investigación. Tenía un ligero acento de Nueva Inglaterra.

—Como sabéis, la Jefatura de Tráfico no busca coches por su color, que es lo único que sabemos del supuesto Suburban de Mary Smith —dijo al grupo—. Con lo cual tenemos más de dos mil coincidencias en el condado de Los Ángeles. A modo de selección prioritaria, nos hemos centrado en las llamadas de la población civil. Todavía recibimos docenas a diario, sobre todo de los propietarios de un Suburban azul que no saben qué hacer, o de gente que ha visto uno o cree haber visto uno o conoce a alguien que tal vez haya visto uno. Lo más difícil es separar el 0,001 por ciento de llamadas útiles del restante 99,99 por ciento.

—¿Y por qué habéis escogido esta pista? —pregunté.

Snyder nos explicó que se trataba de una combinación de elementos. Muchas de las pistas tenían algún detalle convincente, pero en ésa convergían varios factores sospechosos.

—Un tipo llamó para hablar de su vecina, que también es su inquilina. Tiene un Suburban azul, por supuesto, y se llama Mary Wagner.

Las cejas de los presentes se arquearon. Parecía pura casualidad, pero no me habría sorprendido saber que nuestra asesina, tan aficionada a llamar la atención, usara su nombre verdadero.

—No tiene permiso de conducir en este estado ni en ningún otro —explicó—. La matrícula del coche es de California, pero ¿sabéis qué?

—Es robada —murmuró alguien desde el fondo.

—Es robada —dijo Snyder— y no consta en ningún sitio. Tal vez sea de un coche abandonado o algo así. Por último —añadió— tenemos su dirección, Mammoth Avenue en Van Nuys. Eso está a unas diez manzanas del cibercafé donde se encontró el correo electrónico no enviado.

—¿Qué más sabemos de la mujer? —le preguntó Van Allsburg—. ¿La estáis vigilando?

Un agente situado en la parte delantera tecleó algo en un portátil y en la pantalla de la sala de reuniones apareció una imagen.

Se veía a una mujer blanca, alta y de mediana edad, desde una posición estratégica en una zona de aparcamiento. Llevaba lo que parecía un uniforme rosa de camarera. No era ni gorda ni delgada; el uniforme le iba bien, aunque parecía un poco pequeño para su cuerpo masculino. Le eché unos cuarenta y cinco años.

—Es de esta mañana —dijo Fred—. Trabaja de camarera de habitaciones en el Beverly Hills Hotel.

—Un momento. ¿Camarera? ¿Has dicho camarera?

Varias cabezas se volvieron hacia el agente Page, sentado en la cornisa de la ventana.

—Sí, ¿y qué? —preguntó Van Allsburg.

—No lo sé, tal vez sea una tontería...

—Adelante.

—De hecho, tiene que ver con el informe del doctor Cross —dijo Page—. Alguien hizo la cama con mucho esmero en la habitación del hotel donde encontraron a Suzie Cartoulis y a Brian Conver. —Se encogió de hombros—. Demasiado arreglado, pero..., no lo sé. Camarera de hotel...

El silencio de la sala pareció intimidarlo y el joven agente se calló. Pensé que, de haber tenido más experiencia, Page habría interpretado esa respuesta como interés, no escepticismo. Todos asimilaron la teoría y Van Allsburg pasó a la siguiente imagen.

Un primer plano de Mary Wagner.

De cerca, se le apreciaban las primeras canas en el pelo negro y áspero, que llevaba recogido en forma de moño bajo. Tenía el rostro redondo y matronil, pero la expresión distante y apagada. Parecía estar en otro lugar.

—No parece gran cosa —murmuró el mismo agente desde el fondo de la sala.

Era cierto. Nadie se fijaría en ella por la calle.

Resultaba prácticamente invisible.

86

A las 18.20 de ese mismo día, estaba estacionado cerca de la casa de Mary Wagner. Podría tratarse de algo importante, nuestra gran oportunidad, y lo sabíamos. Hasta el momento habíamos logrado mantener a la prensa alejada.

Había un segundo equipo apostado en el callejón que discurría por detrás de la casa y un tercero había seguido a Wagner desde el trabajo en el Beverly Hills Hotel.

Al cabo de unos minutos llegó un Suburban azul, echando humo por el tubo de escape, y aparcó en la entrada.

La señora Wagner sacó dos bolsas de plástico del coche y entró en la casa. Daba la impresión de ser una mujer fuerte. También parecía que hablaba consigo misma, aunque no lo pude apreciar con claridad.

Una vez que hubo entrado en la casa, nos acercamos a la misma para verla mejor.

Esa tarde mi compañero era Manny Baker, un agente de mi edad. Manny gozaba de buena reputación, pero sus respuestas monosilábicas a los intentos de entablar conversación por mi parte habían dado paso al silencio. Nos acomodamos y observamos la casa de Wagner mientras anochecía.

La casa alquilada de una planta de la señora Wagner estaba en mal estado, incluso en un barrio humilde como aquél. La puerta de la valla de tela metálica había desaparecido. El césped estaba descuidado y había cubierto lo que quedaba de los ladrillos que bordeaban el camino de entrada.

La finca era apenas un poco más grande que la casa en sí, con el sitio imprescindible para aparcar el coche en la cara sur. El Suburban había rozado la pared de los vecinos mientras aparcaba.

Jeremy Kilbourn, el tipo que nos había llamado para alertarnos del Suburban, vivía al lado y era propietario de las dos casas. Nos había explicado que la casa de la señora Wagner había pertenecido a su madre hasta su fallecimiento, hacía ya catorce meses. Mary Wagner había llegado al poco y había pagado el alquiler puntualmente y en metálico. Kilbourn creía que era una «tipa rara» pero agradable y dijo que casi nunca contaba nada.

Esa noche no había nadie en casa de Jeremy. Se había ido con su familia a casa de unos parientes hasta que el asunto de Mary Wagner estuviera resuelto.

A medida que anochecía, la calle se tornaba más silenciosa y tranquila. Finalmente, Mary Wagner encendió varias luces y pareció acomodarse. «Una vida de desesperación tranquila», pensé.

En un momento dado, extraje la linterna Maglite y la cartera y eché un vistazo a las fotografías de Damon, Jannie y el pequeño Alex y me pregunté qué estarían haciendo en ese preciso instante. No me preocupaba esbozar una sonrisa bobalicona a oscuras.

Durante las horas siguientes me entretuve observando la casa de Mary Wagner y una carpeta con notas del caso que tenía en el regazo. Las notas eran más bien apuntes. Todo cuanto debía saber sobre Mary Smith lo tenía bien grabado en la cabeza.

Entonces vi algo —a alguien, mejor dicho— y no podía dar crédito a mis ojos.

—Oh, no —dije en voz alta—. ¡Joder!

El pobre Manny Baker se sobresaltó en el asiento.

87

—¡Eh, Truscott! ¡Detente! He dicho que te detengas. —Salí del coche al ver al escritor y a la fotógrafa acercándose a la casa de Mary Wagner. ¿Qué coño hacían allí?

Estábamos a la misma distancia de la casa y, de repente, Truscott comenzó a correr hacia ella.

Hice otro tanto; era mucho más rápido que el periodista, tal vez más de lo que él pensaba. No me dejó otra opción: me abalancé sobre él antes de que llegara a la puerta principal. Lo sujeté por la cintura y Truscott cayó al suelo gimiendo de dolor.

Había sido un placer derribarlo, pero aquello era un alboroto, un desastre absoluto. Mary Wagner nos oiría, saldría a mirar y entonces nos descubriría. Todo se desentrañaría en un abrir y cerrar de ojos. Poco podía hacer yo en aquel momento para evitarlo.

Arrastré al periodista por los pies hasta quedar fuera del alcance visual de la casa de Wagner.

—Tengo derecho a estar aquí. Te demandaré y lo pagarás bien caro, Cross.

—Perfecto, demándame.

Puesto que Truscott había comenzado a chillarme y la fotógrafa seguía tomando instantáneas, lo inmovilicé con una llave y lo arrastré un poco más lejos.

—¡No puedes hacer esto! ¡No tienes derecho!

—¡Id a por ella! ¡Quitadle la cámara! —grité a los otros agentes que venían de detrás de la casa.

—¡Te voy a demandar y se te va a caer el pelo! ¡Te demandaré a ti y al FBI y os dejaré sin nada, Cross! —Truscott seguía gritando mientras, entre tres agentes, lo llevamos hasta la primera esquina que encontramos. Luego lo esposé y lo metí a empujones en uno de los sedanes.

—¡Llévatelo de aquí! —ordené a un agente—. Y a la fotógrafa también.

Miré de nuevo hacia el asiento trasero antes de que se lo llevaran.

—Demándame, demanda al FBI. Estás detenido por obstrucción a la justicia. ¡Llevaos a este lunático de aquí, joder!

Al cabo de unos minutos, el callejón volvía a estar en silencio, gracias a Dios.

Me sorprendía, de hecho me alucinaba que Mary Wagner, en teoría una asesina cauta e inteligente, pareciese no haberse dado cuenta de nada.

88

Esa noche Mary Wagner durmió más que cualquiera de nosotros. James Truscott pasó la noche en un calabozo, pero yo estaba seguro de que lo pondrían en libertad por la mañana. Su revista ya había presentado una queja. De todos modos, no se había perdido casi nada. Cuando el equipo de relevo llegó a las cuatro de la mañana no había novedades en el frente.

Aquello me daba tiempo para volver al hotel y echar una cabezada de dos horas, ducharme y salir de nuevo.

Llegué al Beverly Hills Hotel poco después de las siete. El turno de Mary Wagner comenzaba a las siete y media.

El caso se estaba volviendo interesante y cada vez más extraño con el paso de los días.

El hotel de lujo, el famoso edificio con estucado rosa de Hollywood, se encontraba en la penumbra tras un muro de palmeras y plataneras de Sunset Boulevard. El interior, con vestíbulo rosa y papel pintado con hojas de platanera, era un reflejo del exterior.

Encontré al jefe de seguridad, Andre Perkins, en su despacho de la planta baja. Había decidido tener un único contacto en el hotel.

Perkins había sido agente del FBI. Cuando llegué, vi

que tenía dos copias del informe de Mary Wagner en el escritorio.

—Parece una empleada modélica —me dijo—. Llega a la hora, hace bien el trabajo. Por lo que he comprobado, viene, cumple y se va. Puedo realizar más pesquisas. ¿Debería?

—Todavía no, gracias. ¿Qué me dices de su pasado? ¿Sabes algo?

Sacó la solicitud de empleo de Wagner y un par de páginas con anotaciones.

—Lleva aquí casi ocho meses. Parece ser que la despidieron legalmente de un Marriott del centro antes de eso. He hecho algunas llamadas para saber más sobre su pasado, pero me salen números equivocados o que no funcionan. El número de la seguridad social también es falso, aunque no es raro entre las camareras y los porteros.

—¿Hay alguien que pueda confirmar que ha estado en el edificio durante todos sus turnos? —le pregunté.

Perkins negó con la cabeza.

—No, sólo los registros de la limpieza. —Repasó los papeles de nuevo—. Ha cumplido con sus cupos, cosa que no podría haber hecho de haberse escabullido mucho. Y los comentarios de los clientes la sitúan por encima de la media. Hace un buen trabajo. Mary Wagner es una empleada que está por encima de la media.

89

Perkins me dejó usar su fax para enviar copias de las hojas de asistencia de Mary Wagner al FBI y así poder realizar referencias cruzadas. Luego me facilitó un uniforme de los de mantenimiento y una chapa con el nombre de «Bill».

Bill se apostó en el sótano, desde donde veía la zona de almacenaje donde las camareras se aprovisionaban de papel y productos de limpieza. Poco después de las siete y media se presentó el nuevo turno.

Eran mujeres, todas con el mismo uniforme rosa. Mary era la más alta del grupo. Algunas la llamaban «huesos grandes». Y era de las pocas blancas que había en el personal de pisos.

Desde luego, parecía lo bastante fornida como para realizar el trabajo físico que había hecho Mary Smith: manipular el cadáver de Marti Lowenstein-Bell en la piscina o desplazar a Brian Conver desde el suelo de la habitación del hotel hasta la cama.

Bill se mantuvo a unos veinte metros de ella, delante de un panel de fusibles, cuya puerta le ocultaba la cara en parte.

Wagner realizaba su trabajo en silencio y con eficacia mientras las otras charlaban a su alrededor, la mayoría en español. Tal y como Perkins había explicado, Wagner era diligente e iba a lo suyo. Su carrito fue el primero en llegar al montacargas.

No la seguí arriba. Los pasillos del hotel no me permitirían ocultarme y mi prioridad era interrogarla luego en casa como Cross, no como Bill, lo cual significaba que la vigilancia de Bill se vería limitada.

La mejor oportunidad se me presentó durante el almuerzo, cuando la cafetería del personal estaba llena. Mary se sentó sola en una mesa junto a la puerta; comió un sándwich de ensalada de atún y se puso a escribir en un libro encuadernado en tela, seguramente una especie de diario. Quería ver el diario. Las conversaciones con los demás parecían limitarse a saludos y despedidas cordiales. La empleada perfecta.

Decidí marcharme en aquel momento y regresé al despacho de Perkins, donde le rendí el informe de cortesía. Mientras hablábamos, me sonó el busca.

—Perdón. —Era Karl Page desde el centro de crisis.

—Creí que querría saberlo de inmediato: las hojas de asistencia cuadran perfectamente. Mary Wagner no estaba en el trabajo al menos dos horas antes y dos horas después de la hora aproximada de cada asesinato. Sin excepción. ¡Tachán!

—Vale, gracias. Ahora mismo me voy de aquí. Hoy está trabajando.

—¿Cuándo la ha visto por última vez?

—Hará cosa de diez minutos. Tengo que irme, Page. —Perkins me miraba con expresión expectante y no quería que me preguntara más de la cuenta. Estaba a punto de colgar cuando oí a Page gritar: «¡Un momento!»

Le hice un gesto de disculpa a Perkins con las cejas. A veces el agente Page llegaba a ser exasperante, como si se esforzara más de la cuenta.

—¿Qué, Karl?

—El último mensaje de correo de Mary Smith. El asesinato que se supone que cometerá mañana al mediodía.

—Vale, lo pillo —dije antes de colgar. Ya sabía lo que Page trataba de decirme.

Mañana era el día libre de Mary Wagner.

90

Estaba convencido de que era esencial que intentara hablar con Mary Wagner antes de que la arrestaran. Era lo que me dictaba el instinto en ese caso tan raro. Sin embargo, sabía que la policía de Los Ángeles recibiría presiones para actuar con rapidez, lo cual significaba que tendría que ser más rápido que ellos.

Regresé al FBI a toda prisa y encontré a Van Allsburg en su despacho.

—No me lo pidas, no es cosa mía —me dijo después de que le expusiera la necesidad de interrogar a Mary Wagner—. Si Maddux Fielding quiere ir a por ella...

—Entonces hazme un favor —le dije.

A los pocos minutos estábamos al teléfono en el despacho de Fred.

Sabía que seguramente Maddux Fielding no me respondería, pero aceptó la llamada de Van Allsburg de inmediato.

—Maddux, estoy con el agente Cross. Tiene motivos convincentes para retrasar la detención de Mary Wagner, el tiempo suficiente para interrogarla.

—¿Qué cree que va a sonsacarle? —preguntó Fielding—. No hace falta. Tenemos pruebas de sobra para arrestarla.

—Son circunstanciales —dije por el manos libres—. Tendrá que soltarla.

—Sí, claro, estoy trabajando en el tema.

—¿A qué se refiere? —pregunté comenzando a exasperarme—. ¿Hay algo que no nos ha contado, Fielding? ¿A qué viene todo esto de dejarnos fuera? —Hizo caso omiso de la pregunta con uno de sus característicos silencios—. Oiga, entre la policía de Los Ángeles y el FBI ella está sometida a una vigilancia constante; no ha mostrado indicios de actuar. Sabemos cuál es su horario. Déjeme hablar con ella en su casa. Sería la última oportunidad de tratar con ella sin que se ponga a la defensiva. —Detestaba el tono conciliador de mi voz, pero sabía que el interrogatorio de Mary podría ser importante—. Agente, sé que tenemos ciertas desavenencias —proseguí— pero los dos queremos zanjar el caso lo antes posible. Esto es lo que mejor se me da. Si me dejara...

—Preséntese en su casa a las seis —dijo de repente—, aunque no le prometo nada, Cross. Si ella no vuelve a casa después del trabajo, o si cambia algo, se acabó. La detendremos.

Para cuando hube arqueado las cejas, Maddux Fielding me había colgado.

91

No se molestó en usar el cerrojo de seguridad. Oí cómo lo descorría mientras abría la puerta principal.

—¿Mary Wagner?

—¿Sí?

Iba descalza, pero todavía llevaba el uniforme rosa de camarera del Beverly Hills Hotel. Me sonrió con encanto antes de saber quién era.

—Soy el agente Cross, del FBI. —Sostuve en alto la placa—. ¿Podría pasar para formularle algunas preguntas? Es importante.

Hizo una mueca con el rostro cansado.

—Es por el coche, ¿no? Dios mío, ojalá pudiera pintarlo, cambiarlo o algo. La gente me mira de forma muy rara, ni se lo imagina.

Parecía más sociable que en el hotel, aunque tenía el aspecto de una maestra de parvulario atribulada con demasiados alumnos.

—Sí, señora —repliqué—. Es por el coche. Se trata de una formalidad; seguimos la pista de todos los Suburban azules que encontramos. ¿Puedo pasar? No le robaré mucho tiempo.

—Por supuesto. No pretendía ser descortés. Por favor, pase. Pase.

Le hice una seña a Baker, que esperaba en la acera.

—Cinco minutos —le grité, sobre todo para que la señora Wagner supiese que no había venido solo. Con un poco de suerte, no se habría fijado en las unidades camufladas de la policía de Los Ángeles aparcadas en esa misma calle.

Entré y cerró la puerta tras de mí. Sentí que la adrenalina me recorría el cuerpo a toda velocidad. ¿Era esa mujer una asesina, seguramente chiflada? Por algún motivo extraño, no me intimidaba.

Me llamó la atención que la casa estuviera tan limpia. Acababa de barrer el suelo y no se veía nada desordenado.

En el pasillo había una figura recortada de madera. Tenía la forma de una niña granjera que hacía una reverencia con la palabra «bienvenidos» dibujada en la falda. Pronto caí en la cuenta de que la aparente dejadez del exterior era cosa del propietario.

—Siéntese, por favor —dijo.

Mary Wagner señaló hacia el salón, que estaba a la derecha tras pasar un arco. Un sofá y un confidente desiguales ocupaban buena parte de la estancia.

Tenía el televisor encendido, pero con el volumen quitado, y en la desgastada mesa de centro de secuoya había una lata de Diet Pepsi y un tazón de sopa a medio tomar.

—¿Interrumpo la cena? —pregunté—. Lo siento mucho. —Pero no pensaba marcharme.

—Oh, no, no, en absoluto. No soy muy comilona. —Apagó la tele y retiró la comida.

Me quedé en el pasillo mientras dejaba los platos en la encimera de la cocina. Todo estaba ordenado. Una casa de lo más normal, tal vez demasiado limpia y ordenada.

—¿Le apetece tomar algo? —propuso desde la otra habitación.

—No, gracias.

—¿Agua? ¿Un refresco? ¿Zumo de naranja? Lo que quiera, agente Cross.

—No, gracias.

El diario seguramente estaría en la casa, pero no estaba a la vista. Había estado viendo *Jeopardy!* en la tele.

—De hecho, no me queda zumo de naranja —dijo con simpatía mientras regresaba. Se la veía muy distendida o lo fingía a la perfección. Qué extraño. La seguí hasta el salón y nos sentamos.

—Entonces, ¿en qué puedo ayudarlo? —preguntó en un tono tan agradable que resultaba inquietante.

—En primer lugar —dije de forma despreocupada y nada amenazadora—, ¿es la única conductora del coche?

—Sí. —Sonrió, como si la pregunta le pareciese un tanto divertida. Me pregunté por qué.

—¿Ha estado fuera de su control en algún momento durante las últimas seis semanas?

—Bueno, mientras duermo, claro. Y cuando estoy en el trabajo. Soy camarera de habitaciones en el Beverly Hills Hotel.

—Entiendo. O sea, que necesita el coche para ir al trabajo.

Se toqueteó el cuello del uniforme y miró de arriba abajo el bloc que sostenía como si quisiera que anotara lo que acababa de decir y, de forma impulsiva, lo hice.

—Supongo que la respuesta es «sí» —prosiguió—. Estrictamente hablando, ha estado fuera de mi..., como se diga. «Control» —Se rió con timidez—. Mi alcance.

Anoté varias cosas más. «¿Dispuesta a gustar? Manos ocupadas. Quiere que piense que es inteligente.»

Mientras continuábamos hablando, la observaba y escuchaba a partes iguales. Sin embargo, no dijo nada sorprendente. Lo más llamativo era lo mucho que se fijaba en mí. No dejaba de mover las manos, pero sus ojos marrones no se apartaban de los míos. Tenía la sensación de que se alegraba de que yo estuviera allí.

Cuando me incorporé al final del interrogatorio, como si fuera a marcharme, puso una cara larga.

—¿Le importaría traerme un vaso de agua? —le pregunté, y el rostro se le iluminó de nuevo.

—Enseguida.

La seguí hasta el umbral de la puerta. En la cocina todo estaba ordenado. En la encimera no había casi nada, salvo una tostadora para cuatro rebanadas y un juego de botes marcadamente *kitsch*.

Llenó un vaso de agua del grifo y me lo dio. Sabía un poco a jabón.

—¿Es usted de California? —le pregunté para entablar conversación—. ¿De por aquí?

—Oh, no —respondió—. De un lugar mucho menos agradable que éste.

—¿De dónde es?

—Del Polo Norte. —Volvió a reírse con timidez y negó con la cabeza—. Como si lo fuera.

—Déjeme adivinar. ¿De Maine? Tiene aspecto de ser de Nueva Inglaterra.

—¿Quiere más agua?

—No, gracias.

Me quitó el vaso de agua, que aún no estaba vacío, y se volvió hacia el fregadero.

Entonces fue cuando se desató el infierno.

Primero oí pasos pesados y un grito en el exterior.

Acto seguido, la puerta trasera se abrió con estrépito

y se fragmentó en miles de astillas y trozos de cristal. También oí abrirse la puerta principal con un estruendo similar.

Entonces aparecieron agentes de policía por ambos lados, con los chalecos antibalas puestos y apuntando a Mary Wagner.

92

Mary dejó caer el vaso de agua, pero ni siquiera lo oí romperse. De repente, la cocina se llenó de gritos así como de los chillidos atemorizados de Mary.

—¡Fuera de mi casa! ¡No he hecho nada! ¡Aléjense de mí, por favor! ¿Por qué están aquí?

Sostuve en alto mi placa porque no estaba seguro de que la policía de Los Ángeles tan siquiera supiera quién era yo.

—¡Al suelo! —La pistola del jefe del grupo apuntaba al pecho de Mary—. Al suelo. ¡Ya! ¡Al suelo!

En cuestión de segundos, Mary Wagner se desmoronó internamente. No parecía ver ni oír los gritos del policía.

—¡Al suelo!

Mary retrocedió, sin dejar de gritar, con los brazos y los hombros encorvados, en una postura defensiva.

Me di cuenta de que con el pie descalzo pisaba un trozo del cristal del vaso roto pero no pude hacer nada. Dio un grito lastimero y luego se ladeó como si la hubieran abofeteado.

El otro pie resbaló en el agua y se le torció. Se desplomó haciendo un molinillo con los brazos.

El equipo de asalto de la policía se abalanzó sobre ella

de inmediato. Dos agentes le dieron la vuelta y le esposaron las manos a la espalda. Otro le leyó sus derechos con tal velocidad que probablemente no entendió nada.

Alguien me tomó del codo y me susurró al oído.

—Señor, ¿podría acompañarme? —No le hice caso—. ¿Señor? —El agente volvió a tirarme del codo y me solté con furia.

—Necesita primeros auxilios —dije, pero nadie pareció oírme ni hacerme caso.

—Señora, ¿ha comprendido todo lo que acabo de decirle? —le preguntó el agente. Mary asintió temblando, todavía boca abajo sobre el suelo. Yo estaba convencido de que no había entendido nada de nada.

—Señora, necesito que diga «sí» o «no». ¿Ha comprendido todo lo que acabo de decirle?

—Sí —dijo entrecortadamente. Respiraba a duras penas—. Comprendo. Creen que he hecho algo malo.

Ya bastaba. Me abrí paso por entre los policías y me arrodillé junto a ella.

—Mary, soy yo, el agente Cross. ¿Está bien? ¿Mary? ¿Se da cuenta de lo que sucede en estos momentos?

Estaba alterada, pero no se había desvinculado de la realidad. Me aseguré de sacarle bien el trozo de cristal del pie, se lo envolví con un paño de cocina y la ayudé a sentarse.

Miró a su alrededor con los ojos desorbitados, como si buscara algo familiar en la cocina.

—Mary, van a arrestarla. Ahora tendrá que irse con ellos. ¿Comprende lo que le estoy diciendo?

—Venga, es nuestra —intervino un policía de mi edad.

—Un momento —dije.

—No, señor —replicó—. Detendremos a la sospechosa de inmediato.

Me volví.

—¿Qué cree que estoy haciendo? —dije sin levantar la voz.

—Señor, las órdenes son claras y precisas. Apártese, por favor. Es nuestro arresto.

Si no cedía, las cosas se pondrían muy feas. Me lo planteé seriamente, pero sabía que el problema no lo tenía con los policías, sino con su jefe. En cualquier caso, el daño ya estaba hecho.

Al cabo de unos instantes, pusieron de pie a Mary Wagner y la sacaron por la puerta. El paño de cocina manchado se quedó arrugado en el suelo y una mancha roja se extendió por el linóleo.

—¡Primeros auxilios! —les grité, aunque seguramente ya no me oían y les daba absolutamente igual lo que les dijera.

Juro que me apetecía pegar a alguien. Me consumían la frustración y la ira, y sabía dónde descargarlas. Me dirigí al agente más próximo.

—¿Dónde coño está Maddux Fielding? —grité a voz en cuello—. ¿Dónde está?

93

—¡Atrás, Cross! —gritó Fielding incluso antes de que llegara a él. Estaba en la acera, frente a la casa de Mary Wagner, consultando a uno de los agentes.

La manzana había perdido la normalidad de siempre y se había convertido en la clase de escena policial que casi nunca se ve ni se quiere ver.

Más de una docena de coches patrulla obstruía la calle, la mayoría con las luces de la sirena todavía encendidas.

Se había colocado la característica cinta amarilla policial en la valla metálica para acordonar la zona y una barrera de caballetes contenía a la creciente multitud de mirones que quería ver en directo un poco de acción real.

«Mary Smith vivía en esa casa. ¿No es increíble? ¿En nuestro barrio?»

Me percaté de que ya había llegado un par de furgonetas de los medios. Me pregunté si Maddux Fielding habría preparado de antemano la cobertura de su «gran detención», lo cual me enfureció aún más.

—¿A qué ha venido todo eso? —le grité. Mientras se volvía hacia mí de mala gana sólo veía su expresión petulante—. Ha comprometido un interrogatorio clave, por no hablar de la seguridad de ambos. De forma completamente innecesaria. Podrían haberme disparado. O a ella.

Ha convertido la detención en un carnaval. Es usted una vergüenza para la policía de Los Ángeles.

Me daba igual quién estuviera escuchando; sólo confiaba en avergonzar a Fielding. Tal vez estuviera acostumbrado, ya que ni siquiera se inmutó.

—Agente Cross...

—¿Sabe que acaba de echar a perder la oportunidad de una confesión?

—¡No la necesito! —me chilló—. No la necesito porque tengo algo mejor.

—¿A qué se refiere?

Hizo un gesto condescendiente. La información era la moneda que mejor se pagaba, y él la tenía. ¿Qué as se estaba guardando en la manga?

—Como verá, estoy ocupado —me dijo—. Le facilitaré el informe al FBI..., en cuanto esté disponible.

No podía irme así como así.

—Me permitió realizar el interrogatorio. ¡Me dio su palabra!

Ya se había dado la vuelta, pero giró sobre sus talones para encararse a mí.

—Le dije que si algo cambiaba, no había trato. Eso fue lo que le dije, ni más ni menos.

—Joder, ¿y qué ha cambiado?

—Que le den morcilla, agente Cross. No tengo por qué responderle.

Me abalancé sobre él, que era lo que seguramente quería que hiciera. Dos de sus gorilas se interpusieron entre nosotros y me apartaron. Daba igual, aunque no me habría importado borrarle ese aire sardónico y despectivo de la cara. Me quité de encima a los dos agentes y me alejé.

Sin embargo, antes de que me hubiera calmado ya estaba marcando un número en el móvil.

—Jeanne Galletta.

—Soy Alex Cross. ¿Sabes algo del arresto de Mary Wagner?

—Bien, gracias. ¿Y tú cómo estás?

—Lo siento, pero ¿sabes algo? Ahora mismo estoy en su casa, es un caos absoluto, ni te lo imaginas.

Jeanne hizo una pausa.

—Ya no estoy en el caso.

—¿Me darías una respuesta diferente en persona?

—Es posible.

—Entonces ayúdame, Jeanne, por favor. No tengo tiempo para evasivas.

—¿Qué ha pasado? —dijo finalmente en un tono más agradable—. Pareces enfadado.

—Estoy enfadado. Todo se ha ido al carajo. Estaba interrogándola cuando la policía de Los Ángeles se ha presentado estruendosamente como una panda de payasos. Ha sido ridículo, Jeanne, e innecesario. Fielding sabe algo pero no quiere soltar prenda.

—Te ahorraré ese paso —dijo Jeanne—. Ella es la culpable, cometió los asesinatos, Alex.

—¿Cómo lo sabes? ¿Cómo lo sabe la policía de Los Ángeles? ¿Qué está pasando?

—¿Recuerdas el pelo que se encontró en el cine en el que mataron a Patrice Bennett? Pues bien, recogieron otro del suéter que Mary Wagner guarda en el armario del hotel. Acaban de saberse los resultados. Es el mismo pelo. Fielding se ha basado en ello.

Me apresuré a asimilar la información y a valorarla en el contexto de lo que ya sabía.

—Veo que se te da bien eso de mantenerte alejada del caso —dije finalmente.

—No puedo evitar oír cosas por casualidad.

—¿Y adónde has oído por casualidad que se la llevarían?

Jeanne vaciló, pero sólo unos instantes.

—La comisaría de Van Nuys, en Sylmar Avenue. Será mejor que te des prisa. No pasará allí mucho tiempo.

—Voy para allá.

94

Llegué enseguida a la comisaría de Van Nuys, pero me cerraron el paso: me dijeron que Mary Wagner no estaba retenida allí.

No hubo manera de convencer a la policía de Los Ángeles; tenían a la sospechosa y no pensaban compartirla. Ni siquiera Ron Burns pudo, o quiso, ayudarme.

No pude ver a Mary hasta la mañana siguiente. Para entonces, la policía de Los Ángeles la había trasladado a un centro de detenciones provisional del centro de la ciudad, donde la habían sometido a toda suerte de interrogatorios... sin conseguir nada, tal y como había predicho.

Un agente comprensivo me describió el estado de Mary entre descorazonado y catatónico, pero necesitaba verla en persona.

Cuando llegué al centro, los medios congregados superaban lo nunca visto. Durante semanas, el caso de la Acechadora de Hollywood había salido en los titulares nacionales, no sólo en los locales. El rostro de Mary Wagner estaba por todas partes, una mujer despeinada y demacrada que parecía una asesina.

Lo último que oí en la radio del coche antes de apagarla fueron las típicas bromas ridículas y jerigonza psicológica de los programas de entrevistas matutinos sobre por qué había asesinado a mujeres famosas y ricas de Hollywood.

—¿Qué me dices de Kathy Bates? Podría interpretar a Mary. Es una actriz excelente —preguntó alguien que llamaba «preocupado» al presentador del programa, que se alegraba sobremanera de seguirle el juego.

—Demasiado mayor. Además, ya hizo *Misery*. Mejor Nicole Kidman; le ponemos una nariz falsa, una peluca, quince kilitos más y ya está lista —replicó el entrevistador—. O tal vez Meryl Streep. ¿Emma Thompson? Kate Winslet quedaría bien.

Las medidas de seguridad de la comisaría me retuvieron casi cuarenta y cinco minutos. Tuve que hablar con cuatro personas distintas y mostrar mi placa media docena de veces para llegar a la pequeña sala de interrogatorios a la que traerían a Mary Wagner..., con toda la calma del mundo, por supuesto.

Sorprendentemente, lo primero que sentí al verla fue pena.

Parecía que no había dormido, tenía las ojeras muy marcadas y un andar irregular y torpe. Ya no llevaba el uniforme rosa del hotel, sino unos pantalones grises y una vieja sudadera de la UCLA con manchas de la misma pintura amarillo claro de la cocina de su casa.

Al verme pareció reconocerme vagamente. Me recordó a los pacientes de Alzheimer que solía ir a ver a St. Anthony's, en Washington.

Le dije al guarda que le quitara las esposas y esperara fuera.

—No se preocupe, somos amigos —le dije.

—Amigos —repitió Mary, y me miró fijamente.

95

—Mary, ¿te acuerdas de mí? —le pregunté en cuanto el guarda hubo salido al pasillo. Había acercado una silla y me había sentado frente a ella. La mesa que nos separaba estaba atornillada al suelo. Hacía frío en la sala y por alguna parte se colaba una corriente de aire.

—Es el señor Cross —dijo débilmente—. Cross, agente del FBI. Perdón, lo siento.

—Buena memoria. ¿Sabes por qué estoy aquí?

Se puso tensa, aunque apenas alteró las facciones.

—Creen que soy esa mujer. Me acusan de asesinato. —Clavó la mirada en el suelo—. Asesinatos. Más de uno. Toda esa gente de Hollywood. Creen que fui yo.

Me alegré de que dijera «creen» ya que significaba que todavía yo podía ser visto como un aliado potencial. Tal vez me contara algunos de sus secretos, tal vez no.

—No tenemos que hablar de eso si no te apetece —dije. Parpadeó y pareció fijar la mirada. Entrecerró los ojos en mi dirección y luego bajó la vista—. ¿Quieres algo? ¿Tienes sed? —Quería que se sintiera cómoda conmigo, pero también sentía la imperiosa necesidad de ayudarla. Tenía un aspecto terrible.

Alzó la mirada en busca de la mía.

—¿Podría tomar una taza de café? ¿Sería mucho pedir?

El café llegó y Mary sostuvo el vaso de papel con las yemas de los dedos y sorbió el café con una delicadeza sorprendente. El café pareció reanimarla un poco.

Continuó mirándome de reojo y se atusó el pelo distraídamente.

—Gracias.

Los ojos se le habían iluminado y me pareció volver a ver a la mujer agradable del día anterior.

—Mary, ¿querrías preguntar algo sobre lo sucedido? Estoy convencido de que sí.

Palideció. Resultaba obvio que tenía las emociones a flor de piel. De repente, los ojos se le llenaron de lágrimas y asintió sin mediar palabra.

—¿De qué se trata, Mary?

Miró hacia un rincón del techo, donde había una cámara vigilándonos. Sabía que al menos media docena de agentes y especialistas en psiquiatría se apretujaban a menos de tres metros de donde estábamos sentados.

Mary parecía imaginárselo.

—No quieren decirme nada sobre mis hijos —me susurró. Contrajo el rostro para evitar derramar más lágrimas.

96

—¿Tus hijos? —pregunté, un tanto confundido, pero siguiéndole el juego.

—¿Sabe dónde están? —La voz le temblaba, aunque ya se la veía con más fuerzas.

—No, no lo sé —repliqué con sinceridad—, pero puedo investigarlo. Necesitaré que me proporciones más información.

—Adelante. Le contaré lo que necesite saber. Son demasiado pequeños para estar solos.

—¿Cuántos hijos tienes? —inquirí.

La pregunta pareció sorprenderle.

—Tres. ¿Es que no lo sabe?

Saqué el bloc de notas.

—¿Cuántos años tienen, Mary?

—Brendan, ocho; Ashley, cinco; y Adam, once meses —respondió entrecortadamente mientras lo anotaba.

«¿Once meses?», pensé.

Desde luego, era posible que hubiera dado a luz hacía un año, pero lo cierto era que lo dudaba mucho.

Comprobé las edades para asegurarme de lo que acababa de decir.

—Ocho, cinco y once meses.

Mary asintió.

—Exacto.

—¿Cuántos años tienes, Mary?

Por primera vez, vi que se enfadaba. Cerró los puños y los ojos y se esforzó por no perder la compostura. ¿Qué le pasaba?

—Por Dios, tengo veintiséis años. ¿Qué más da? ¿Podemos seguir hablando de los niños?

«¿Veintiséis? Ni en broma. Vaya. Ahí estaba la primera oportunidad.»

Repasé las notas y decidí arriesgarme.

—Brendan, Ashley y Adam viven contigo, ¿no?

Asintió de nuevo. Cuando yo acertaba algo parecía calmarse mucho. La sensación de alivio le recorrió la cara y luego el resto del cuerpo.

—¿Y estaban en casa ayer cuando fui a verte?

Parecía confundida y apareció de nuevo la ira que había remitido.

—Sabe de sobra que sí, agente Cross. Estuvo allí. ¿Por qué me hace esto? —dijo alzando la voz y respirando de forma superficial—. ¿Qué les han hecho a mis hijos? ¿Dónde están ahora? Tengo que verlos. Ahora mismo.

La puerta se abrió y le hice una seña al guarda sin apartar la mirada de Mary. Era obvio que el pulso se le había acelerado y que estaba mucho más agitada.

Decidí correr otro riesgo calculado.

—Mary —le dije con suavidad— ayer no había niños en la casa.

Su respuesta fue inmediata e intensa. Se irguió cuanto pudo y me chilló con todas sus fuerzas.

—¡Dígame qué les han hecho a mis hijos! ¡Quiero saberlo ahora mismo! ¿Dónde están mis hijos? ¿Dónde están mis hijos?

Oí pasos a mis espaldas y me levanté para ser el primero en acercarme a Mary.

Despotricaba y no cesaba de chillar.

—¡Dígamelo! ¿Por qué no quiere decírmelo? —Comenzó a sollozar y sentí pena por ella.

Rodeé la mesa lentamente.

—¡Mary! —le dije gritando, pero no reaccionaba a mis palabras ni a mis movimientos.

—¡Dígame dónde están mis hijos! ¡Dígamelo! ¡Dígamelo! ¡Dígamelo! ¡Ahora mismo!

—Mary...

Me incliné hacia ella y la cogí por los hombros con toda la suavidad que pude dadas las circunstancias.

—¡Dígamelo!

—Mary, mírame, por favor.

Entonces se abalanzó hacia mi pistola.

97

Debió de ver la pistolera dentro de mi chaqueta. En un abrir y cerrar de ojos, alargó la mano y sujetó la Glock por la culata.

—¡No! —grité—. ¡Mary!

De manera instintiva, la empujé hacia la silla, pero logró sacar la pistola y empuñarla. Vi que tenía los ojos vidriosos.

Me abalancé sobre ella y la sujeté por la muñeca con una mano y el arma con la otra. Continué chillando su nombre.

Acto seguido, nos desplomamos encima de la silla, que se vino abajo con gran estrépito.

Tenía la vaga sensación de que nos rodeaba mucha gente; mi punto de mira seguía siendo Mary.

Con un esfuerzo supremo y el rostro enrojecido, me hundió el puño libre en el costado. Le había colocado la rodilla sobre el pecho y todavía le sujetaba la muñeca con una mano, de modo que el arma quedaba inutilizada en el suelo, pero Mary era tan fuerte como aparentaba.

Ya tenía el dedo sobre el gatillo de la Glock. Se retorció y giró el cañón de la pistola hacia ella, y luego ladeó la cabeza en la misma dirección. Sabía perfectamente lo que hacía.

—¡No! ¡Mary!

Con un esfuerzo sobrehumano, casi tan poderoso como el suyo, logré girarle la mano de modo que la pistola apuntara al techo y después se la golpeé contra el suelo con todas mis fuerzas.

La pistola disparó hacia la pared de la sala de interrogatorios mientras se le caía de la mano. La recogí; el disparo todavía me resonaba en los oídos y tenía ese lado de la cara entumecido.

Se produjeron unos breves instantes de silencio.

Mary dejó de forcejear de inmediato y, acto seguido, como si se tratase de una repetición de lo sucedido el día anterior, la policía se abalanzó sobre ella como si fuera un pequeño ejército. La levantaron mientras sacudía piernas y brazos como una posesa.

Mientras se la llevaban la oí sollozar con desesperación.

—Mis pequeñines, mis pequeñines, mis pobres pequeñines... ¿Dónde están mis hijos? ¿Oh, dónde? ¿Oh, dónde? ¿Qué les han hecho a mis hijos?

La voz fue atenuándose a medida que se alejaba y desapareció por completo después de que oyera cerrarse una puerta pesada. Por supuesto, no me dieron la oportunidad de interrogarla de nuevo.

Para empeorar las cosas, si es que eso era posible, me topé con James Truscott mientras abandonaba el edificio al cabo de una hora. Estaba entre la muchedumbre de periodistas congregados en el exterior a la espera de cualquier noticia.

—¿Cómo ha podido quitarle el arma, agente Cross? —me chilló—. ¿Cómo ha sido posible?

Al parecer, Truscott ya estaba al corriente de lo ocurrido.

98

No tenía más remedio que preguntarme cuáles eran las causas y la gravedad de la enfermedad mental de Mary Wagner, además del tormento y el estrés que le provocaban. No le habían realizado ningún examen psiquiátrico serio y mi participación en la investigación llegaba a su fin, me gustara o no. Y, para ser honestos, tenía sentimientos encontrados.

A primera hora de la tarde, el estado mental de Mary era discutible. La policía de Los Ángeles había registrado su casa y había encontrado la Santísima Trinidad de las pruebas.

Habían encontrado una Walther PPK debajo de una manta en el desván y un análisis balístico preliminar había establecido que coincidía con el arma utilizada en los asesinatos.

La policía también había encontrado media docena de pegatinas de niños y, lo más importante, fotografías familiares robadas del despacho de Marti Lowenstein-Bell y la cartera de Suzie Cartoulis. Tanto Michael Bell como Giovanni Cartoulis afirmaron que las fotografías pertenecían a sus difuntas esposas.

—Lo mejor de todo, lo más importante —proclamó Fred van Allsburg ante el pequeño grupo de agentes reunidos en su despacho— es que a las doce del mediodía no se produjo ningún incidente. Ninguna víctima, ningún correo electrónico, nada. Se acabó, creo que podemos decirlo sin miedo a equivocarnos.

Se respiraba un ambiente de enhorabuena lúgubre. Todo el mundo se alegraba de acabar con aquello, pero los detalles del caso rondarían a la mayor parte del equipo durante una temporada, al igual que el caso del francotirador de Washington D.C. seguía perdurando en el edificio J. Edgar Hoover. Es una sensación desagradable y poco gratificante, pero es lo que nos empuja a hacer las cosas mejor.

—Alex, te debemos una —dijo Van Allsburg acercándoseme—. Tu trabajo en el caso no tiene precio. Ahora entiendo por qué Ron Burns no quiere que te alejes de la capital.

Se oyeron varias risas poco naturales en el despacho. El agente Page me dio una palmadita en el hombro. Llegaría lejos en el FBI si continuaba trabajando con tanta pasión.

—Me gustaría echar un vistazo a la prueba final que encontró la policía de Los Ángeles y, si es posible, interrogar de verdad a Mary Wagner —dije, haciendo hincapié en lo que consideraba más importante.

Van Allsburg negó con la cabeza.

—No hace falta.

—No me importaría quedarme otro día... —comencé a decir.

—No te preocupes. A Page y a Fujishiro se les dan bien los detalles; los respaldaré. Y si de verdad te necesitamos de nuevo, seguro que tienes un vuelo gratis por ser viajero habitual —dijo en un tono alegre y afectado.

—Fred, Mary Wagner no quería hablar con nadie antes de que yo llegara. Confía en mí.

—Antes sí —dijo—, pero es posible que ya no lo haga. —Se trataba de un comentario categórico, aunque no agresivo.

—Sigo siendo la única persona con la que se ha abierto. Según he oído, la policía de Los Ángeles no le ha sonsacado nada.

—Como ya he dicho, si te necesitamos sólo tendrás que tomar el avión. He hablado de ello con Burns y está de acuerdo. Vuelve a casa, con los tuyos. Tienes hijos, ¿no?

—Sí, tengo hijos.

Horas después, mientras preparaba la maleta en el hotel, caí en la cuenta de algo muy importante; de hecho, me moría de ganas de volver a casa. Me aliviaba saber que regresaría a Washington y que no viajaría más en el futuro inmediato.

Pero (y el «pero» era importante) ¿por qué no había pensado en ello en el despacho de Van Allsburg? ¿Qué clase de anteojeras me cegaban y por qué olvidaba que las llevaba puestas? ¿Qué tipo de aviso urgente necesitaba para captar el mensaje?

De camino al aeropuerto me di cuenta de algo más. Las «A» y las «B» de las pegatinas infantiles. Sabía qué significaban las letras. Eran los niños imaginarios de Mary: Ashley, Adam y Brendan. Dos «A» y una «B».

Llamé por teléfono mientras salía de Los Ángeles.

QUINTA PARTE

FIN DE LA HISTORIA

99

El Narrador había puesto fin a los asesinatos. *Finis.* Se había acabado y nadie sabría nunca la verdad sobre lo sucedido. Fin de la historia.

Así que organizó una fiesta con algunos de sus mejores amigos de Beverly Hills.

Les dijo que lo acababan de contratar para escribir un guión para un director de primera fila, un *thriller* estúpido basado en un superventas estúpido. Tenía libertad para cambiar lo que no le gustase, pero no podía contarles nada más. El director era un paranoico, pero eso no era ninguna novedad. Así que la fiesta estaba más que justificada.

Sus amigos creían que entendían lo que pasaba, lo cual demostraba lo poco que lo conocían. Eran sus mejores amigos y, joder, ninguno lo conocía. Ninguno sospechaba que podía ser un asesino. Increíble, pero cierto. Nadie lo conocía.

La fiesta era en la Snake Pit Ale House, un bar de Melrose en el que habían jugado a una liga de fútbol inventada en su primera época en Los Ángeles, poco después de que llegara de la Brown University para actuar y, quizá, comenzar a escribir guiones, aunque serían cosas serias e interesantes, nada de basura orientada a las taquillas.

—Esta noche hay cerveza gratis para todos —anunció a sus amigos cuando llegaron al bar— y vino para los más sibaritas. Así que supongo que vino para todos, ¿no?

Nadie bebió vino, ninguno de los catorce colegas que habían venido a la juerga. Se alegraban de verle y por el nuevo contrato, aunque los más sinceros reconocieron que estaban celosos. Todos comenzaron a llamarlo «de primera fila».

David, Johnboy, Frankie y él todavía estaban en el bar cuando cerró poco después las dos de la madrugada. Estaban analizando una y otra vez la película *Ya no somos dos*. Finalmente, salieron a trompicones y se abrazaron al estilo de Hollywood en la calle junto al puto Bentley de Johnny —eso sí que era «de primera fila»—, el botín de la última película que había producido, que había recaudado cuatrocientos millones de dólares en todo el mundo y les había cabreado porque lo único que había hecho era comprar una historieta de mierda por cincuenta mil dólares y luego había contratado a un actor famosísimo por diez millones. Un genio, ¿no? Pues sí, y funcionaba.

—Te quiero, tío. Eres el mejor, cabronazo ostentoso y detestable. ¡Tú también, Davey! —gritó mientras el Bentley plateado se alejaba del bordillo y se dirigía hacia el oeste.

—Lo sé..., ahora mismo sólo soy un cabronazo —le gritó David—, pero sueño que algún día también seré ostentoso y detestable. Y con talento, que es lo que me retiene en esta ciudad.

—Eh, tío..., te he oído —gritó.

—Nos vemos, «de primera fila». ¡Resiste!

—Sólo soy un narrador —gritó de nuevo.

Desapareció por un callejón en busca de su coche, un Beamer de siete años, no un Suburban. Estaba como una cuba, de eso no había duda. Se sentía feliz y tarareaba *The Wind Cries Mary*, de Jimi Hendrix, una broma que sólo él entendería.

De repente, rompió a llorar y no pudo parar, ni siquiera cuando se sentó en el jardín de un viejo edificio de apartamentos con la cabeza entre las piernas, berreando como un bebé.

«Sólo uno más. Sólo uno —pensaba—. Otro asesinato y se habrá acabado.»

100

A la mañana siguiente no podía dormir y se paseó en coche por Melrose; pasó junto a L'Angelo, que antes era Emilio's; el Groundling Theater, donde Phil Hartman hizo sus pinitos; Tommy Tang's; el Johnny Rockets original; la Blue Whale. Era su ciudad, tío. La suya y la de Proud Mary.

A eso de las cinco y media vio el Starbucks de Melrose, que antes había sido The Burger that Ate LA. Joder, no le gustaba Starbucks, pero los cabrones codiciosos tenían el local abierto. Los números decían que debían estar abiertos, ¿no? Hoy en día los números mandaban en todo.

Y allí estaba, dándole la razón a los contables. Eran las cinco y media y ya les estaba haciendo ganar dinero.

Joder, detestaba esas cafeterías de mierda, especie de nuevos McDonald's, eran un robo a mano armada. Recordaba cuando un café costaba cincuenta céntimos, que parecía un precio justo. Ahora la «mezcla Sumatra» te la hacían pagar dos dólares cincuenta y no valía una mierda. Y lo llamaban «grande» cuando en realidad era «pequeño».

Y el gilipollas con perilla que se encargaba del local estaba demasiado ocupado preparándolo todo como para hacerle caso a un cliente madrugador, el primer capullo del día.

Esperó un minuto, más o menos, pero aquel imbécil comenzaba a cabrearle de verdad.

—Vuelvo enseguida —le dijo el camarero, ocupadísimo detrás de la barra sin apenas fijarse en él. Vaya palurdo de mierda. Seguro que era un actor sin trabajo. Demasiado bueno para el trabajo, ¿no? Con cierto aire chulesco, aunque se suponía que hoy día eso era bueno.

Al cabo de unos instantes, entró de nuevo en Starbucks con la pipa en el bolsillo de la chaqueta. Se estaba comenzando a impacientar. Seguramente era algo estúpido y poco sensato, pero, joder, le sentaba bien.

«Eh, tío, la pistola está sedienta», pensó.

Justo entonces tomó la decisión. Ese aspirante a actor arrogante y gilipollas sería el próximo en caer. Saldría en los titulares de la prensa del día siguiente.

—Eh, colega, hace rato que espero para tomarme un café. ¿Tenéis café en Starbucks?

El camarero ni siquiera apartó la mirada de lo que estaba haciendo y agitó la mano libre.

—Enseguida —le dijo.

El Narrador oyó que se abría la puerta. Llegaba otro gilipollas.

—Eh, buenos días, Christopher —oyó la voz animada de una mujer detrás de él. Ni siquiera se volvió para mirarla. Que le den.

—Hola, Sarah —respondió el tipo desde la barra. De repente, también se había animado.

El muy tortuga se acercó a la barra. Por Sarah.

Fue entonces cuando le disparó en el pecho, justo en el delantal de Starbucks.

—Olvida el café, Christopher. Ya no lo necesitamos. Ya estoy como una moto.

Se volvió para mirar a la mujer; era la primera vez que la veía.

Una rubia de buen ver de unos treinta y cinco años con una chaqueta de cuero negro por encima de unos pantalones pirata negros y sandalias también negras.

—Eh, buenos días, Sarah —dijo con simpatía y naturalidad—. ¿Vas a un funeral?

—¿Perdón...?

Le disparó dos veces y luego disparó otra vez al camarero.

«Un asesinato más, ¿no? —pensó—. Bueno, quizá dos.»

Cogió el dinero de la caja registradora, el raído bolso de gamuza de Sarah y salió a la típica niebla de primera hora de Los Ángeles, y se dirigió hacia el oeste pasando por Stanley, Spaulding y Genessee.

«Mary Smith ataca de nuevo, ¿no?»

101

Observé a Jannie por el retrovisor.

—El Museo del Espionaje, ¿no? —le pregunté.

Asintió.

—¡Por supueeesto!

A Jannie le había tocado el sábado por la tarde en nuestra lotería. El sábado por la noche era mío, el domingo de Nana y el domingo por la noche de Damon. El fin de semana de la familia Cross estaba planificado y en marcha.

Nos pasamos la tarde aprendiendo cosas sobre los ninja, las operaciones de intriga y misterio y los espías fantasma, término que debí de perderme en las clases de Quantico. Los niños pusieron a prueba sus habilidades en la Escuela para Espías y hasta yo me quedé impresionado al ver algunas de las maquetas futuristas que tenían en la sección del siglo XXI.

Puesto que la cena era cosa mía, decidí que probaran la comida etíope. Jannie y Damon asimilaron bien los sabores más exóticos, salvo el *kitfo*, básicamente *steak tartare*. Además, les gustaba comer con los dedos, algo que Nana llamaba «comida casera de verdad».

Cuando Jannie y Nana fueron al baño, Damon se volvió hacia mí.

—Podrías haber invitado a la doctora Coles. Si te apetecía, claro —dijo y luego se encogió de hombros.

Me emocionó el comentario de hombre a hombre de Damon. Diría incluso que fue adorable, salvo que él detestaría que yo pensase de ese modo.

—Gracias, Damon —dije—. Kayla y yo cenaremos juntos el martes. Gracias por pensar en ello.

—Es una buena mujer. Todo el mundo lo cree. Necesitas a alguien, ya lo sabes.

—Sí, lo sé.

—Y es la única persona que ha conseguido que Nana haga cosas que no quiere hacer.

Me reí; me gustaba que se hubiera fijado tanto en Kayla, y las observaciones eran ciertas y agudas.

—¿Qué tiene tanta gracia? —preguntó Nana, que acababa de volver a la mesa—. ¿Qué me he perdido?

—¿De qué se trata? —preguntó Jannie en tono exigente—. Quiero saber qué pasa. ¿Era sobre el Museo de Espías? ¿Os estáis burlando de mí? No pienso permitirlo.

—Cosas de hombres —replicó Damon.

—Apuesto algo a que hablabais de la doctora Coles —dijo alzando la voz al ver que el instinto la guiaba por el buen camino—. Nos cae bien, papá —declaró, aunque ni siquiera había confirmado o desmentido su conjetura.

—Sí, claro, pero todo el mundo os cae bien.

—¿A que no sabes cómo lo he averiguado?

—Tendríamos que invitarla a cenar —intervino Nana.

—Cualquier día menos el martes —le dijo Damon.

Jannie sonrió y abrió bien los ojos.

—Sí, el martes por la noche es la noche de la cita. ¿No, papá? ¿Me equivoco?

102

El martes por la noche era la noche de la cita con Kayla Coles.

Y luego el jueves.

Poco después de la una de la madrugada, estaba sentado con Kayla en el porche. Kayla acababa de contratarme para trabajar para el Children's Defense Fund, en Washington. Recurría a las estadísticas para demostrar sus argumentos, al igual que Nana: cuarenta millones de personas sin seguro sanitario en Estados Unidos y cada minuto nacía un bebé sin cobertura médica. Desde luego que la ayudaría, haría cuanto estuviera en mi mano, aunque las circunstancias hubiesen cambiado.

—¿Qué haces el sábado? —me preguntó. La pregunta, formulada con su voz dulce, me hizo sonreír—. Y no tiene nada que ver con el Children's Defense Fund.

—Confiaba en que vinieras a disfrutar de una de las comidas caseras de Nana —repliqué.

—¿No tendrías que preguntárselo a Nana?

Me reí.

—Ha sido idea suya o de uno de mis hijos, pero, desde luego, Nana forma parte de la conspiración. Puede que incluso sea la cabecilla del grupo.

Si el universo quería que dejara de salir con mujeres,

el mensaje no era demasiado claro. Sin embargo, me pasé todo el sábado un tanto nervioso esperando la llegada de Kayla. Eso significaba algo, ¿no? Invitarla a casa..., dadas las circunstancias.

—Estás muy guapo, papá —dijo Jannie desde la puerta de mi habitación.

Acababa de dejar una camisa en la cama y me había puesto un suéter negro con cuello de pico, el cual, la verdad sea dicha, me quedaba bien. Resultaba algo vergonzoso que te pillaran acicalándote. Jannie entró, se sentó en la cama y me observó mientras acababa de vestirme.

—¿Qué pasa? —preguntó Damon mientras entraba y se sentaba junto a Jannie.

—¿Alguien sabe lo que significa la intimidad? —pregunté.

—Se está poniendo guapo para la doctora Kayla. Arreglándose y eso. El negro le queda bien.

Estaba de espaldas a ellos y hablaban como si no estuviera allí, con voz un tanto teatral.

—¿Crees que está nervioso?

—Hummm, seguramente.

—¿Crees que se le caerá un poco de comida encima durante la cena?

—Sin duda.

Me volví con un rugido y me abalancé sobre ellos antes de que pudieran separarse y escurrirse. Estallaron en carcajadas, olvidando durante unos instantes que ya eran mayores para esa clase de juegos. Les di la vuelta sobre la cama para hacerles cosquillas, como en los viejos tiempos.

—¡Se te va a arrugar todo! —me gritó Jannie—. ¡Paaaapá! ¡Basta!

—No importa —dije—. De todos modos me tendré que cambiar... ¡Cuando la comida se me caiga encima!

Les perseguí hasta la cocina, luego le echamos una mano a Nana en las cosas que nos dejó. Añadir un ala a la mesa del comedor. Sacar la vajilla de porcelana buena y candelabros nuevos.

Nana se estaba luciendo un poco, tal vez mucho. Me parecía bien; probar sus mejores platos era todo un placer.

Después de la cena —dos pollos asados a las finas hierbas con patatas al horno, espárragos, ensalada variada y tarta de coco—, Kayla y yo nos marchamos. Fuimos en el Porsche hasta Tidal Basin y luego subimos hasta Lincoln Memorial. Aparcamos y paseamos por la Reflecting Pool. De noche es un lugar tranquilo y hermoso. Por algún motivo, van muy pocos turistas después de la puesta del sol.

—Todo ha sido maravilloso —declaró Kayla mientras nos acercábamos al Washington Monument—, antes, en tu casa.

Me reí.

—Demasiado maravilloso para mi gusto. ¿No crees que se esmeraban demasiado?

Esta vez se rió ella.

—¿Qué quieres que diga? Les caigo bien.

—Tres citas en una semana. Les ha dado que pensar —apunté. Kayla sonrió—. Me han dado que pensar. ¿Quieres saber qué?

—Sí. Dame un ejemplo.

—Mi casa no está lejos.

—Eres psicólogo, así que conoces bien la psique humana, ¿no? —comentó con gracia.

—Y tú eres médico. Debes de conocer bien la anatomía humana... —Traté de estar a la altura.

—Suena muy divertido.

Y así fue.

Pero entonces mi trabajo se interpuso de nuevo.

103

—Llegaré mañana, antes me es imposible. Ahora mismo reservaré el billete para Los Ángeles.

No me podía creer que estuviera diciendo esas palabras.

Había hablado por teléfono con Van Allsburg apenas un par de minutos y había respondido de forma casi automática, como si me hubieran programado para contestar de un modo determinado, como en *El mensajero del miedo*. ¿Qué papel interpretaba yo? ¿El bueno? ¿El malo? ¿Ni lo uno ni lo otro?

Desde luego, tenía ganas de ver a Mary Wagner de nuevo, tanto por curiosidad como por obligación. La policía de Los Ángeles no había conseguido sonsacarle nada en varios días, por lo que querían que regresase a California. Y era algo que necesitaba, había algo que me inquietaba en aquel caso, incluso aunque Mary fuera tan culpable como parecía.

Por supuesto, quería que el viaje fuera lo más breve posible. De hecho, cuando llegué al hotel de Los Ángeles no saqué nada de la maleta, salvo el cepillo de dientes. Seguramente contribuía a que pensara que la estancia sería breve.

El interrogatorio con Mary Wagner sería a las diez de

la mañana del día siguiente. Pensé en llamar a Jamilla, pero luego deseché la idea y caí en la cuenta de que lo nuestro había acabado. Triste, pero cierto, y estaba convencido de que los dos sabíamos por qué. ¿De quién era la culpa? No lo sabía. ¿Acaso era útil o importante culpar a alguien? «Seguramente no», pensó el doctor Cross.

Pasé la noche repasando los informes y las transcripciones de la semana anterior, que Van Allsburg me había enviado por mensajero. Según aquellos documentos, lo único en lo que Mary pensaba era en los tres niños, Brendan, Ashley y Adam.

Eso me facilitaría las cosas. Si Mary sólo pensaba en los niños, entonces empezaríamos por ahí.

104

A las 8.45 estaba en una sala diferente pero de aspecto idéntico a la que empleamos para el primer interrogatorio.

El guarda la escoltó a la hora exacta. Enseguida me di cuenta de que los interrogatorios le habían pasado factura.

No me miró y se sentó estoicamente mientras el agente la esposaba a la mesa. A continuación se apostó en la sala, junto a la puerta. No era lo que yo quería, pero no me opuse. Caso de haber un segundo interrogatorio, trataría de que el ambiente fuera lo más relajado posible.

—Buenos días, Mary.

—Hola.

Hablaba en tono neutral, acataba las normas haciendo el mínimo esfuerzo. Seguía sin mirarme. Me pregunté si habría estado en la cárcel con anterioridad, y acusada de qué.

—Te explicaré por qué estoy aquí —le dije—. Mary, ¿me escuchas?

No replicó. Apretaba y separaba los dientes y tenía la mirada clavada en la pared. Estaba escuchando, pero trataba de no mostrarlo.

—Ya sabes que hay muchas pruebas contra ti y creo que sabes que también existen ciertas dudas sobre tus hijos.

Al final, alzó la vista y me atravesó con la mirada.

—Entonces no hay nada que hablar.

—De hecho, sí.

Saqué el bolígrafo y coloqué un trozo de papel en blanco sobre la mesa.

—He pensado que tal vez te apetecería escribir una carta a Brendan, Ashley y Adam.

105

Mary cambió de inmediato, tal y como había ocurrido la otra vez. Volvió a mirarme con expresión mucho más amistosa. Aprecié cierta vulnerabilidad en sus rasgos. Resultaba difícil no compadecerse de ella cuando se ponía así, independientemente de lo que hubiera hecho.

—No se me permite quitarte las esposas —dije—, pero dime lo que quieras contarles y lo escribiré palabra por palabra.

—¿Es un truco? —preguntó, aunque casi suplicaba que no lo fuese—. Es una especie de truco, ¿no?

Tuve que elegir las palabras con sumo cuidado.

—Nada de trucos. Es tu oportunidad para decir lo que quieras a tus hijos.

—¿Lo leerá la policía? ¿Me lo dirá? Quiero saber si lo leerán o no.

Sus respuestas, una mezcla de emoción desatada y control, me fascinaban.

—Todas tus conversaciones se graban —le recordé—. No tienes que hacerlo si no quieres. Es cosa tuya, tú decides, Mary.

—Usted fue a mi casa.

—Sí.

—Me cayó bien.

—Tú también, Mary.

—¿Está de mi parte?

—Sí, estoy de tu parte.

—Del lado de la justicia, ¿no?

—Eso espero, Mary.

Miró alrededor, o bien sopesando sus opciones o bien en busca de las palabras adecuadas. Luego se volvió hacia mí y clavó la mirada en el papel en blanco.

—Querido Brendan —susurró.

—¿Sólo Brendan?

—Sí. Por favor, lee esto a tus hermanos porque eres el chico grande de la familia.

Lo anoté al pie de la letra a toda prisa para ir a su ritmo.

—Mamá tiene que separarse de vosotros una temporada, pero no por mucho tiempo. Lo prometo. Lo prometo. Estéis donde estéis, sé que os están cuidando bien. Y si os sentís solos o queréis llorar, adelante, no pasa nada. Llorar ayuda a sacar la tristeza. Todo el mundo llora a veces, hasta mamá, pero sólo porque os echo mucho de menos.

Mary hizo una pausa y adoptó una expresión risueña, como si hubiera acabado de decir algo hermoso. Miraba hacia la pared del fondo y esbozaba una sonrisa casi desgarradora.

—Cuanto estemos juntos de nuevo iremos de picnic, que es lo que más os gusta. Comeremos lo que queramos e iremos a un lugar bonito a pasar todo el día. También podríamos ir a nadar. Lo que queráis, tesoros. Espero impaciente ese día.

»¿Sabéis qué? Hay un ángel de la guarda que os vigila constantemente. Soy yo. Cuando os acostáis por la noche os doy besitos de buenas noches. No debéis temer nada porque estoy a vuestro lado. Y estáis a mi lado.

Mary se calló, cerró los ojos y suspiró.

—Os quiero mucho, mucho. Con cariño, mamá.

Se había inclinado sobre la mesa, se aferraba a la carta con los ojos y continuaba hablando en voz baja, casi en un susurro.

—Ponga tres X y tres O al final. Un beso y un abrazo para cada uno de mis pequeñines.

106

Cuanto más la oía hablar, más dudaba que Mary Wagner se hubiera inventado a los tres niños por completo, y tenía un mal presentimiento sobre lo que podía haberles ocurrido.

Me pasé la tarde tratando de localizar a los niños. El Dossier Uniforme sobre Delitos llegó con una larga lista de niños asesinados por mujeres durante las últimas décadas. Había oído y leído que robar en las tiendas y matar a los hijos eran los dos únicos delitos que las mujeres cometían en igual número que los hombres.

Si eso era cierto, aquel informe voluminoso y grueso sólo representaba la mitad de los asesinatos de niños de los que se tenía constancia.

Apreté los dientes, literal y figuradamente, y repasé de nuevo la escalofriante base de datos.

En esa ocasión, sólo busqué los casos de homicidio múltiple. Una vez recopilada la lista, comencé a leerla con tranquilidad.

Enseguida di con varios nombres famosos: Susan Smith, que había ahogado a sus dos hijos en 1994; Andrea Yates, que asesinó a sus cinco hijos tras varios años luchando contra la psicosis y una profunda depresión posparto.

La lista era muy larga. Ninguna de las asesinas podía

considerarse víctima, pero resultaba obvio que casi todas padecían graves trastornos mentales.

A Smith y a Yates se les diagnosticaron trastornos de personalidad y clínicos. Era de imaginar que el caso de Mary Wagner sería similar, pero un diagnóstico fiable nos llevaría más tiempo del que disponíamos.

Tras varias horas de investigación, olvidé por completo esa posibilidad.

Accedí a otra página y, por desgracia, encontré lo que buscaba.

Un homicidio triple en Derby Line, en Vermont, el 2 de agosto de 1983. Las tres víctimas eran hermanos:

Beaulac, Brendan, 8 años.

Beaulac, Ashley, 5 años.

Constantine, Adam, 11 meses.

La asesina, su madre, era una mujer de veintiséis años apellidada Constantine. Se llamaba Mary.

Realicé una búsqueda para encontrar la cobertura del homicidio en los medios locales.

Di con un artículo de 1983 del *Caledonian-Record* de St. Johnsbury, Vermont.

También había una fotografía en blanco y negro de Mary Constantine, sentada en el banquillo de los acusados.

Era más joven y delgada, pero la expresión distante y fría era inconfundible, esa mirada que adoptaba cuando no quería sentir algo o había sentido demasiado. ¡Joder!

La mujer que respondía al nombre de Mary Wagner había asesinado a sus hijos hacía más de veinte años, pero para ella eso nunca había ocurrido.

Aparté la silla y respiré hondo.

Ahí estaba, por fin había llegado al centro del laberinto. Ahora había llegado el momento de encontrar la salida.

107

—Mil novecientos ochenta y tres, ¿no? Vaya, eso ni siquiera corresponde a este siglo. De acuerdo, espere un momento. Intentaré ayudarle si puedo.

Esperé varios minutos mientras al otro lado de la línea telefónica se oían teclas y papeles.

El agente que tecleaba y buscaba entre los documentos era Barry Medlar, de la oficina de campo del FBI en Albany. Era el coordinador de la Unidad de Delitos Contra Menores de Albany. Todas las oficinas del FBI tienen una unidad DCM, y Albany se ocupaba de la supervisión de Vermont. Quería acercarme tanto como pudiera a la fuente.

—Ya está —dijo Medlar—. Un momento, a ver..., Constantine, Mary. Triple homicidio el 2 de agosto, detenida el 10. Lo leeré rápidamente. Vale, aquí está. Declarada no culpable por razón de locura el 1 de febrero del año siguiente, con un abogado de oficio.

—No culpable por razón de locura —murmuré. No había podido costearse su propio abogado; nada de fanfarria legal en su nombre. No culpable por razón de locura no es algo fácil de demostrar. Debió de tratarse de un caso bastante claro para que terminara así—. ¿Dónde acabó? —pregunté.

—Seguramente en el Hospital Estatal de Vermont, en Waterbury. No tengo el informe de los traslados aquí, pero ese departamento no se está desbordando que digamos. Podría conseguirle un nombre y un teléfono si quiere averiguarlo.

Estuve tentado de decirle que quería que lo averiguase él, pero lo cierto es que prefería realizar las llamadas yo mismo. Apunté el número del Hospital Estatal de Vermont.

—¿Qué hay del modus operandi de Mary Constantine? —le pregunté a Medlar—. ¿Qué dice sobre los asesinatos?

Le oí pasando más páginas.

—Increíble —dijo.

—¿De qué se trata?

—¿No usó Mary Smith una Walther PPK en Los Ángeles?

—Sí, ¿por qué?

—Aquí pone lo mismo. Una Walther PPK que nunca se encontró. Debió de esconderla.

Mientras Medlar hablaba, yo no dejaba de anotarlo todo rápidamente. Estaba como en un trance.

—De acuerdo, agente Medlar, necesito que me consiga un contacto en el que fuera el departamento de policía local de Mary Constantine. También quiero todos los archivos disponibles sobre el caso. Envíeme todo el material en formato electrónico del que disponga ahora mismo y el resto por fax. Y cuando digo todo, es todo. Le facilitaré mi móvil por si encuentra algo que valga la pena. Estaré yendo de un lado para otro. —Guardé varios documentos en el maletín mientras seguía hablando con Medlar—. Ah, otra cosa. ¿Qué compañías aéreas tienen vuelos a Vermont?

108

Al cabo de dieciocho horas y casi cinco mil kilómetros de distancia, estaba sentado en el pequeño y acogedor salón del ex sheriff Claude Lapierre y su esposa Madeleine, en las afueras de Derby Lane, Vermont. Era el típico pueblecito de postal y estaba pegado a la frontera canadiense. De hecho, la Haskell Free Library and Opera House se había construido en la mismísima frontera por error, y a veces los guardas se apostaban en el interior para evitar que la gente cruzase ilegalmente.

Aunque, desde luego, no parecía un lugar en el que la policía estuviera muy ocupada. Mary Constantine había vivido allí siempre, hasta que mató a sus tres hijos pequeños, un crimen terrible que apareció en los titulares nacionales hacía veinte años.

—¿Qué es lo que más recuerda del caso? —pregunté al señor Lapierre.

—El cuchillo, sin duda. La manera en que cortó la cara de la pobre niña después de matar a los tres. Fui sheriff del condado de Orleans durante veintisiete años y fue lo más terrible que vi. Con diferencia, agente Cross. Con diferencia.

—Sentía pena por ella. —La señora Lapierre estaba sentada junto a su esposo en el sofá, cubierto con una tela vaquera azul—. Me refiero a Mary. No tuvo una vida fácil. Eso no justifica lo que hizo, pero... —Agitó la mano delante de la cara en lugar de acabar de expresar la idea.

—¿La conocía, señora Lapierre?

—Aquí nos conocemos todos —replicó—. Vivimos en una comunidad de vecinos. Dependemos los unos de los otros.

—¿Cómo era Mary antes de que ocurriera todo eso? —les pregunté.

—Una buena chica —comenzó a decir Claude Lapierre—. Tranquila, educada, le gustaba pasear en barca por el lago Memphremamog. No hay mucho que contar, la verdad. Trabajaba en la cafetería cuando estudiaba en el instituto. Siempre me servía el desayuno. Pero era muy tranquila. Todos se quedaron bastante sorprendidos al saber que estaba embarazada.

—Y más sorprendidos aún cuando el padre se quedó a su lado —comentó la señora Lapierre.

—Durante una temporada —se apresuró a añadir su esposo.

—Supongo que se refieren al señor Beaulac, ¿no?

Los dos asintieron.

—Tenía diez años más que ella, que casi tenía dieciocho, pero les salió bien. Se esforzaron mucho e incluso tuvieron otro hijo.

—Ashley —dijo la señora Lapierre.

—A nadie le sorprendió cuando él acabó marchándose. En cualquier caso, me extrañó que no lo hiciera antes.

—George Beaulac era un vagabundo —afirmó la señora Lapierre—. Consumía muchas drogas.

—¿Sabe qué fue de él? ¿Volvió a ver a Mary o a los niños?

—No lo sé —respondió Claude—, pero lo dudo. Era un vagabundo.

—Bien, tengo que encontrarlo —farfulló—. Tengo que averiguar dónde anda metido Beaulac ahora.

—Seguro que en nada bueno —apostilló la señora Lapierre.

109

A partir de entonces no me molesté en tomar más notas. Lo que no tuviera escrito ya no me haría falta. Hacía rato que oía un zumbido procedente de la cocina y, al final, pregunté a la señora Lapierre de qué se trataba. Nunca lo habría adivinado. Estaba haciendo cecina de carne de ciervo en el deshidratador.

—¿Dónde estaban los padres de Mary durante esa época? —pregunté retomando cuestiones más pertinentes.

La señora Lapierre volvió a negar con la cabeza. Me rellenó la taza de café mientras su marido proseguía:

—Rita murió cuando Mary tenía unos cinco años, creo. Ted la crió prácticamente solo, aunque no pareció esforzarse mucho. Nada ilegal, pero sí triste. Y luego él también se murió, creo que el mismo año que nació Brendan.

—Fumaba como un carretero —añadió Madeleine—. Murió de cáncer de pulmón. La pobre niña no ganó para sustos.

—Ya veo...

Después de que George Beaulac se marchara, Mary se enamoró de otro hombre del pueblo, un mecánico a tiempo parcial que se llamaba John Constantine.

—Comenzó a engañarla poco después de que se quedara embarazada —explicó Madeleine—. No era ningún secreto. Para cuando Adam tenía seis meses, John se había marchado para siempre.

—Si tuviera que conjeturar al respecto —intervino Claude— diría que fue entonces cuando comenzó a ir de mal en peor, aunque nunca se sabe. Cuando no ves a alguien durante una temporada piensas que está ocupado o algo. Y, de repente, un día todo hace bum. Acabó explotando. Pareció repentino, pero seguramente no lo fuera. Estoy seguro de que fue progresivo.

Sorbí el café y mordisqueé el bollito.

—Me gustaría que hablásemos del día de los asesinatos. ¿Qué dijo Mary cuando la detuvieron, sheriff?

—No me lo pone fácil, tendré que basarme en los recuerdos ya que Mary no nos dijo nada de los asesinatos tras la detención.

—Cualquier cosa me servirá. Trate de recordarlo, sheriff.

Madeleine respiró hondo y colocó la mano encima de la de su marido. Tenían aire de granjeros a la antigua, una peculiaridad no muy distinta de la que había apreciado en Mary en ocasiones.

—Parece que ese día se los llevó de picnic al bosque. Encontramos el lugar por pura casualidad. Los mató allí de un tiro en la nuca. El médico forense cree que los acostó allí, quizá para dormir la siesta, y supongo que primero lo haría con los dos mayores ya que el pequeño no podía escaparse.

Esperé pacientemente a que prosiguiera. Sabía que el paso del tiempo no facilitaba en absoluto rememorar y hablar de esas cosas.

—Los envolvió con cuidado en una manta. Todavía

recuerdo esas viejas mantas del ejército. Terrible. Luego parece que se los llevó a casa y allí acuchilló el rostro de Ashley, sólo el suyo. Nunca lo olvidaré. Ojalá pudiera.

—¿Fue usted el primero en encontrarlos? —le pregunté.

Asintió.

—El jefe de Mary llamó y dijo que hacía días que no la veía. En aquella época Mary no tenía teléfono, así que le dije que iría a echar un vistazo. Creía que sería una mera visita de cortesía. Mary abrió la puerta como si no pasara nada, pero noté el olor enseguida. Literalmente. Los había metido en un baúl del sótano —era agosto— y los había dejado allí. Supongo que bloqueó el olor, como todo lo demás. Sigo sin explicármelo, ni siquiera después de tantos años.

—A veces no hay explicación —dije.

—En cualquier caso, no ofreció resistencia. La detuvimos sin problemas.

—Aunque fue una noticia bomba —dijo Madeleine.

—Es cierto, dio notoriedad a Derby Lane durante una semana. Espero que no vuelva a ocurrir ahora.

—¿Vieron a Mary después de aquello?

Los dos negaron con la cabeza. Las décadas de matrimonio les habían unido, de eso no había duda.

—No conozco a nadie que fuera a verla —dijo Madeleine—. No es agradable que te recuerden algo así, ¿no? A la gente le gusta sentirse segura. No es que le dieran la espalda, más bien... No lo sé. Era como si nunca la hubiéramos conocido.

110

El Hospital Estatal de Vermont era un edificio de ladrillo rojo que habían ampliado sin orden ni concierto, modesto y humilde por fuera, salvo por el tamaño. Me dijeron que la mitad del hospital ni siquiera se utilizaba. En el pabellón cerrado de la cuarta planta, para mujeres, había reclusas trastornadas, como Mary Constantine, pero también pacientes psiquiátricas. «No es un sistema perfecto», me dijo el director, sino creado a partir de una población poco numerosa y presupuestos mermados para atender a los enfermos mentales.

Era uno de los motivos por los cuales Mary había logrado escaparse.

El doctor Rodney Blaisdale, el director, me enseñó rápidamente el pabellón. Estaba bien cuidado: había cortinas en la sala de estar comunal y una capa de pintura reciente en las paredes de hormigón. En casi todas las mesas y sofás había revistas y periódicos: *Burlington Free Press*, *The Chronicle*, *American Woodworker*.

Reinaba un silencio absoluto.

Había estado en pabellones cerrados con anterioridad y normalmente se oía una especie de zumbido constante. Hasta ese momento no me di cuenta de lo tranquilizador que podía resultar ese zumbido.

Tuve la impresión de que el Hospital Estatal era como un acuario de aguas tranquilas. Los pacientes parecían ir y venir como respuesta a esa propia tranquilidad y apenas hablaban, ni siquiera entre ellos.

La televisión tenía el volumen bajo y había varias mujeres viendo los culebrones con la mirada vidriosa.

Mientras el doctor Blaisdale me enseñaba el pabellón, no dejaba de pensar en lo mucho que se oiría un grito allí.

—Es aquí —dijo al llegar a una de las muchas puertas cerradas del pasillo principal. Me di cuenta de que había dejado de escucharlo y regresé al presente—. Ésta era la habitación de Mary.

Mirando por la ventanita de la puerta de acero no vi nada que indicara que Mary había estado allí. En el catre había un colchón y el resto del mobiliario lo componían un escritorio empotrado, un banco y un estante de acero inoxidable de borde romo adosado a la pared.

—Por supuesto, en aquel entonces no era así. Mary estuvo diecinueve años con nosotros y hacía muchas cosas con recursos escasos. Nuestra Martha Stewart. —Se rió entre dientes.

—Era amiga mía.

Me di la vuelta y vi a una mujer bajita de mediana edad apoyada en la pared que estaba frente a nosotros. La vestimenta indicaba que era una reclusa trastornada, aunque costaba imaginar qué había hecho para estar allí.

—Hola —saludé.

La mujer alzó la barbilla, tratando de ver la habitación de Mary. Me di cuenta de que tenía marcas de quemaduras por todo el cuello.

—¿Ha vuelto? ¿Está aquí? Tengo que verla si está aquí. Es importante. Es muy importante para mí.

—No, Lucy, lo siento, no ha vuelto —le dijo el doctor Blaisdale.

Lucy adoptó una expresión alicaída. Se dio la vuelta y se alejó de nosotros, arrastrando desconsoladamente una mano por la pared de hormigón mientras caminaba.

—Lucy es una de las pacientes que lleva más tiempo aquí, como lo fue Mary. Lo pasó mal cuando Mary desapareció.

—¿Qué ocurrió ese día? —le pregunté.

El doctor Blaisdale asintió lentamente y se mordió el labio inferior.

—¿Por qué no hablamos de ello en mi despacho?

111

Seguí a Blaisdale hasta la puerta cerrada situada al final de la sala y luego bajamos a la planta principal. Entramos en el despacho, decorado con objetos de calidad sin marca, con cajas con elementos metálicos y minipersianas de color pastel. En una de las paredes había un póster enmarcado de Banjo Dan and the Midnite Plowboys que me llamó la atención.

Me senté y me percaté de que todo cuanto había sobre el escritorio estaba a varios centímetros del borde, fuera del alcance.

Blaisdale me miró y suspiró. Supe enseguida que edulcoraría lo que le había ocurrido a Mary Constantine.

—Muy bien, comencemos, doctor Cross. En el pabellón todos los pacientes pueden ganarse el derecho a pasar un día fuera. Solía estar prohibido para los reclusos trastornados, pero descubrimos que no era constructivo desde un punto de vista terapéutico dividir a los pacientes de ese modo.

»Como consecuencia, Mary salió en varias ocasiones. Aquel día fue como otro cualquiera.

—¿Qué ocurrió ese día? —pregunté.

—Eran seis pacientes con dos trabajadores, que es nuestro procedimiento estándar. Ese día el grupo fue al lago. Por desgracia, una de las pacientes sufrió una especie de ataque.

¿«Una especie de ataque»? Me pregunté si estaría al corriente de los detalles exactos. Me parecía que nunca había visto a un administrador tan despreocupado como Blaisdale.

—Cuénteme, por favor.

—En mitad del ataque, Mary insistió en que tenía que ir al lavabo. Allí mismo había un excusado exterior, así que la dejaron ir. Craso error, pero a veces ocurre. En aquel entonces, nadie sabía que a ambos lados del excusado había una entrada..., y salida.

—Es obvio que Mary lo sabía —comenté.

El doctor Blaisdale dio golpecitos en el escritorio con el bolígrafo.

—En cualquier caso, desapareció en el bosque cercano.

Lo miré con atención, escuchándolo y tratando de no juzgarlo, pero no era fácil.

—Era una paciente modélica, lo había sido durante años. Aquello sorprendió a todo el mundo.

—Como cuando asesinó a sus hijos —dije.

Blaisdale me analizó con la mirada. No estaba seguro de si lo había insultado o no, aunque desde luego ésa no había sido mi intención.

—La policía realizó una búsqueda a gran escala. Dejamos que se encargaran de ello. Por supuesto, queríamos encontrar a Mary y asegurarnos de que estaba bien. Pero no es la clase de historia por la que cambiamos nuestros métodos para así darla a conocer. Ella no era... —Se calló.

—¿No era qué?

—Bueno, en aquella época no la considerábamos peligrosa para nadie, salvo quizá para sí misma.

No le dije lo que estaba pensando. La ciudad de Los Ángeles tenía una opinión un tanto diferente de Mary, la consideraban la peor maniaca homicida de todos los tiempos.

—¿Dejó algo aquí? —pregunté finalmente.

—Pues sí. Estoy seguro de que querrá ver sus diarios. Escribía casi todos los días. Acabó docenas de diarios mientras estuvo aquí.

112

Un portero, Mac, que daba la impresión de vivir en el sótano del hospital, me trajo dos cajas de archivos repletos de cuadernos de redacción, los que habría usado en la escuela un niño educado en la década de los cincuenta. Mary Constantine había escrito más cosas en esa época de las que yo tenía tiempo de leer en un día. Me explicaron que podría solicitar toda la colección posteriormente.

—Gracias por la ayuda —le dije a Mac el portero.

—Vale —dijo, y me pregunté cómo y cuándo habría desaparecido la respuesta «no hay de qué» del lenguaje, incluso en un lugar tan rural como Vermont.

De momento sólo quería tener una idea de quién era Mary Constantine, sobre todo en relación con la Mary que ya conocía. Dos cajas de archivos bastarían para ello.

Escribía de forma ordenada y precisa. Respetaba los márgenes y no había ni un garabato a la vista. Las palabras eran el medio del que se valía y no le faltaban. Se inclinaban hacia la derecha de la página, como si quisieran apresurarse en llegar al lugar que querían ir.

La voz que dejaban oír también me resultaba inquietantemente familiar.

Los escritos estaban repletos de las frases cortas e irregulares de Mary Smith y destilaban la misma sensación de soledad. Saltaba a la vista en cualquier parte del cuaderno.

A veces se filtraba lentamente, otras era evidente enseguida.

Aquí soy como un fantasma. Creo que a nadie le importa si me quedo o si me marcho, o si tan siquiera saben que estoy aquí.

Salvo Lucy. Lucy es muy buena conmigo. No sé si podría ser tan buena amiga como ella lo es conmigo. Espero que no se vaya. Nada sería igual sin ella.

A veces creo que es la única que se preocupa por mí, o me conoce, o me ve.

¿Soy invisible para los demás? De veras me lo pregunto, ¿soy invisible?

Leyendo y escogiendo entradas al azar, también me percaté de que no paró quieta durante la estancia en el psiquiátrico. Siempre tenía un proyecto u otro en marcha. Nunca había renunciado a la esperanza. Parecía el ama de casa del lugar, al menos en la medida de lo posible dadas las circunstancias.

Estamos haciendo tiras de papel de colores para la sala de estar. Son un poco infantiles, aunque bonitas. Quedarán bien en Navidades.

Les enseñé a prepararlas. Casi todas participaron. Me encanta enseñarles cosas. Bueno, a la mayoría.

A veces Roseanne, esa chica de Burlington, pone a prueba mi paciencia. Hoy me ha mirado y me ha preguntado cómo me llamo, como si no se lo hubiera dicho un millón de veces. No sé quién se cree que es, alguien importante, seguro. Pero es tan don nadie como el resto.

No sabía qué decirle, así que no le he respondido. Que se invente los adornos ella solita, que aprenda la lección. Me gustaría pegarle, pero no lo haré, ¿a que no?

«Alguien importante» y «don nadie». Esas palabras, y esa idea, habían aparecido en más de una ocasión en los correos electrónicos de California. Leerlas allí fue como ver una placa de identidad. A Mary Smith le habían obsesionado los que se creían «importantes»: madres perfectas y prominentes que destacaban por encima del espacio negativo de su propia etiqueta de don nadie. Intuía que si seguía leyendo descubriría que también era un rasgo característico de Mary Constantine.

Lo extraño era que no mencionaba a sus hijos. En aquel contexto, los diarios eran como una crónica de la negación. La Mary que vivió en el psiquiátrico parecía no tener recuerdos o conciencia de ellos.

Y Mary Wagner, la mujer en que se había convertido Mary Constantine, no hacía otra cosa que pensar en ellos.

Lo que había ocurrido, básicamente, era que había anulado paulatinamente el recuerdo del asesinato de Brendan, Ashley y Adam.

Las A y las B.

Sólo era una hipótesis por mi parte, pero tenía la impresión de que Mary abriría los ojos irremediablemente y comprendería la verdad, causando estragos por el camino. Y puesto que volvía a estar detenida, sólo podía hacerse daño a sí misma.

De todos modos, si de verdad se estaba acercando a la verdad, no quería imaginarme lo que pasaría cuando llegara.

113

Me costaba apartarme de los diarios de Mary, de sus palabras, sus ideas, su ira.

Por primera vez, me parecía posible, incluso probable, que hubiera cometido los asesinatos de Los Ángeles.

Cuando consulté el reloj, ya llegaba una hora tarde a la reunión con su principal terapeuta, Debra Shapiro. «Joder, tengo que darme prisa en llegar», pensé.

La doctora Shapiro estaba a punto de marcharse cuando llegué a su despacho y me disculpé de la mejor manera posible. Shapiro se quedó a hablar conmigo, pero permaneció sentada en el borde del sofá con el maletín en el regazo.

—Mary fue paciente mía durante ocho años —me dijo antes de que se lo preguntara.

—¿Cómo la caracterizaría?

—No como a una asesina, curiosamente. Interpreté el incidente de los niños como una aberración en el contexto más amplio de su enfermedad mental. Está muy enferma, pero los impulsos violentos quedaron subyugados hace ya mucho. Eso era parte de lo que la retenía aquí; nunca hacía nada.

—¿Cómo está tan segura? —le pregunté—. Sobre todo teniendo en cuenta lo sucedido. —Tal vez Mary no fuera la única que negaba la realidad.

—Si tuviera que declarar ante un tribunal, diría que no lo estoy. Sin embargo, aparte de eso, creo que ocho años de interacción sirven de algo, doctor Cross, ¿no le parece?

Por supuesto que servían, pero sólo si el terapeuta poseía cierta perspicacia.

—¿Qué hay de los niños? —inquirí—. No los menciona en los diarios. Pero la Mary que yo conozco no hace otra cosa que pensar en ellos. Ahora mismo están muy vivos en su mente. Le obsesionan.

La doctora Shapiro asentía mientras consultaba la hora.

—No es fácil que eso encaje con el resto. Mi teoría es que tal vez la terapia de Mary se esté materializando. El recuerdo de los niños ha ido aflorando lenta, pero que muy lentamente. A medida que los niños reaparecían en su conciencia, una forma de evitar la asimilación repentina de veinte años de culpa reprimida sería mantener a los niños con vida, como usted ha apuntado. Eso explicaría qué la impulsó a escaparse en aquel entonces: volver a estar con ellos. Lo cual, desde el punto de vista de la experiencia de Mary, es exactamente lo que ha ocurrido.

—¿Y los asesinatos en California? —me apresuré a preguntar a propósito. La doctora Shapiro parecía inquieta, como si en cualquier momento fuera a levantarse de un salto y marcharse.

Se encogió de hombros y se mostró visiblemente impaciente. Me pregunté si transmitiría esa sensación a los pacientes de las sesiones terapéuticas.

—No termino de entenderlo. Es difícil saber qué le ocurrió a Mary cuando se escapó de aquí. —Negó con la cabeza varias veces—. Pero en cuanto a la mujer que conocí, la única parte de la historia que tiene sentido es Los Ángeles.

—¿Y eso? —pregunté.

—Hace años hubo interés por su caso. Vino gente del mundo del cine. Mary accedió a que la entrevistaran pero, al ser un hospital estatal, carecía de la autonomía para conceder otra clase de permisos. Al final, los del mundillo del cine perdieron el interés y desaparecieron. Creo que fueron las únicas visitas que tuvo durante los dos últimos años aquí.

—¿Quién? —Extraje el bloc y lo abrí—. Necesito más datos al respecto. ¿Existen registros de las visitas? ¿Algo?

—No recuerdo ningún nombre —replicó— y, aparte, me incomoda revelar esa clase de información. Creo que debería solicitársela al doctor Blaisdale, es la persona indicada para ello.

Me pregunté si estaba protegiendo a su paciente o sencillamente llegaba tarde a alguna cita de su calendario social. El reloj marcaba las 17.46.

Me di cuenta de que no le sonsacaría nada más y que lo más sensato era que me marchara. Le di las gracias por su tiempo y ayuda y regresé al edificio administrativo corriendo a toda prisa.

114

Volvía a sentirme como un poli de verdad y no era una sensación desagradable. Cuando entré en el edificio administrativo el reloj de la pared indicaba las 17.52.

Sonreí a la joven de pelo rubio con mechas rosas y un montón de bisutería que estaba detrás del mostrador. Estaba cubriendo la máquina de escribir con una funda de plástico.

—Hola, me gustaría realizar una consulta rápida. Muy rápida, pero es importante.

—¿No puede esperar a mañana? —preguntó la mujer mirándome de arriba abajo—. Puede esperar, ¿no?

—Pues lo cierto es que no. Acabo de hablar con la doctora Shapiro y me ha dicho que viniera aquí antes de que cerraran. Necesito ver el registro de visitas del pabellón forense de mujeres de los últimos años, en concreto el de Mary Constantine. Es muy importante, de lo contrario no la molestaría.

La mujer descolgó el teléfono.

—¿Le ha enviado la doctora Shapiro?

—Exacto. Acaba de marcharse, pero me ha dicho que no tendría problemas. —Sostuve en alto la placa—. Soy del FBI, el doctor Alex Cross. Esto forma parte de la investigación en curso de un asesinato.

No ocultó su desagrado.

—Acabo de apagar el ordenador y tengo que ir a recoger a mi hija. Supongo que si quiere puedo traerle la copia física.

Sin esperar a que respondiera, se marchó a otra sala y regresó con una pequeña pila de carpetas de anillas.

—Podrá quedarse mientras Beadsie esté aquí. —Señaló a una mujer que estaba en una oficina acristalada al fondo. Acto seguido, se marchó sin mediar palabra.

Las páginas de los registros de visitas se dividían en columnas. Empecé por el final del tomo más reciente y busqué el nombre de Mary en el apartado «¿A quién ha venido a ver?».

No había nada en dos años. Resultaba obvio lo muy sola que Mary Constantine debió de haberse sentido.

Entonces, de repente, apareció una ristra de nombres en el archivo, tal y como la doctora Shapiro había comentado. Los nombres se prolongaban un mes y medio en el tiempo.

Repasé lentamente los nombres de los visitantes. La mayoría no me resultaba familiar.

Pero reconocí uno de ellos.

115

Mi móvil y Vermont parecían odiarse. Al parecer, era la «tierra sin cobertura».

Encontré una cabina, llamé al agente Page a Los Ángeles y le pedí que me pasara con la policía. Al cabo de unos instantes, teníamos la línea del despacho de Maddux Fielding, pero Fielding no estaba. Qué sorpresa.

—¿Sabe qué? —dije al agente anónimo que estaba al otro lado de la línea—. A la mierda. Pásenos a la agente Jeanne Galletta.

—¿Qué es lo que ocurre? —me preguntó Page de nuevo mientras esperábamos.

Entonces se oyó otra voz.

—Jeanne Galletta. ¿Eres Alex?

—Jeanne, soy Alex, sí. Karl Page, de la oficina del FBI en Los Ángeles, también está al teléfono. Tengo noticias importantes sobre el caso de Mary Smith.

—Creo que tengo algo relacionado con el caso, un asesinato en Vancouver —dijo Jeanne—. ¿Qué estás haciendo en Vermont?

—Olvida lo de Vancouver de momento. Encuentra a Fielding, por favor. O haz lo que haga falta, pero alguien tiene que interrogar a Michael Bell. Michael Bell. El marido de Marti Lowenstein-Bell.

—¿Cómo? —dijo Jeanne, incrédula. Luego Page maldijo, aunque era obvio que primero había tapado el auricular.

Les resumí lo que había averiguado durante los últimos dos días y, finalmente, les mencioné los nombres que figuraban en el libro de visitas del psiquiátrico estatal.

—Conoce a Mary Constantine. Vino a verla a Vermont. En varias ocasiones, de hecho.

—¿Y qué? ¿Le estaba tendiendo una trampa? ¿Y cómo sabía él que ella estaba en Los Ángeles?

—Todavía no lo sé. Quizás ella lo buscó cuando llegó a Los Ángeles, quizá se cartearon. Si él quería su historia, se habría esforzado por conseguirla. Creo que la quería, y no sólo para la película.

—¿Crees que era una tapadera para tal vez matar a su propia esposa? Una maniobra muy estúpida, Alex.

—Desde luego, pero también es una historia increíble. Page, ¿me sigues?

—Sí, y me gusta. Por fin oigo algo que tiene sentido.

—Me alegro. Encuentra todas las posibles relaciones entre Michael Bell y cualquiera que tenga que ver con el caso. Me pregunto si sus planes iban más allá de su mujer. Encuentra lo que sea, chico rapero. Lo único que necesitamos es algo que nos permita retenerlo en cuanto la policía de Los Ángeles lo detenga.

—Jeanne, hazme caso, por favor. Si me equivoco, pues me equivoco. Ya lo veremos, pero haz que una patrulla vaya a casa de Michael Bell. Ya. Ah, y una cosa más.

—¿Qué?

—No vayas tú. Estoy convencido de que Bell es el asesino.

116

De repente, el caso volvía a ponerse al rojo vivo.

A unos quince kilómetros del psiquiátrico, me detuve en la primera gasolinera que vi, una vieja Texaco. Un Ford F-150 aparcó detrás de mí, pero sólo había otro edificio a la vista, una refinería de azúcar a oscuras en un campo que había al otro lado de la carretera. Vi un par de vacas pastando en ese campo.

Llamé de nuevo a Karl Page desde otra cabina. Tenía que saber qué había averiguado sobre Michael Bell.

Era bastante improbable que saliera algún vuelo de Burlington a esa hora; de todos modos, quería mantenerme informado en todo momento, y temía por Page y Jeanne Galletta, que sabían lo que Bell tramaba en Los Ángeles.

—¿Qué has averiguado de momento? —le pregunté.

—Es increíble lo que se encuentra cuando se busca en el lugar adecuado —replicó—. Antes de morir, Marti Lowenstein-Bell acababa de vender su propio programa a la HBO. Las cosas le iban de fábula. Por otro lado, los últimos tres proyectos en solitario de Michael Bell habían fracasado. Los únicos triunfos que había tenido habían sido con ella, y parecía que ella estaba a punto de marcharse. Se iba a divorciar, Alex. Todavía no habían presentado los papeles, pero un amigo de ella ya lo sabía.

—¿Qué me dijiste en una ocasión? ¿Tachán?

—Sí, pero todavía hay más coincidencias. La policía de Los Ángeles comprobó las coartadas de Bell, pero se limitaban a que lo habían visto en el trabajo o en casa. Esas coartadas no tienen ningún peso. Y atento: Arnold Griner puso por los suelos más de una película de Bell cuando trabajaba para *Variety*. Griner lo llamó «Michael Bomba» en una columna, cosas así. Por supuesto, en el caso de Griner podría tratarse de un homicidio justificado. ¿Antonia Schifman? Se retiró de un proyecto que el propio Bell financió el año pasado. Al parecer, después de que ella se lo prometiera verbalmente, lo cual es lo mismo que nada en ese mundillo. El proyecto se fue al garete y Bell perdió medio millón por eso. —Percibía la voz de Page cargada de adrenalina. Era como un galgo a punto de salir por la puerta—. Apuesto lo que sea a que eso no es todo —prosiguió—. La carrera de Bell se iba a pique y pensaba arrastrar a los demás al abismo.

—Sigue investigando —le dije—. Buen trabajo. ¿Se sabe algo de la policía de Los Ángeles o de Jeanne?

—Una patrulla pasó por la casa de Bell. No había nadie.

—¿Entraron en la casa?

—No, pero estaban seguros de que no había nadie. La casa está bajo vigilancia.

—Perfecto. Te llamaré cuando vuelva a parar, seguramente cerca del aeropuerto. Por desgracia, creo que tendré que pasar la noche aquí.

No quería dormir en Vermont, y menos en aquellos momentos, pero no me quedaba otro remedio. Me planteé entrar en la tienda de la gasolinera y comprar alguna porquería, como magdalenas de chocolate o M&M's con cacahuetes, pero gracias a un acto de voluntad suprema logré descartar la idea. «Joder, a veces soy digno de admiración», me dije con orgullo.

Me volví hacia el coche alquilado y me dirigí hacia allí con la cabeza gacha para evitar el viento. Comenzaba a hacer frío. A pocos metros del coche, alcé la vista y me paré en seco.

Tenía compañía.

James Truscott estaba en el asiento del pasajero.

117

Aquello no tenía sentido, al menos no a primera vista. ¿Qué coño hacía Truscott allí? Era obvio que me había seguido de nuevo, pero ¿por qué?

Al abrir con fuerza la puerta del pasajero lo vi todo rojo. Mi boca se dispuso a gritar, pero no dije nada, ni una palabra.

Truscott no estaba allí para incordiarme. El escritor estaba muerto, erguido en el asiento como una estatua.

—Sube al coche —oí una voz detrás de mí—. Nada de numeritos o entonces tendré que entrar en la tienda y cargarme también a la viejecita que atiende. Aunque me daría lo mismo, la verdad.

Me volví y allí estaba Michael Bell.

Estaba demacrado e inquieto y había perdido mucho peso desde la última vez que lo había visto en su casa. De hecho, estaba hecho un guiñapo. Tenía los ojos azul claro inyectados de sangre, y con la barba poblada parecía un leñador de la zona.

—¿Cuánto tiempo llevas siguiéndome? —pregunté tanteándolo un poco para llevarlo a mi terreno.

—Entra en el coche y conduce, ¿vale? No me hables, ya sé cuáles son tus intenciones.

Entramos los dos, Bell en la parte trasera, y señaló la

carretera hacia la dirección que se alejaba de la interestatal. Arranqué y conduje hacia donde quería, pensando a toda prisa. Tenía el arma en el maletero. ¿Cómo podría ir al maletero? ¿O cómo podría saber lo que pensaba?

—¿Cuál es el plan, Michael?

—El plan era que regresaras a Washington y que todos siguieran con sus penosas vidas. Pero no ha salido según lo previsto, ¿no? Deberías agradecerme que haya quitado al periodista de en medio. Suplicó y lloró por su vida, por cierto. Muy convincente. Le creí. Vaya pelele.

Me sorprendió que supiera que era de Washington y también lo de Truscott, pero, claro, lo suyo era vigilar y urdir planes. Seguramente sabía muchas más cosas.

—¿Y ahora qué? —le pregunté.

—¿Tú qué crees? Se supone que eres el experto, ¿no? ¿Qué sucede ahora?

—No tiene por qué ser así. —Hablaba por hablar, decía lo primero que se me pasaba por la cabeza.

—Debes de estar bromeando. ¿De qué otra manera podría acabar? A ver, dime todas las opciones, me muero de ganas de oírlas.

Mientras tanto, me había hundido el cañón de la pistola en la nuca. Me aparté apenas unos milímetros. Lo mejor era que supiera dónde tenía el arma exactamente. Me pregunté si estaba siguiendo un plan o si improvisaba sobre la marcha. Mary Smith había hecho ambas cosas en el pasado.

Y era Mary Smith, ¿no? Por fin había conocido al verdadero asesino.

Condujimos varios kilómetros por una carretera secundaria sin iluminación.

—Aquí está bien —dijo de repente—. Por ahí. Gira a la izquierda ahí.

Salí de la carretera hacia un camino de tierra lleno de baches. Ascendía de forma serpenteante hacia el bosque. Finalmente, los abetos formaron una especie de túnel alrededor del coche. Se me acababa el tiempo y no parecía que hubiera ninguna escapatoria. Mary Smith me había atrapado, al igual que había atrapado y asesinado a los demás sin fallar.

—¿Adónde vamos, Bell?

—A un lugar en el que no te encuentren enseguida, ni tampoco a tu amigo el escritor.

—Ya te están buscando en Los Ángeles, les llamé para eso.

—Sí, bueno, les deseo buena suerte. No puede decirse que esté en Los Ángeles, ¿no?

—¿Qué me dices de tus hijas, Michael? ¿Qué hay de ellas?

Me hundió todavía más el cañón de la pistola en la nuca.

—No son mías, joder. Marti era una puta de tres al cuarto antes de casarme con ella, antes de convertirla en algo importante. Fui un buen padre con esas desagradecidas, lo hice por Marti. Era una pendona cuando la conocí y siguió siéndolo. Vale, para ahí. Aquí.

Desde luego, la situación no pintaba nada bien. Los faros mostraban que la carretera caía hacia una pendiente arbolada a la derecha. Debía tener cuidado para evitar despeñarnos.

Entonces, de repente, pensé justo lo contrario. Tenía que hacer justamente eso, así que pisé el acelerador a fondo y viré el volante a la derecha con todas mis fuerzas.

—¿Qué coño estás haciendo? —chilló Bell—. Para el coche. ¡Páralo!

Pasaron tres cosas, y casi a la vez. La pistola de Michael Bell salió disparada; sentí que el hombro derecho me estallaba de dolor y el coche comenzó a descender colina abajo a toda velocidad.

118

De repente, el dolor se extendió al resto del cuerpo, y se tornó más que intenso. Apenas era consciente de los abetos y la maleza que rodeaban el coche mientras daba tumbos y rebotaba sin control, a punto de volcar en cualquier momento.

El descenso en picado no duró más de cuatro o cinco segundos. Sin embargo, el impacto final fue tan fuerte que el volante se me clavó en el pecho. El cinturón de seguridad probablemente evitó que saliera despedido por el parabrisas. Sabía que Bell no se había puesto el suyo y confiaba en que hubiera quedado muy malherido. Con un poco de suerte, tal vez estuviera inconsciente, o muerto, en el asiento de atrás.

Tiré del picaporte de la puerta y me alejé del coche lo más rápido posible.

El cuerpo me palpitaba con un dolor entumecedor que me dificultaba los movimientos. El brazo derecho me colgaba junto al costado, sin responder.

Vi el cadáver de James Truscott, boca abajo y con los brazos y piernas extendidos en la tierra. Al parecer, había salido volando en el momento del impacto.

Entonces oí gemir a Michael Bell en el asiento trasero. Estaba vivo. Una pena. Con un esfuerzo sobrehumano, logré arrodillarme. De repente, el hombro me estalló de dolor; sabía que estaba roto.

Di un paso vacilante, esperando encontrar terreno sólido, pero había una especie de masa casi invisible de maleza enmarañada.

Descendí y me hundí en agua hasta la pantorrilla. Hasta ese momento no me había percatado del arroyo.

En aquella zona era poco profundo, pero el agua se alejaba y no veía dónde acababa. El agua helada me sentó como una especie de descarga eléctrica intensa.

No creía que el dolor pudiera aumentar, pero me quedé cegado durante unos instantes antes de recobrar la vista.

Comencé a subir, pero volví a caerme. Esta vez por culpa de Bell. Me presionó la cabeza y la nuca con una fuerza monumental. Luego sentí que me colocaba el pie en la espalda y me empujaba hacia abajo. Me entró agua por la nariz y la boca.

—¿Dónde coño crees que...? —gritó.

No le di tiempo a que acabara. Agotando prácticamente toda la energía que me quedaba, cerré las piernas en forma de tijera en torno a su tobillo. El movimiento lo pilló desprevenido y cayó de espaldas. Oí dos chapoteos y confié en que uno de ellos fuera el arma.

Con la mitad del cuerpo dentro del agua y apoyándome en la mano ilesa, me incorporé lo suficiente para abalanzarme sobre él. Logré inmovilizarlo y propinarle un gancho con la izquierda antes de que reaccionara.

Se irguió y me hundió los dedos en la cara. Michael Bell medía más o menos lo mismo que yo, pero era un súper peso pesado; a pesar de haber perdido peso durante las últimas semanas, por lo menos pesaba quince kilos más que yo.

Le sujeté la garganta y luego se la apreté con todas mis fuerzas. Hizo arcadas, pero no me soltó.

Lo único que podía hacer era aumentar la palanca, pero cuando desplacé el pie resbalé sobre una superficie de algas.

El cambio repentino de peso hizo que el cuerpo se me retorciera de dolor y volví a desplomarme sobre el agua helada.

Joder, estaba más que helada, pero me daba igual.

Esta vez, Michael Bell consiguió ponerse en pie antes que yo. No era buena señal. Había recobrado la energía. El peso muerto del brazo dolorido me hacía ir más despacio.

Vi cómo su silueta recogía lo que parecía una piedra plana del tamaño de una enciclopedia. Alzó la piedra con las dos manos mientras se acercaba a mí.

—¡Gilipollas de mierda! —chilló—. ¡Te mataré! Ése es el plan, así acaba la historia. ¡Así es como acaba!

Retrocedí desesperadamente para alejarme de Bell, pero sabía que no bastaría. Mi mano topó con algo duro en la zona poco honda del arroyo. No era una piedra, al menos no me lo parecía. ¿Metal?

—¡Morirás! —me gritó—. ¿Qué te parece el plan? ¿Te gusta el final?

El objeto metálico. Sabía lo que era. Saqué la pistola del agua y busqué el gatillo a tientas.

—¡Bell, no! —chillé.

Siguió acercándose con la piedra enorme en alto.

—¡Muere!

Le disparé.

No sé qué ocurrió exactamente en el bosque iluminado por la luna. No sé dónde le había dado, pero lanzó un gruñido sonoro y se detuvo durante unos instantes.

Entonces retomó la marcha de nuevo, así que le disparé por segunda vez. Y por tercera. Ambos fueron disparos al pecho, al menos eso creía.

La piedra pesada que sostenía cayó al agua. Aguantado por una fuerza invisible, al menos durante unos segundos, Bell retrocedió tambaleándose dos o tres pasos, como un borracho. Luego cayó de bruces al agua con un sonoro chapoteo.

Y luego nada. Silencio en el bosque.

Sin dejar de temblar, seguí apuntando a Bell con la mano buena. Me costó lo indecible ir desde la zona resbaladiza hasta donde yacía Bell.

Cuando llegué a su lado, ya no se movía. Le sostuve el brazo en alto y le tomé el pulso. Nada. Lo comprobé de nuevo. Nada. Nada, salvo el silencio del bosque y el maldito frío.

Michael Bell estaba muerto, al igual que Mary Smith. Y dentro de poco también lo estaría yo con aquella ropa mojada y helada.

119

La lenta ascensión para salir del lugar del accidente fue infernal, un cúmulo de dolor intenso, mareo y náuseas que duraban milésimas de segundo. Lo único bueno fue que prácticamente no recordaba nada.

Logré ingeniármelas para llegar a la carretera principal, donde un universitario asustado me recogió en un Subaru. Ni siquiera tuve tiempo de preguntarle el nombre ya que me desmayé en el asiento trasero.

A la mañana siguiente, el cadáver de Michael Bell ya estaba recogido del arroyo y yo descansaba en una cama del hospital Fletcher Allen de Burlington. «Descansar» quizá no sea la palabra más apropiada. La policía del lugar entraba y salía continuamente. Me pasé horas al teléfono con la oficina de Washington, la oficina del FBI de Los Ángeles y Jeanne Galletta, tratando de encajar todas las piezas del rompecabezas desde el inicio de los asesinatos.

El plan de Bell había sido una hazaña mezcla de locura e ideas enrevesadas, aunque su móvil era bien sencillo: divertirse, y lo había logrado hasta el final. Tal y como Jeanne me comentó, Michael Bell escribía y producía historias para ganarse la vida. Lo suyo eran las tramas. No me sorprendería que alguien escribiera un guión sobre lo ocurrido. El guionista seguramente lo cambiaría todo, pero en la película pondría lo de «basado en hechos reales».

—¿Quién interpretará tu papel? —me preguntó Jeanne en broma por teléfono.

—No lo sé, me da igual. Un cómico.

En cuanto a Mary Constantine, no sabía qué pensar de ella. El policía de mi interior me decía una cosa, pero el psiquiatra otra. Me alegraba saber que recibiría el tratamiento y los cuidados que necesitaba. Si la doctora Shapiro estaba en lo cierto, entonces era posible que Mary acabara recuperándose. En cualquier caso, era el final que le deseaba.

Hacia las cuatro de la tarde se abrió la puerta de la sala y allí estaba nada más y nada menos que Nana.

—Esto sí que me alegra la vista —le dije sonriendo—. Hola, abuela. ¿Qué te trae a Vermont?

—El jarabe de arce —bromeó.

Entró de forma tímida, sobre todo tratándose de ella, e hizo un gesto de dolor al ver el aparatoso vendaje alrededor del hombro.

—Oh, Alex, Alex.

—Parece peor de lo que es. Bueno, tal vez no —dije—. ¿Te costó encontrar un vuelo?

—Qué va. Vas al aeropuerto y pagas, ya está.

Alargó la mano y me la puso en la mejilla. Resultaba familiar y reconfortante. «¿Qué haría yo sin esta viejita con mal genio? —pensé—. ¿Qué sería de mí?»

—Dicen que te recuperarás, Alex. Supongo que de todos modos es un concepto relativo, ¿no?

Me habían disparado con anterioridad. Es traumático, eso es indudable, pero no irreversible, al menos de momento no lo era.

—Me recuperaré —le dije a Nana—. En cuerpo y alma.

—Les dije a los niños que esperaran fuera. Quiero decirte algo y que luego lo olvidemos.

—Oh, oh. Me he vuelto a meter en problemas, ¿no? He caído en desgracia de nuevo.

No me devolvió la sonrisa, pero me tomó la mano entre las suyas.

—Le doy las gracias a Dios todos los días, Alex, le agradezco que me haya permitido criarte y ver cómo te convertías en un hombre. Pero me gustaría que te plantearas por qué terminaste a mi lado, qué relación tenían tus pobres padres antes de morir. Te lo diré sin andarme con rodeos: Jannie, Damon y Ali se merecen una vida mejor que la tuya. —Se calló para que prestara atención a lo que diría a continuación—: Que no se queden huérfanos, Alex.

120

Comencé a defenderme, pero Nana prosiguió, alzando levemente la voz:

—Yo seré la primera en irme. No te atrevas a discutir este argumento.

Finalmente, me encogí de hombros, lo cual hizo que me dolieran el hombro y la nuca.

—¿Qué quieres que diga?

—Nada, no digas nada. Limítate a escuchar mi sabiduría, la sabiduría de las generaciones. Si escuchas tal vez algún día aprendas algo.

Nos miramos de hito en hito. Se me hizo un nudo en la garganta, aunque no era tristeza lo que sentía. Más bien, era gratitud y amor hacia esa pequeña y poderosa mujer que, sin duda, era mucho más sabia de lo habitual en las personas de su edad y, huelga decirlo, la mía.

—Lo creas o no, siempre te escucho —repliqué.

—Sí, claro, y luego haces lo que pensabas hacer de todas maneras.

La puerta se entreabrió y llegaron sonidos del pasillo del hospital. Vi el rostro impaciente de Damon y el corazón me dio un vuelco.

—¡Mirad quién ha llegado! —exclamé secándome los ojos—. El hombre de la casa.

—Nos han dicho que Jannie no puede entrar porque es menor de doce años —dijo.

—¿Dónde está Jannie? —pregunté irguiéndome en la cama.

—Estoy aquí —oí que decía con indignación desde detrás de la puerta.

—Entra antes de que te vean. Venga, nadie te detendrá. O lo haré yo si sigues ahí fuera un segundo más.

Los dos entraron, se acercaron corriendo a la cama y se detuvieron en seco al ver la colección de vendajes.

—¿Cuánto tiempo tienes que estar aquí? —me preguntó Jannie.

—Deberían darme el alta dentro de un par de días.

—Parece peor de lo que es —comentó Nana.

Damon observó el vendaje.

—¿Te dolió mucho?

—Muchísimo —farfulló Nana.

—Tampoco es para tanto —dije. Los dos me miraron con la misma expresión neutral y de reproche. ¿No era yo el padre? Me parecían mayores respecto a la última vez que les había visto. Yo también me sentía mayor, cuarenta y uno largos.

Los dos crecerían y cambiarían, estuviera yo presente o no. De repente, percibí con claridad algo tan obvio, aquella verdad tan innegable.

—Sí —dije dándome por vencido—. Me dolió mucho.

Entonces se apoderó de mí esa terrible sensación, «que no se queden huérfanos, Alex», y, aunque el hombro me dolió, los abracé con todas mis fuerzas, no podía soltarlos ni tampoco quería que supiesen qué estaba pensando.

121

Pasé casi una semana en el hospital Fletcher Allen, el mayor periodo que jamás había pasado ingresado, por lo que tal vez se tratara de una advertencia. «¿Cuántas advertencias había recibido?»

Hacia las seis de la tarde del viernes, me llamó la agente Jeanne Galletta desde Los Ángeles.

—Alex, ¿te han contado la noticia? —preguntó—. Supongo que sí.

—¿Qué noticia, Jeanne? ¿Que mañana me dan el alta?

—Eso no lo sé, pero ayer Mary Wagner confesó ser la autora de los asesinatos de Los Ángeles.

—Ella no los cometió, fue Michael Bell.

—Lo sé, incluso Maddux Fielding lo sabe. Nadie la creyó, pero lo confesó. Y anoche la pobre Mary Wagner se ahorcó en la celda. Está muerta, Alex.

Suspiré y negué con la cabeza varias veces.

—Lo siento de veras. Bell también es responsable de esa muerte. Otro asesinato.

A la mañana siguiente, sin acabar de creérmelo, me dieron el alta. Llamé a casa para que lo supieran y tomé un avión hacia Boston. Desde Boston tomé el puente aéreo hasta Washington. Nunca me había alegrado tanto de estar en un lugar tan atestado como el puente aéreo.

Lo más sencillo era tomar un taxi en el aeropuerto, y mientras llegaba a Southeast hacia las siete de la tarde noté una sensación cálida y agradable que se extendía por el cuerpo. «No hay nada como estar en casa, no hay nada como estar en casa.» Sé que no todo el mundo piensa así, pero yo sí, y también sé lo muy afortunado que soy.

El taxi se detuvo delante de la casa y, de repente, comencé a correr por el pequeño patio de la entrada y subí de dos zancadas los escalones despintados.

Cogí al pequeño Alex en brazos y lo alcé cuanto pude. Me dolió, pero valió la pena. Me dirigí al taxista, que se había asomado por la ventanilla con expresión asombrada, aunque incluso él sonreía a la manera hastiada de los taxistas de la capital.

—¡Un momento! —le dije—. Voy enseguida.

—Tranquilo. Tómate tu tiempo, colega. El taxímetro sigue en marcha.

Miré a Nana, que había salido al porche con mi hijo más pequeño.

—¿Qué? —susurré—. Dime qué ha pasado.

—Ali está en casa —respondió en voz baja—. Lo ha traído Christine, Alex. Ha vuelto a cambiar de idea. Tampoco piensa vivir en el este. Ali se queda para siempre. Increíble, ¿no? ¿Qué me dices de ti? ¿Te quedas en casa?

—Me quedo, Nana —respondí. Luego observé los hermosos ojos de mi pequeñín—. Me quedo en casa, Ali, te lo prometo.

Y siempre cumplo las promesas.

Índice